Das amerikanische Kind
Band 3

Claudia Fischer

Zu diesem Buch:

Jacqueline Bianchet Hart war das Kind französischer Einwanderer, die sich 1863 auf den Weg in den Westen machten. Der Treck wurde überfallen und ihre gesamte Familie kam ums Leben.

Das kleine Mädchen wurde nach Denver in die Familie Warner gebracht, wo sie behütet aufwuchs. Ein Krieger der Cheyenne nahm sich ihrer heimlich an und lehrte sie alles, was sie im Leben benötigen würde. Im Laden ihrer Pflegefamilie lernte sie ihren späteren Mann Ben Hart kennen und konnte mit seiner Hilfe die Mörder ihrer Eltern der Gerechtigkeit zuführen.

Aber die Schatten der Vergangenheit schweben weiterhin über Jacky, sogar als sie zurück an die Stätte ihrer Kindheit gerufen wird und den letzten Willen ihrer sterbenden Pflegemutter erfüllen soll.

Über die Autorin:

Claudia Fischer, Jahrgang 1965, lebt mit ihrer Familie in einem kleinen Ort in Bayern.

Lange Zeit war sie Realschullehrerin, bis eine schwere Erkrankung sie in den vorzeitigen Ruhestand zwang.

Doch wenn sich eine Tür schließt, muss man eben andere öffnen, und so wurde ihre Liebe zu Büchern nun zu ihrer Hauptbeschäftigung.

Neben ihrer Autorentätigkeit arbeitet sie zusammen mit ihrem Sohn Kilian als Lektorin und organisiert die Buchmesse LibeRatisbona in Regensburg.

Folgt mir auf Instagram:
dfischerin_autorin/

Das amerikanische Kind III

Das Flüstern der Rosen

Claudia Fischer

Bibliografische Information der Deutschen Nationalbibliothek: Die Deutsche Nationalbibliothek verzeichnet diese Publikation in der Deutschen Nationalbibliografie; detaillierte bibliografische Daten sind im Internet über dnb.dnb.de abrufbar.

1. Auflage
© 2025 Claudia Fischer
Verlag:
BoD · Books on Demand GmbH, Überseering 33, 22297 Hamburg, bod@bod.de
Druck:
Libri Plureos GmbH, Friedensallee 273, 22763 Hamburg

ISBN: 978-3-8192-3037-0

Lektorat: *Kilian Fischer Wortfischerei*
Covergestaltung: *Coverdesign by Isabell Bayer*

Frage nicht nach dem Warum.
Es ist nun so gekommen,
sie ist im Kreis des Lebens.
Sie ist wie eine Rose,
die nie erblühen durfte.

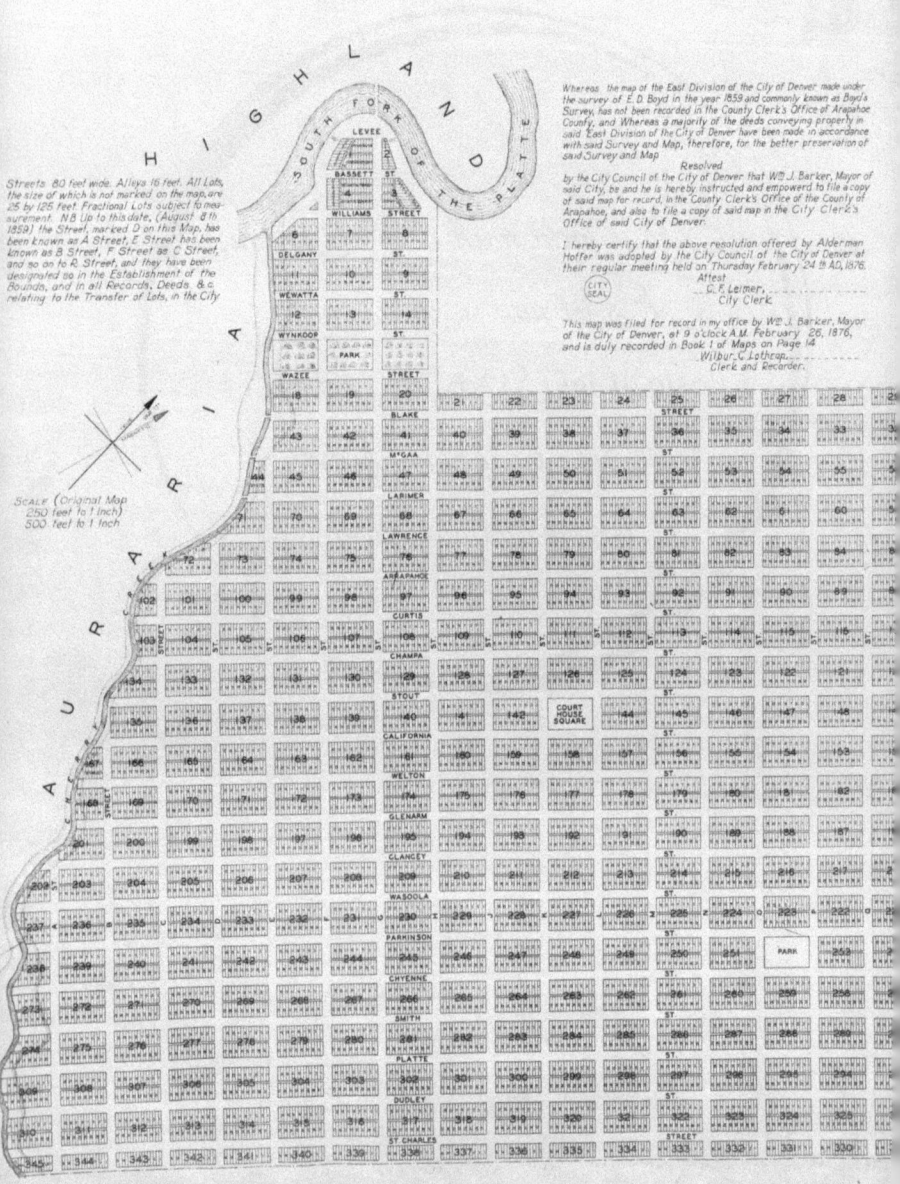

Das Telegramm
San Francisco, 9. Mai 1877

Nach all den aufregenden Erlebnissen hatte sich Jacky Harts Traum von einem normalen Leben endlich erfüllt.

Sie lebte mit ihrem Mann Ben und ihren beiden kleinen Kindern James und Maddie nun seit drei Jahren in San Francisco. Ihr Geschäft blühte, und die Familie hatte ein großes neugebautes Haus in der Jones Street bezogen.

Jacky arbeitete nur noch selten in ihren Läden, zuverlässige Angestellte sorgten für einen reibungslosen Ablauf, und die Leitung hatten ihr Mann Ben und sein bester Freund Jesse übernommen. Sie überprüfte allerdings regelmäßig die Bücher, damit alles in Ordnung war.

Niemand würde bezweifeln, dass der Wohlstand der Familie zum allergrößten Teil Jackys Entschlossenheit und Geschäftstüchtigkeit zu verdanken war. Doch nun fand sie, dass sie genug getan hatte, und kümmerte sich lieber um ihre Kinder und um Ben, der sich nie mehr richtig von den Folgen des Brandes erholt hatte, den Jeff Taylor in ihrem ersten Laden gelegt hatte und der sie beinahe das Leben gekostet hätte.

Jeff Taylor ... Jacky schüttelte sich jedes Mal, wenn sie nur an ihn dachte. Er war der Bruder des Mannes gewesen, der einst ihre Familie ermordet hatte, der Bruder des Mannes, den Jacky erschossen hatte, wofür man sie ins Gefängnis gesteckt und nur auf Grund eines Gnadengesuches freigesprochen hatte. Er war derjenige gewesen, der die hochschwangere Jacky entführen ließ, doch sie hatte sich in letzter Sekunde befreien können.

Daraufhin hatte Jeff Taylor in San Francisco selbst zugeschlagen, er hatte Brände gelegt, aber schließlich war es Jacky, Ben und Jesse gelungen, diesen Verbrecher zu töten, als er erneut einen brutalen Anschlag auf Jackys Leben versucht hatte.

Ben hatte bei dem Brand zu viel giftigen Rauch eingeatmet, seine Lunge war schwer geschädigt worden. Er litt unter Kurzatmigkeit und wurde immer wieder von bösen Hustenanfällen gequält, die sich nur besserten, wenn er Stunden am Meer verbrachte.

Jacky selbst hatte in ihrem Leben zwei schwere Schussverletzungen überstanden, die letzte in die Hüfte schmerzte oft, und sie zog das linke Bein leicht nach, ansonsten war sie körperlich unversehrt aus der ganzen Geschichte hervorgegangen.

Sie hatte endlich begonnen, ihr Leben wirklich zu genießen, und war glücklich und zufrieden.

Ihre Tochter Maddie war am 25. Juni 1876 zur Welt gekommen, ein kräftiges kleines Mädchen, das mit ähnlichem Eigensinn gesegnet war wie ihre Mutter.

Viel später erfuhr Jacky, dass der Geburtstag genau der Tag war, an dem General Custer seine große Niederlage im Kampf gegen die indigenen Völker am Little Bighorn erlitten hatte. Jacky war sich sicher, dass zumindest ein Krieger, den sie gut kannte, bei Custers letzter Schlacht dabei gewesen war.

In ihrer Kindheit in Denver war sie von dem Cheyenne Manyeyes mit erzogen worden, seine Lehren hatten ihr über viele Klippen geholfen, die das Leben für sie bereitgehalten hatte. Als sie sich von ihm vor vielen Jahren verabschiedet hatte, hatte er ihr erzählt, dass er nach Dakota gehen würde, in die Black Hills, die schwarzen Hügel, wo man ihnen in Washington ein Gebiet versprochen hätte. Nun war es aber so, dass genau in den Black Hills Gold gefunden wurde, sodass das Versprechen wie so viele andere erneut gebrochen wurde, und General Custer mit seiner Kavallerie auszog, um die dort friedlich lebenden Stämme zu vertreiben.

Niemand hatte daran geglaubt, dass die Cheyenne, Arapaho, Lakota und noch viele andere Stämme sich zusammentun und den Soldaten diese vernichtende Niederlage bescheren würden, doch genau das war geschehen. Custer, der tragische Held, war tot und mit ihm die gesamte 7. Kavallerie.

Das war natürlich ein großer Schock für die junge amerikanische Nation, die die Nachricht über den furchtbaren Ausgang der Schlacht ausgerechnet am 4. Juli erhielt, an dem Tag, als überall im ganzen Land die Feiern zum hundertjährigen Jubiläum der Unabhängigkeitserklärung stattfanden.

Dass Maddie genau an Custers Schicksalstag, dem 25. Juni, geboren wurde, war für Jacky ein Zeichen, dass es immer noch eine wie auch immer geartete Verbindung mit Manyeyes gab. Als hätte er ihr am Tag des großen Triumphes eine Tochter gesandt.

Im Herzen fühlte Jacky mit den Indigenen, sie hoffte sehr, dass Manyeyes überlebt hatte. Denn danach war es natürlich weitergegangen, die kriegerischen Stämme waren schließlich in einer letzten Schlacht im Januar 1877 vernichtend geschlagen worden und hatten sich in alle Winde zerstreut.

Doch ihre geheimen Gedanken hätte sie einer über den Sieg jubelnden weißen Gesellschaft nie so mitteilen können. Das konnte sie nur ihrem Mann Ben und ihren engsten Freunden Sue und Jesse erzählen.

Nun war Maddie beinahe ein Jahr alt und übte sich mit Ausdauer im Krabbeln, während der fast dreijährige James auf strammen Beinchen durch das Haus rannte und sein Kindermädchen zur Verzweiflung trieb. Alles in allem war es ein gutes Leben und Jacky fand, das hatte sie nach all den Aufregungen verdient.

Als am Nachmittag des 9. Mai ein Telegramm eintraf, wusste Jacky jedoch sofort, dass sich ihr geruhsames Leben schlagartig ändern würde.

Sie war mit den Kindern zuhause im Garten und hörte die Haustürglocke schellen. Um diese Zeit? Das konnte nichts Gutes bedeuten. Besuche wurden im Normalfall angekündigt, niemand würde unangemeldet hereinschneien, das galt als sehr unhöflich.

Und tatsächlich erschien gleich darauf das aufgeregte Hausmädchen mit dem Telegramm und überreichte es Jacky.

„Das wurde gerade gebracht!", rief das Mädchen atemlos und versuchte, ihre Neugierde zu zügeln.

Jacky riss den Umschlag auf, las und erstarrte.

```
                    Post Office Denver
                        Telegramm


ALLIE ERNSTHAFT ERKRANKT STOPP SIE WILL DICH SEHEN STOPP
KOMM SO SCHNELL ES GEHT STOPP
SAM WARNER
```

Sam und Allie Warner waren Jackys Adoptiveltern und lebten immer noch in Denver. Tante Allie war ernsthaft erkrankt? Und wollte Jacky sehen? Das hieß nichts anderes, als dass sie im Sterben lag.

„Etwas Schlimmes?", fragte das Mädchen mitfühlend.

Jacky kehrte mit einem Ruck in die Wirklichkeit zurück.

„Ja", antwortete sie. „Ich werde verreisen müssen. Pack einen großen Koffer für mich und die Kinder und schick Anthony zum Hafen, er soll sich nach der nächsten Zugverbindung nach Denver erkundigen."

„Nach Denver?"

„Ja, nach Denver!", bestätigte Jacky ungeduldig. „Mach schnell und tu, was ich dir auftrug! Ich werde zu Mr. Hart ins Geschäft laufen und ihm Bescheid sagen."

„Wird Mr. Hart nicht mit Ihnen fahren?"

Jacky überlegte.

„Ich denke nicht, aber ich spreche jetzt mit ihm. Bereitet alles für die Reise vor. Anna wird mit uns kommen, ich brauche sie für die Kinder."

Anna war das Kindermädchen, Jacky hatte nicht vor, ihre Kinder allein zurückzulassen, wer wusste schon, wie lange sie in Denver gebraucht würde. Tante Allie krank, Jacky mochte sich das gar nicht vorstellen, wie sollten die Dinge dort ohne sie laufen?

Sie setzte sich einen Hut auf und verließ schnell das Haus, um zur nächsten Kabelbahn-Station zu eilen. Gekonnt schwang sie sich auf das Trittbrett eines Waggons und sprang in der Claystreet ab, dort wo sich immer noch ihr Laden befand, der inzwischen jedoch auf zwei Stockwerke ausgebaut worden war.

Ben blickte überrascht auf, als sie eintrat. Er bediente gerade einen Kunden und Jacky wartete geduldig und mit gezwungen freundlichem Lächeln, bis er fertig war. Dann nickte sie ihm zu und deutete auf einen der Lagerräume. Ben verstand sofort und geleitete seine Frau nach hinten, wo sie ungestört waren.

„Was gibt es?", fragte er.

Jacky reichte ihm das Telegramm. Ben las und setzte sich erst einmal.

„Du wirst natürlich sofort hinfahren", meinte er.

„Ja, das werde ich wohl müssen. Und ich nehme die Kinder mit, sie sollen dir nicht zur Last fallen. Du musst hierbleiben, du musst dich um das Geschäft kümmern. Jesse schafft das nicht allein."

„Mrs. Warner muss sehr schwer krank sein."

Jacky nickte traurig.

„Ich hoffe, ich treffe sie noch lebend an. Arme Tante Allie, armer Onkel Sam ...“

„Da sind aber doch noch zwei Söhne, wenn ich mich nicht irre?“

„Ja, meine Brüder Mike und Fred. Ich weiß nicht, was mit ihnen ist, Onkel Sam schreibt kaum etwas über sie. Ich weiß auch nicht so recht, warum Tante Allie mich sehen will, ich war das schwarze Schaf und habe ihr nur Schande gemacht. Also denke ich, es ist wirklich dringend, sonst hätte sie diesen Wunsch nicht. Ich bin ihr etwas schuldig.“

Er seufzte. „Du bist immer irgendjemandem irgendetwas schuldig, scheint mir, aber diesmal stimme ich dir sogar zu. Du hast eine Verpflichtung gegenüber deiner Familie, gerade weil Sam so viel für dich tat, als es um die Taylors ging.“

„Anthony erkundigt sich bereits nach Zügen, ich werde Anna mitnehmen“, berichtete Jacky mit gerunzelter Stirn. Ihre Gedanken überschlugen sich, so viel war noch zu erledigen.

„Ja, natürlich, und Anthony soll euch auch begleiten, keine Widerrede, ich will, dass ihr sicher und bequem reist, und du brauchst einen zuverlässigen Diener, der sich um alles kümmert. Ich möchte mir keine Sorgen machen müssen.“ Er umarmte seine Frau. „Du wirst mir schrecklich fehlen und die Kinder auch, aber nimm dir so viel Zeit, wie du brauchst. Schick mir ein Telegramm, wenn du angekommen bist, und schreib mir bitte, so oft es geht. Hast du Sam schon Bescheid gesagt, dass du kommst?“

„Nein, ich wollte erst mit dir sprechen!“

„Gut, dann werde ich das veranlassen, sobald wir wissen, welchen Zug du nehmen kannst, werde ich ihm telegrafieren.“

Sie war erleichtert, eine Aufgabe weniger.

„Danke, Ben, ich weiß gar nicht, wie es ohne dich gehen soll, ich komme zurück, sobald ich kann."

Jacky zögerte kurz. Es gab da eine Sache, die Ben noch nicht wusste, ein Geheimnis, dass sie seit zwei Wochen mit sich herumtrug und das sie ihm aus einem unbestimmten Gefühl heraus noch nicht mitgeteilt hatte. Sie beschloss, ihre Schwangerschaft weiterhin für sich zu behalten, vielleicht würde Ben dann doch darauf bestehen, sie zu begleiten, und das wollte Jacky auf keinen Fall, denn sie traute Jesse nicht zu, das Geschäft in ihrem Sinne allein zu führen.

Daher gab sie sich einen Ruck.

„Ich werde nun bei Sue vorbeisehen und ihr Bescheid sagen, dann schaue ich zuhause nach dem Rechten und hoffe, ich kann so bald wie möglich aufbrechen."

„Ja, mach das, ich werde noch kurz hierbleiben und dann gleich nach Hause kommen."

Sie küssten sich und Jacky lief wieder auf die Straße und schwang sich erneut auf einen Kabelbahn-Waggon, um den Hügel hinaufzufahren. Sie verließ die Bahn an der Powell Street und klingelte bei einem großen steinernen Haus mit zwei Stockwerken.

Der Diener, der öffnete, begrüßte sie überrascht, aber freundlich.

„Mrs. Hart! Mrs. Jones wird sich freuen, sie befindet sich im Salon."

Er führte sie die Treppen hinauf zu einen kleineren Raum, wo Sue lesend auf einer Couch lag und sich rasch aufsetzte, nachdem der Diener den unerwarteten Gast verkündet hatte und Jacky eintreten ließ.

Sue strich sich die Haare aus der Stirn und wirkte verlegen. Sie hatte nicht mit Besuch gerechnet.

„Jacky? Du wolltest doch erst morgen zu mir kommen?"

Jacky betrachtete die Freundin entsetzt.

„Du siehst übel aus, das muss ich sagen. Trinkst und isst du auch genug?", entfuhr es ihr.

Sue kämpfte mit den Folgen ihrer ersten Schwangerschaft, sie wirkte blass und mager, die Augen hatten einen müden, traurigen Ausdruck und Jacky war wirklich erschrocken über den Anblick.

Die Antwort fiel leise aus.

„Es geht mir ausgezeichnet, ich freue mich so sehr auf das Baby."

Es war eine so offensichtliche Lüge, dass Jacky zornig wurde.

„Rede keinen solchen Unsinn, Sue, was sagt der Doktor? Machst du auch genügend Spaziergänge an der See? Du musst unbedingt mehr an die frische Luft!"

Die junge Frau zuckte zusammen.

„Ich ... es fällt mir schwer zu gehen ..."

„Ich weiß, dass es nicht leicht ist, ich habe zwei Kinder geboren. Ben führte mich immer spazieren, auch wenn es mir noch so schlecht ging. Das sollte Jesse auch tun. Wo ist er überhaupt? Ich wollte mit ihm sprechen. Im Laden war er jedenfalls nicht!"

Sue senkte den Kopf.

„Er wollte ... Er sagte mir nicht, wohin er ging", gab sie beschämt zu.

Jacky fasste sie am Kinn, sodass Sue sie anblicken musste.

„Ich habe dir schon oft gesagt, du musst dich Jesse gegenüber besser durchsetzen. Du wolltest ihn unbedingt, du hast ihn bekommen, dass es nicht leicht mit ihm werden würde, hätte dir eigentlich klar sein müssen. Ich kann nicht für dich deine Ehe führen!"

„Es ist nicht so einfach, Jacky ..."

„Keine Ehe ist einfach, lass ihm nicht ständig alles durchgehen. Er muss zuverlässiger werden, deswegen bin ich hier. Es ist etwas Schlimmes passiert: Ich muss nach Denver, meine Pflegemutter Allie braucht mich, sie ist schwer erkrankt."

Sue erschrak sehr, war aber insgeheim froh, dass das Thema gewechselt wurde.

„Oh, das tut mir leid! Wann fährst du? Wie lange wirst du wegbleiben?"

„Ich nehme die Kinder mit und wir werden morgen früh abreisen. Wie lange es dauern wird, kann ich wirklich nicht sagen. Ein paar Wochen bestimmt."

„So lange, oh nein, du wirst mir so fehlen, Jacky!" Und das meinte sie ehrlich. Jacky war und blieb ihre einzige und beste Freundin, obwohl sie nicht immer die Freundlichkeit in Person war. Und wenn Jacky wegfuhr, dann wahrscheinlich auch Ben. Sues ganz besonderer Freund und Vertrauter. Ihr wurde ganz bange zumute. „Was ist mit Ben? Er fährt doch mit?"

„Ben bleibt hier, also so ganz allein wirst du nicht sein. Nur er muss sich auf Jesse verlassen können, Ben ist nicht gesund, das weißt du, Jesse sollte also tunlichst seine Arbeit machen und nicht irgendwo herumtingeln! Teil ihm das bitte mit, genau so, wie ich es dir nun sagte. Genau der Wortlaut und keine Diskussion. Kann ich auf dich zählen?"

Sue nickte zögernd. Wie würde Jesse reagieren?

Ihr Herz zog sich angstvoll zusammen, aber sie wusste, sie würde Jackys Wünsche befolgen. Vielleicht mit etwas gewählteren und milderen Worten.

„Gut, und Sue, bitte achte auf dich. Jesse soll sich besser um dich kümmern, du wirst das Kind verlieren, wenn du nicht aufpasst. Und das ist kein Spaß, habe ich mir sagen lassen. Es ist schlimm genug, ein lebendiges Kind zur Welt zu bringen, eines zu verlieren, stelle ich mir noch viel entsetzlicher vor."

Jacky strich ihr zärtlich übers Haar.

„Liebe Sue, es ist so wichtig, dass du bei Kräften bleibst. Wir wollen doch alle, dass es dir und dem Kind gutgeht. Ich hätte dich gern bei der Geburt unterstützt, aber so, wie es aussieht, bin ich vielleicht nicht da. Das tut mir unendlich leid."

„Mach dir keine Gedanken um mich, Mutter wird sich ja auch kümmern und ich werde auf mich aufpassen." Sue schluckte tapfer ein paar Tränen hinunter. „Wirst du uns schreiben, was los ist?"

„Ich werde mich so schnell wie möglich bei Ben melden, er wird euch Bescheid geben. Ich wünschte auch, das wäre nicht passiert, aber ich kann Tante Allie nicht im Stich lassen, sie und Onkel Sam haben so viel für mich getan. Und ich werde Ben sagen, er soll ein Auge auf dich haben, oder eben Jesse den Marsch blasen, er muss auf dich besser aufpassen."

Die beiden Frauen umarmten sich zum Abschied.

Jacky seufzte, als sie das Haus verließ. Sue tat ihr leid, aber sie hatte es nicht anders gewollt.

Sue war immer in Jesse verliebt gewesen, für sie war kein anderer Mann in Frage gekommen. Jesse hatte an dem schüchternen Mädchen schließlich Gefallen gefunden und um sie angehalten.

Sues Eltern waren zunächst nicht einverstanden gewesen, doch Jesse konnte Wohlstand vorweisen, er war ein gutaussehender junger Mann mit ausgezeichneten Manieren und Zukunftsaussichten, der seiner Frau ein schönes Leben bieten würde.

Nicht zuletzt hatte Sue mit allen ihr zur Verfügung stehenden Mitteln darauf bestanden, ihn zu heiraten, sodass trotz anderer passender Kandidaten diese Hochzeit sogar in kürzester Zeit zustande kam.

Dass die beiden schnell heiraten mussten, weil Sue bereits schwanger war, war ein kleines, aber pikantes Detail, von dem nur Jacky und Ben gewusst hatten.

Jacky hatte zwar versucht, auf Sue aufzupassen, und sie gewarnt, da sie Jesse und seine Unbekümmertheit kannte, doch gegen Sues hörige Liebe war auch sie machtlos gewesen. Anscheinend hatte sie sich nachts aus dem Haus geschlichen, um sich mit Jesse zu treffen. Gut, dass Sues Eltern das niemals mitbekommen hatten. Jesse mochte das Leben zwar von der leichten Seite nehmen, aber als er Sue in Schwierigkeiten gebracht hatte, war er sich seiner Verantwortung bewusst und hätte sie niemals im Stich gelassen.

Nach wie vor hatte Jacky den leisen Verdacht, dass Sue es darauf angelegt und als einzige Möglichkeit gesehen hatte, Jesse an sich zu binden. Nun gut, es war auch seine Sache gewesen, sich mit dem Mädchen auf diese Weise einzulassen, da gab es kein Schönreden.

Nach außen hin ließ sich die Ehe aufs Glücklichste an. Jesse hatte ein Haus gekauft, man stellte Dienstboten ein und Sue, die zeitweise im Hospital gearbeitet hatte, blieb nun zuhause und half nur ab und zu im Geschäft mit, war aber wegen ihrer Schüchternheit lieber in den Lagerräumen tätig, wo sie die Listen führte und Bestände prüfte. Das waren einfache Aufgaben ohne große Verantwortung.

Jesse lebte allerdings weiterhin, wie es ihm beliebte, er nahm wenig Rücksicht auf seine junge Frau, ging lange Abende aus und kam oft betrunken nach Hause. Er konnte hart arbeiten, wenn er wollte, und war dann eine echte Hilfe im Geschäft. Doch wenn er nicht unbedingt gebraucht wurde, tauchte er oft einfach nicht auf und ließ alle im Stich.

Jacky machte sich große Sorgen, ob Ben die nächsten Wochen allein über die Runden kommen würde. Sue war mit ihrer Schwangerschaft überfordert, Jesse unzuverlässig. Beruhigend war immerhin, dass sie so viele gewissenhafte Angestellte hatten, die ihre Arbeit hervorragend erledigten und auf die man sich zu jeder Stunde verlassen konnte. Es sollte eigentlich keine Probleme geben.

Schließlich erreichte Jacky wieder ihr eigenes Haus in der Jones Street und fand den Haushalt in heller Aufregung vor. Die Hausmädchen waren sich darüber in die Haare geraten, was man denn alles in die Koffer packen musste und was unbedingt notwendig war. Der umtriebige James hatte das Durcheinander genützt und in der Küche heimlich die Schränke ausgeräumt, wobei er den Sack mit Mehl gefunden hatte. Bis sein Tun entdeckt wurde, zogen sich die Mehlspuren durch das ganze Haus. Selbst die kleine Maddie sah aus wie ein weißes Gespenst. Anscheinend hatte sie sich in der Küche im Mehl gewälzt.

Innerhalb von Minuten brachte Jacky Ordnung in das Chaos. Sie schalt James aus, schimpfte mit dem Kindermädchen Anna, weil sie nicht aufgepasst hatte, und wies sie an, die Kinder zu baden.

Dann ordnete sie an, dass das Haus sofort gereinigt wurde, insbesondere die Küche, die Teppiche sollten ausgeklopft werden und alles wieder eingeräumt.

Sie selbst zog sich in ihr Ankleidezimmer zurück und warf alles wieder aus den Koffern, was schon gepackt worden war. Sie würde nicht viel brauchen, ein wenig Wäsche, ein paar Kleider, einen Mantel für den Abend und dann natürlich Kleidung für die Kinder. Maddie benötigte noch Windeln und Jacky vergaß auch nicht ein paar Pflegemittel und Spielsachen, um die Kinder auf der langen Reise zu beschäftigen.

Wie lange würden sie nach Denver unterwegs sein? Drei Tage mindestens, schätzte Jacky.

Ob sie Trauerkleidung brauchen würde? Zögernd packte sie eine schwarze Stola und einen dunklen Rock ein. Es erschien ihr wie ein böses Omen, aber sie wollte vorbereitet sein. Würde sie mehr brauchen, konnte sie sich alles in Denver besorgen.

Es klopfte an der Tür und Jacky öffnete.

Anthony war zurückgekehrt mit der Auskunft, dass der nächste transkontinentale Zug nach Osten am Morgen um acht Uhr Oakland verlassen würde, man also die erste Fähre um sieben Uhr nehmen müsse, um ihn zu erreichen. Er hätte bereits ein Abteil für Mrs. Hart reserviert. In Cheyenne würde man in drei Tagen einen Zug nach Denver bekommen.

Jacky bedankte sich für die Auskunft und teilte ihm mit, dass es Bens Wunsch war, dass Anthony sie auf der Reise begleiten solle.

Zu ihrer Überraschung strahlte Anthony. „Vielen Dank auch, Mrs. Hart, ich wollte schon so lange einmal mit der Eisenbahn in den Osten fahren."

„Ganz in den Osten kommen wir nicht, nur etwa in die Mitte, nach Denver."

„Das macht nichts, Ma'am, das genügt auch. Die Hauptsache, ich kann mit der Eisenbahn fahren."

„Das wirst du, Anthony, mehr als dir lieb sein wird", versicherte Jacky.

Er verbeugte sich leicht.

„Wenn Sie erlauben, werde ich nach Hause gehen, meiner Frau Bescheid sagen und meine Sachen packen. Das große Gepäck werde ich später zur Fähre bringen, damit es heute noch im Zug verladen werden kann. Ich hole Sie dann morgen um sechs Uhr früh ab, ist das so in Ordnung? Wir können mit der Kabelbahn fahren. Zu Fuß ist es doch arg weit!"

„Das klingt wunderbar, ich sehe schon, wenn du dabei bist, Anthony, muss ich mich um rein gar nichts sorgen."

„Mr. Hart wird zufrieden sein, wie ich mich um Sie kümmern werde, Ma'am, lassen Sie mich nur machen!"

Jacky lächelte ihn dankbar an.

Anthony war nun seit zwei Jahren bei ihnen und unentbehrlich geworden. Er war mit ihrem ehemaligen Dienstmädchen Claire verheiratet, sie hatte ihn quasi ins Haus gebracht. Anthony erledigte einfach alles, er reparierte kleine Schäden im Haus, besorgte den Garten, half bei den gröberen Arbeiten im Haushalt und wurde im Bedarfsfall zum Kutscher.

Schließlich erschien auch Ben und begutachtete Jackys Koffer.

„Hast du genügend warme Sachen dabei? Du weißt, in Denver kann das Wetter grässlich kalt sein, vor allem in den Nächten."

„Ja, ja, Ben, ich habe jahrelang dort gelebt, ich weiß, wie es ist. Mach dir keine Sorgen, im Notfall kann ich mir auch Sachen kaufen, oder Tante Allie wird mir aushelfen."

„Gut, dass du es erwähnst, ich habe dir Geld mitgebracht, hier, das sollte genügen."

„Oh, danke, Ben!"

Jacky verstaute das Geld sicher in ihrer Tasche.

Ben umarmte seine Frau.

„Ich vermisse dich jetzt schon. Komm bald zurück!"

Jacky erwiderte die Umarmung und drückte Ben an sich. Dann löste sie sich und sah ihn ernst an. „Ben, versprich mir bitte eins, du musst mit Jesse reden!"

Ben seufzte.

„Wie oft hatten wir dieses Thema nun schon?"

„Oft genug, ich weiß, aber hast du dir Sue einmal angesehen? So schlimm habe ich nicht einmal in Cheyenne ausgesehen, als ich mich jeden Tag übergeben musste. Ich glaube, sie grämt sich, weil Jesse sie so oft allein lässt und weil sie uns gegenüber ein schlechtes Gewissen hat, wenn er mal wieder nicht im Laden auftaucht. Und wer weiß, was er treibt, wenn er nächtelang ausbleibt!"

„Du verdächtigst ihn doch nicht, Sue zu betrügen?"

„Ich fürchte, Sue glaubt es. Und hältst du es für so unwahrscheinlich? Du kennst ihn doch, er denkt nie lange nach, sondern tut einfach was er will."

„Jesse ist immer mein bester Freund gewesen und egal, was war, ich habe mich auf ihn blind verlassen können. Und du auch, Jack!"

„Denk nicht, dass ich das vergesse. Ich verdanke ihm mehrfach mein Leben und würde es ihm jederzeit wieder anvertrauen. Aber als normaler Ehemann und Geschäftspartner taugt er momentan nicht viel, das ist nicht sein Leben. Warum nur musste es Jesse sein? Sue wäre mit jedem anderen glücklicher geworden. Und ich fürchte, Jesse geht es genauso. Die zwei passen einfach nicht zusammen."

„Da magst du sogar recht haben, sie wirken nicht sehr glücklich, aber vergiss nicht, du hast das Deine dazu beigetragen, dass die zwei zusammenkamen."

„Ich weiß, und es macht mir zu schaffen, glaube mir. Nur Sue wollte es ja so. Es musste Jesse sein und kein anderer. Jetzt hat sie ihn. Ich weiß ja, dass wir Jesse nicht ändern können, aber bitte, schau ein wenig auf Sue. Wenn Jesse es nicht macht, nimm du sie mit hinunter zum Meer, das tut euch beiden gut. Du versprichst mir jetzt sowieso, dass du weiterhin auch ohne meine Aufforderung alle zwei Tage an den Strand gehst, so wie es der Doktor verordnet hat?"

„Gut, ich verspreche es!"

„Dann kann ich beruhigt fahren. Gerne lasse ich euch nicht allein, das kannst du mir glauben."

Ben lächelte leicht.

„Das wissen wir alle, Jack, aber wir werden die paar Wochen ohne dich auskommen, ohne dass alles gleich zusammenbricht. Du kannst uns schon vertrauen!"

„Das tue ich doch, Ben, dir vertraue ich so wie keinem Menschen auf der Welt. Deswegen sorge ich mich dennoch um dich, eben weil ich dich so liebe und nicht ohne dich sein mag!"

Ben küsste sie auf die Wange.

„Das ist das schönste Abschiedsgeschenk, das du mir machen kannst, so eine Liebeserklärung habe ich ja schon lange nicht mehr von dir gehört."

In diesem Moment ertönte der Gong für das Abendessen durch das Haus und die Familie fand sich am Tisch ein, auch die frisch gebadeten Kinder. Maddie saß fröhlich krähend und brabbelnd in ihrem Stühlchen und schlug mit dem Löffel auf dem Tisch herum.

Jacky setzte sich neben sie und fütterte sie mit Brei.

„Langsam, Liebling", bat Jacky amüsiert. „Schau, nun ist schon wieder dein ganzes Gesicht verschmiert, willst du denn nochmals baden?"

Schließlich war Maddie satt und Anna nahm sie mit, um sie zu säubern. Jacky konnte nun selbst essen und tat es mit großem Appetit.

„Wer weiß, was ich ab morgen so kriege", seufzte sie mit Blick auf die Köstlichkeiten.

„Im Zug gibt es einen Speisewagen, ich denke, dort werden sie auch hervorragende Sachen servieren", tröstete Ben.

Nach dem Essen brachten Jacky und Ben die Kinder ins Bett und setzten sich anschließend in den Salon. Ben schenkte sich einen Whisky ein und Jacky nähte an einem Kleid für Maddie.

Da klingelte es an der Haustür.

„Das wird Jesse sein", vermutete Jacky ganz richtig. „Wenn Sue ihm die Botschaft nur annähernd so ausrichtete, wie ich es ihr auftrug, wird er mir noch einiges zu sagen haben."

Tatsächlich betrat Jesse wenig später den Salon und ließ sich von Ben ebenfalls einen Whisky geben.

Aufseufzend sank er sich in einen bequemen Sessel und nahm einen Schluck.

„Was höre ich da, Jack, du fährst zurück nach Denver?"

Jacky nickte und erklärte ihm den Grund.

Er sah sie durchdringend an.

„Aha, und was bringt dich bitteschön dazu, in mein Haus einzufallen und meiner geliebten Frau Maßregeln aufzutragen, wie ich mich zu verhalten habe? Ich habe dir schon ein paar Mal gesagt, du sollst dich nicht in mein Leben einmischen!"

Jacky erwiderte seinen Blick ungerührt.

„Ich mische mich in dein Leben ein, sobald es meines betrifft, und es ist nun einmal Tatsache, dass du im Geschäft unzuverlässig bist und dich nicht genug um Sue kümmerst."

„Sue geht dich nichts an, und was heißt unzuverlässig, ich bin da, wenn ich gebraucht werde!"

„Die nächste Zeit wirst du gebraucht, Jesse, und zwar jeden einzelnen Tag. Und Sue geht mich sehr wohl etwas an, sie ist wie eine Schwester für mich, und du behandelst sie nicht gut. Hast du sie dir mal angesehen? Wenn du nicht aufpasst, wird sie das Kind verlieren."

„So ein Unsinn! Es geht ihr ausgezeichnet!"

„Das tut es eben nicht, das sieht ein Blinder, nur du nicht, wie auch, wenn du sie ständig alleinlässt. Kümmere dich um deine Frau, nimm sie mit hinaus, sie braucht Seeluft und Abwechslung. Dann hat sie auch wieder mehr Appetit und isst besser. Wenn du es nicht tust, wird Ben sie begleiten, das hat er mir fest versprochen!"

Jesse sah von Jacky zu Ben.

„Aha, ihr steckt also mal wieder unter einer Decke!"

Ben räusperte sich.

„Jack hat vollkommen recht, du hast eine Verantwortung, gegenüber deiner Frau und auch gegenüber uns. Schließlich verdienst du nicht schlecht am Geschäft. Wenn Jack nun wochenlang weg ist, wird deine Hilfe höchst willkommen sein."

Jesse grinste.

„Haltet nur zusammen, ihr beiden. In Wahrheit seid ihr jedoch die Einzigen auf der Welt, die mir ungestraft Vorschriften machen dürfen. Also gut, ich werde mich bessern. Aber Jack, im Gegenzug musst du mir ein paar Sachen versprechen. Wir werden eine Abmachung haben, deswegen bin ich auch gekommen. Ich werde ein braver Ehemann und tüchtiger Geschäftspartner sein, wenn du - gut aufpassen, Jack - dich ebenfalls zusammennimmst. Das heißt, du wirst auf deiner Reise keine wie auch immer geartete Rache ausüben und niemanden erschießen, wofür du ins Gefängnis kommst. Selbst wenn noch irgendwelche versprengten Taylors herumlaufen, wirst du sie ignorieren. Und zweitens wirst du dich weder entführen lassen noch in einen Überfall geraten. Ich werde dich jedenfalls nicht mehr irgendwo in der Wildnis suchen und dir aus der Patsche helfen oder dich aus dem Gefängnis holen. Hast du mich gut verstanden, Jack?"

Sie musste lachen.

„Das verspreche ich dir gerne, ich werde mich nicht in Gefahr begeben, und sollte ich einen Taylor entdecken, werde ich sofort den Kopf abwenden und so tun, als hätte ich ihn nicht gesehen. Glaube mir, ich habe genug erlebt, ich werde nach Denver fahren, dort alles in Ordnung bringen und dann sofort zurückkehren, ohne Umwege und ohne Gefängnis."

„Schlag ein, Jack!"

Jesse reichte ihr die Hand und sie besiegelten die Abmachung mit einem kräftigen Händedruck. Wie hätten sie auch wissen können, wie anders alles kommen würde.

Aber noch konnten sie darüber scherzen.

Ben grinste ebenfalls. „Jetzt fühle ich mich irgendwie besser, gute Idee von dir, Jesse!"

„Ich traue Jack einfach alles zu, Ben. Dass es jetzt drei Jahre lang ruhig um sie war, hat nichts zu bedeuten. Vielleicht war es die Ruhe vor dem nächsten Sturm?"

Jacky hob stolz das Kinn. „Ich fahre nur nach Denver zu meiner Familie, mehr nicht!"

„Wer weiß, welche Verbrechen du dort aufdeckst!" Jesse blieb misstrauisch. „Ich kann mir gut vorstellen, dass jemand deine Tante Allie ermorden will und du wieder mitten drin bist in einem heillosen Sumpf von Verbrechern."

„Hör auf, Jesse", stöhnte Ben. „Das wird wohl kaum der Fall sein. Trotzdem, Jack, wenn dir tatsächlich etwas komisch vorkommt, kehrst du sofort nach Hause zurück!"

„Ist gut, Ben, mache ich. Ich werde doch unsere Kinder nicht in Gefahr bringen. Was denkst du von mir?"

„Was ich von dir denke, das verrate ich dir lieber nicht! Dass Ben seit Jahren mein Mitleid hat, weißt du sowieso", grinste Jesse. „Also gut, ich gehe jetzt und lasse euch allein. Hervorragender Whisky, Ben, die Sorte werde ich mir auch besorgen! Du fährst mit dem Frühzug, nehme ich an, Jack?"

„Ja, Anthony wird uns begleiten!"

„Das ist ausgezeichnet! Dann wünsche ich dir und den Kindern eine gute Reise, kommt gesund wieder und du kannst dich auf mich verlassen."

Er erhob sich und winkte ihr zum Abschied zu.

„Danke, Jesse, richte Sue einen schönen Gruß aus, ich werde wohl bei der Geburt nicht hier sein, das tut mir leid."

„Sie hat ihre Mutter", meinte Jesse leichthin.

„Zum Glück!"

Ben begleitete Jesse hinaus, froh darüber, dass er noch ein paar Stunden mit Jacky allein verbringen konnte. Er würde sie nun lange Zeit nicht sehen, der Gedanke war schwer zu ertragen.

Am liebsten wäre er mitgefahren, aber jemand musste schließlich zuhause bleiben und außerdem war da noch sein Lungenleiden, das ihm Anstrengungen größtenteils versagte.

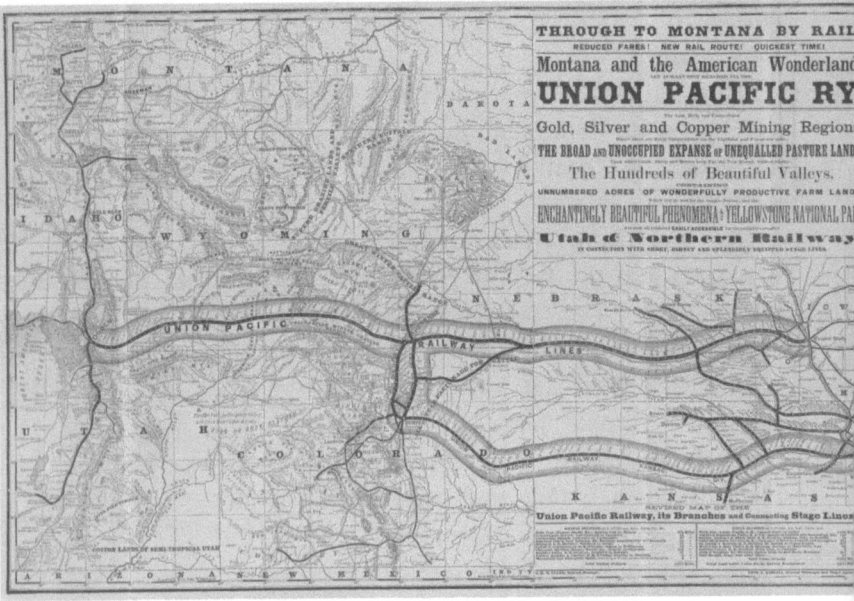

Reise nach Denver

Engumschlungen verbrachten sie ihre vorerst letzte gemeinsame Nacht und noch bevor der Morgen graute, standen sie auf, um die restlichen Vorbereitungen zu treffen. Maddie und James wurden geweckt, angekleidet und von der verschlafenen Köchin tapfer mit einem guten Frühstück versorgt.

Doch beide Kinder waren von der Aufregung angesteckt und hatten kaum Geduld zum Essen.

„Zugfahren! Zugfahren!", rief James unaufhörlich und war schwer zu bändigen. Maddie stimmte in den Aufruhr mit ein und begann laut zu schreien, bis Ben sich ihrer annahm und sie auf seinen Schultern herumtrug, was sie wie immer sehr genoss.

Endlich konnten sie aufbrechen, das schwere Gepäck war schon am Vorabend von Anthony zur Fähre gebracht worden. Jacky trug lediglich eine Reisetasche mit dem Nötigsten für sich und die Kinder und Anna hatte den Korb mit kleinen Leckereien und Spielsachen. Anthony nahm James bei der Hand und so gingen sie zur nächsten Kabelbahn-Station und fuhren hinunter zum Hafen, wo die Fähre bereits unter Dampf stand und bald ablegen würde.

Ben hielt Jackys Hand umklammert, als wolle er sie nicht mehr loslassen. Der Abschied fiel ihm schwer, vor allem, weil er fürchtete, dass es eine lange Zeit werden würde.

Schließlich war es so weit, sie mussten auf die Fähre. Jacky umarmte Ben, küsste ihn und drückte ihn, so fest sie konnte.

Dann setzte Ben die widerstrebende Maddie ab, beugte sich zu den Kindern und küsste sie zärtlich. „Pass gut auf deine Mutter und deine Schwester auf, kleiner Mann", befahl er seinem Sohn. „Ich verlasse mich auf dich!"

Maddie weinte und wollte zurück auf Bens Schultern, aber Jacky hob sie hoch und betrat schnell mit ihr das Schiff, bevor sie sich in einen Wutanfall hineinsteigern konnte. Anthony, Anna und James folgten ihr und bald darauf legte die Fähre ab.

Ben winkte ihnen noch lange nach und auch Jacky blieb mit tränenden Augen an der Reling stehen, bis sie Ben nicht mehr sehen konnte und San Francisco immer kleiner wurde.

Wie würde sie das alles vermissen!

Nach kurzer Zeit legten sie in Oakland an und bestiegen den wartenden Zug nach Osten, der für die nächsten Tage ihre Heimat werden würde. Die Kinder waren sehr aufgeregt und James hopste auf und ab, sodass Anna ihre liebe Mühe mit ihm hatte.

Anthony hatte sich selbst übertroffen und für Jacky, Anna und die Kinder ein kleines Abteil reserviert, in dem sie tatsächlich sogar liegen konnten.

Als Jacky nach San Francisco gefahren war, hatte es so etwas noch nicht gegeben, sie hatten im Sitzen schlafen müssen und waren dementsprechend wie gerädert angekommen.

Jacky war sehr erleichtert, sie hatte schon Angst gehabt, mit unausgeschlafenen Kindern die Reise zu überstehen. So konnten sie es sich bequem machen und Anna übernahm es, mit James durch den Zug zu wandern und ihn zu beschäftigen oder ihm endlose Geschichten vorzulesen.

Auf diese Weise gingen die drei Tage bis Cheyenne relativ angenehm vorüber.

Cheyenne ...

Schon als sie sich am Morgen der Stadt näherten und ihre Sachen zusammenpackten, denn sie mussten dort in einen Zug nach Denver umsteigen, regten sich in Jacky die widersprüchlichsten Gefühle.

In Cheyenne hatte sie Ben geheiratet, das war die beste Entscheidung ihres Lebens gewesen.

Doch Cheyenne war auch der Ort, in dem die Taylors gelebt hatten und in dem sie zum Tode verurteilt worden war.

Sie war eine Berühmtheit gewesen zu der Zeit, die Menschen hatten sich für sie eingesetzt, sie hatte so viel Freundlichkeit und Hilfsbereitschaft erfahren. Niemals würde sie das Komitee der Bürgerfrauen von Cheyenne vergessen, allen voran Mrs. Carter, die Frau des Doktors, der sie operiert hatte.

Jackys Dankbarkeit kannte nach wie vor keine Grenzen und sie überwies regelmäßig großzügige Geldbeträge an das Komitee, die für Schulen und Waisenhäuser genutzt wurden.

Lange hatte sie überlegt, ob sie den Damen einen Besuch abstatten sollte, aber sich dagegen entschieden. Sie wollte nichts aufrühren, wollte unerkannt bleiben, wer wusste schon, ob nicht doch noch ein paar Leute sich an sie mit weniger freundlichen Gefühlen erinnerten.

Jetzt im Frühsommer war es in Cheyenne heiß und staubig, damals war es kalt gewesen und trotz der Wärme fröstelte Jacky in der Erinnerung.

Und dann war Cheyenne ja auch die Stadt, von der aus Jim aufgebrochen war, um sie mit Ken und den anderen zu entführen.

Jim, der ihr später geholfen hatte zu fliehen und der sie bei der Geburt des kleinen James im Arm gehalten hatte. Am Ende hatte er sein Leben für sie gegeben und sie hatte ihren Sohn nach ihm benannt.

Endlich fuhr der Zug dampfend und mit quietschenden Bremsen in den Bahnhof ein und sie stiegen alle aus. Anthony kümmerte sich um das Gepäck, während Anna die Kinder beaufsichtigte und Jacky sich nach dem Zug nach Denver erkundigte.

Erleichtert erfuhr sie, dass schon ein Zug bereitstand, der bald abfahren würde, man hatte auf die Ankunft der transkontinentalen Bahn gewartet, und somit würde ihr Aufenthalt sehr kurz sein.

Sie gab noch zwei Telegramme auf, eines an Ben und eines an ihren Pflegevater, um ihre Ankunft mitzuteilen, dann stiegen sie alle in den Zug nach Denver. Dieser Zug war weniger bequem, aber die Fahrt würde nur mehr ein paar Stunden dauern.

Die Kinder hatten auch schon genug von der langen Reise und waren müde und quengelig. Jacky nahm Maddie auf den Schoß und machte kleine Spielchen mit ihr, die sie zum Lachen brachten, bis das Kind schließlich einschlief.

Nachdenklich blickte Jacky aus dem Fenster und betrachtete die vorbeiziehende Landschaft.

Hier war sie mit Ben einst entlanggeritten, sie konnte sich noch gut erinnern.

Je mehr sie sich Denver näherten, desto mehr zog sich ihr Herz zusammen, es war so seltsam, zurückzukehren, was würde sie erwarten?

Das Versprechen

Nach endlosen Stunden erreichte der Zug schließlich Denver. Die lange Reise war zu Ende.

Jacky nahm die schlafende Maddie auf den Arm und ließ sich von Anthony aus dem Zug helfen. Anna und James folgten, alle waren froh, endlich am Ziel zu sein. Suchend sah sich Jacky in der Menschenmenge um und erblickte sogleich ihren Pflegevater Sam Warner, der auf sie gewartet hatte. Sie lief auf ihn zu und er umarmte sie wegen Maddie äußerst vorsichtig. Erstaunt sah er auf Anna, Anthony und die Kinder.

„Wen hast du denn alles dabei?", fragte er. „Wir haben nur mit dir gerechnet, aber du kommst gleich mit ganzem Hofstaat?"

„Ich habe die Kinder mitgebracht, das Kindermädchen und meinen Hausdiener", antwortete Jacky. „Ich konnte die Kinder doch nicht allein zurücklassen. Wir werden schon eine Unterkunft finden für uns."

Sam Warner betrachtete Jacky und die Kinder und freute sich, dass alle so gesund und wohlhabend aussahen. Seine Pflegetochter war ihren Weg geradlinig gegangen, sie hatte immer gewusst, was sie wollte, und sie hatte anscheinend alles erreicht und ihr Glück gemacht. Und endlich lernte er seine Enkelkinder kennen, von denen er bis jetzt nur in Briefen gelesen hatte. Das war eine unerwartete Überraschung.

„James, gib deinem Großvater die Hand", befahl Jacky. „Schau, das ist dein Großvater Sam, von dem ich dir erzählt habe!"

James tat wohlerzogen, was ihm aufgetragen worden war, und musterte Sam Warner neugierig.

„Kein Bart", meinte er enttäuscht.

Jacky lachte.

„Nein, er hat keinen Bart. In unseren Geschichten haben Großväter immer lange Bärte, nun ist mein armer James enttäuscht. James, du hast eben einen ganz besonderen Großvater! Und das ist Maddie."

Jacky drehte ihre Tochter ein wenig, das Kind war gerade aufgewacht und rieb sich verschlafen die Augen.

„Prachtvolle Kinder", lobte Sam Warner stolz. „Nun kommt, wir wollen nach Hause fahren."

„Vater, ... wie geht es Tante Allie?", fragte Jacky. „Was ist mit ihr?"

Sam zögerte. „Wir wollen in die Kutsche steigen, unterwegs erzähle ich dir alles."

Sie gingen zusammen nach draußen auf die Straße. Jacky sah sich aufatmend um, nichts hatte sich verändert. Es gab allerdings noch mehr Menschen als früher, die eilig die breiten Straßen auf und abhasteten, und auch die Anzahl der Kutschen hatte beträchtlich zugenommen.

Als das Gepäck verladen war und alle Platz gefunden hatten, nahm Jacky die Frage wieder auf.

„Nun erzähle, Vater, warum will sie mich sehen? Was ist passiert?"

„Allie liegt im Sterben. Sie hat ein Frauenleiden und wird nicht mehr gesund werden, die Ärzte können ihr nur noch Morphium geben."

Jacky schluckte, sie hatte so etwas erwartet, dennoch war es schwer, diese schlechte Nachricht zu hören.

„Es tut mir so leid", flüsterte sie und merkte, dass sie Tränen in den Augen hatte.

Tante Allie hatte ihr vielleicht nicht allzu viel Liebe entgegengebracht, aber sie hatte ihr eine ausgezeichnete Erziehung angedeihen lassen und sich sehr um das kleine Mädchen gekümmert.

Jacky wusste gut, wie viel sie ihr zu verdanken hatte, und manchmal regte sich ihr schlechtes Gewissen, weil sie damals einfach fortgelaufen war und nicht die Erwartungen und Hoffnungen erfüllt hatte, die man in sie gesetzt hatte.

„Wo können wir wohnen, Vater?", fragte sie. „Kennst du ein gutes Hotel? Dann würden ..."

„Zuhause natürlich", unterbrach er sie rasch. „Keine Sorge, es ist Platz für alle. Du kannst in dein ehemaliges Zimmer, das ist für dich vorbereitet worden, und für deine Kinder und das Mädchen Anna können wir Mikes Zimmer einrichten. Für den Diener wird sich auch etwas finden."

„Ist Mike denn nicht zuhause?"

„Mike ist verheiratet und nach Utah gezogen. Habe ich dir das nicht geschrieben? Mag sein, dass ich es über Allies Krankheit vergessen habe. Sein Schwiegervater hat ein großes Holzwerk, dort ist er Geschäftsführer geworden."

„Das sind ja gute Neuigkeiten. Dann hat also Fred das Geschäft hier übernommen?"

Einer musste es ja tun, dachte Jacky.

Sie waren am Haus der Warners angekommen und Sam zog es vor, nicht zu antworten. Es war ihr nicht aufgefallen und er schloss erleichtert die Tür auf.

Gemeinsam gingen sie durch den Verkaufsraum in die Wohnung. Jacky bemerkte erschrocken, dass der Laden geschlossen war und alles verwahrlost aussah. Gar nicht wie früher, als Tante Allie penibel auf Ordnung geachtet hatte. Aber sie verschob ihre Fragen auf später.

Sam führte sie zu ihrem Zimmer und befahl einem Dienstmädchen, alles für Anna und die Kinder in Mikes ehemaligem Raum vorzubereiten.

Jacky zog sich kurz zurück und sah befriedigt, dass heißes Wasser zum Waschen für sie in der Kanne war. Sie nutzte es sofort und zog ein frisches Kleid an.

Danach fühlte sie sich viel besser.

Den Rest des Wassers brachte sie zu Anna und den Kindern. James tobte auf dem Bett herum und Jacky rief ihn zur Ordnung. So konnte das Dienstmädchen, das Ylvie hieß, das Bett fertig beziehen, während Anna und Jacky die Kinder wuschen und umzogen.

Ylvie war bestimmt noch keine 20, aber sie war es anscheinend gewohnt, den Haushalt zu führen. Jacky hatte keine weiteren Angestellten entdeckt, war etwa das Mädchen allein für alles verantwortlich?

Trotz ihrer Jugend schien sie jedoch alles im Griff zu haben, die Wohnräume waren sauber und ordentlich. Übrigens konnte die rührige Ylvie ihre Herkunft aus dem nördlichen Europa mit ihren blauen Augen, den roten Pausbäckchen und den blonden Haaren kaum verleugnen. Auch hatte sie einen reizenden, wohl schwedischen Dialekt. Das Haar trug sie in einem langen geflochtenen Zopf, den sie um den Kopf herum befestigt hatte, was sie ziemlich rundlich wirken ließ.

Jacky mochte sie vom ersten Moment an und fühlte, sie war eine echte Stütze für die Pflegeeltern. Die Kinder tanzten ebenfalls schon um sie herum und Ylvie nahm sie lachend mit in die Küche, um ihnen ein paar Leckerbissen zu geben. Es gab wohl auch keine Köchin, Jackys schlimme Befürchtungen verstärkten sich.

Endlich fühlte sie sich bereit, Tante Allie zu begegnen. Sam hatte im Wohnzimmer auf sie gewartet.

Als Jacky dort eintrat, stockte ihr Herz. Zum letzten Mal war sie mit Ben hier gewesen, als sie ihn als ihren Ehemann vorstellte, und Allie hatte wie immer mit geradem Rücken in dem großen Sessel gesessen, stolz und streng. Nun war der Sessel erschreckend leer.

Jacky schluckte beklommen.

„Solltest du mir nicht zuerst sagen, was hier los ist, Vater?", fragte sie. „Warum ist der Laden geschlossen? Er sieht aus, als sei er seit Monaten nicht geöffnet worden. Wo ist Fred? Warum habt ihr nur ein Dienstmädchen?"

„Setz dich, Jacky, ich will dir alles erzählen. Wir haben dich kommen lassen, weil wir dich brauchen. Ich konnte dir das nicht in den Briefen schreiben, Allie wollte das nicht, sie war zu stolz. Aber nun ist ihr der Laden und wohl auch mein Wohlergehen wichtiger als alles andere.

Um es kurz zu sagen: Fred hat sein Elternhaus verraten und verlassen. Schon lange! Er hat Geld gestohlen, Waren verhökert, er brauchte das Geld, weil er spielt und es vertrinkt. Wir konnten nichts dagegen tun, weder mit Strenge noch mit Milde. Er hat uns Versprechungen gemacht, sie immer wieder gebrochen. Wir haben ihn schließlich des Hauses verwiesen, doch dann kam er zurück, völlig am Ende, er war voller Reue. Wir nahmen ihn erneut auf, was ein Fehler war, denn er stahl eines Abends das ganze Geld aus der Kasse und verschwand damit. An Allie nagte das so sehr, wir haben mit unserem Privatvermögen die Kasse wieder gefüllt, aber so allmählich kamen auch wir an unsere Grenzen.

Und dann wurde Allie krank. Die Pflege, die Kosten für die Medikamente, es frisst uns auf. Wir konnten die Angestellten nicht mehr bezahlen und mussten sie entlassen. Nur unsere Ylvie ist geblieben, sie ist ein Segen für uns, denn sie verlangt nicht viel Geld. Mike ist eingesprungen, hat ausgeholfen, aber er hat auch Probleme, muss mit seinem Geld haushalten. Er schlug vor, dass ich nach Allies Tod alles verkaufe und zu ihm ziehe, aber was soll ich auf meine alten Tage in Utah? Allie möchte, dass das Geschäft wieder aufgebaut und dann nach ihrem Tod möglichst gewinnbringend veräußert wird.

Ja, Jacky, das ist die Situation."

Jacky starrte ihren Pflegevater mit offenem Mund an. Sie ahnte schon, warum man sie herbestellt hatte, und sie wusste, sie würde diese Aufgabe annehmen und erfüllen, doch das würde viel mehr Zeit und Energie beanspruchen als vorgesehen.

Und dann war da noch ihr kleines Geheimnis, das sich in ein paar Monaten nicht mehr würde verleugnen lassen. Sie würde Ben für sehr lange Zeit nicht sehen und seine Kinder würden ohne ihren Vater sein, aber hatte sie eine Wahl?

„Warum hast du mich nicht schon längst informiert?", fragte sie vorwurfsvoll. „Du weißt, dass ich geholfen hätte, ich hätte dir Geld schicken können!"

„Allie wollte das auf keinen Fall. Und wir wussten auch nicht so genau, wie gut du situiert bist und ob wir dich damit nicht zu sehr belasten. Du hast zwar regelmäßig geschrieben, danke dafür, aber wir haben ja auch gehört, dass bei euch einmal alles abgebrannt ist und ihr einen Neuanfang machen musstet."

Jacky winkte ab.

„Das ist drei Jahre her und wir sind damals entschädigt worden. Unsere Geschäfte laufen bestens, ach Vater, wenn ich nur gewusst hätte ..."

„Jetzt bist du ja hier. Willst du nun Allie sprechen? Ich bringe dich zu ihr."

Jacky nickte und wappnete sich. Sam öffnete die Tür zum Schlafzimmer und Jacky trat ein.

Es war schlimmer, als sie sich hätte ausmalen können. Die einst so stattliche und starke Geschäftsfrau Mrs. Warner war kaum wiederzuerkennen. Sie war fast bis zum Skelett abgemagert und zu schwach, um sich aufzusetzen. Man hatte sie mit Kissen erhöht gebettet, das blasse Gesicht hatte ungesunde rötliche Flecken, die sich beim näheren Hinsehen als kleine Geschwüre entpuppten.

Die einst so gepflegten schwarzen und dichten Haare waren grau und hingen in Strähnen herab.

Die Luft im Raum war zum Schneiden.

„Öffne bitte das Fenster", bat Jacky ihren Stiefvater als Erstes, denn ihr war sofort übel geworden.

„Aber ... die Ärzte sagen, die kalte Luft sei ungesund."

„Unsinn! Sie braucht frische Luft, das ist das Beste und außerdem ist es heute draußen warm und sonnig. Tante Allie, was machst du nur für Sachen? Warum habt ihr mich nicht schon früher geholt? Aber jetzt bin ich da und werde alles in die Hand nehmen."

Sie setzte sich auf den Bettrand und nahm zärtlich die magere Hand, auch hier sah sie diese roten und schwarzen Flecken. Unendliches Mitleid überkam sie, auch als sie bemerkte, dass Allie anscheinend große Schmerzen litt.

„Ja, nun bist du hier", flüsterte Allie. „Ich brauche dich, Jacky, ich brauche dich so dringend, nur du kannst uns helfen."

„Sag mir was ich tun soll, Tante ..." Jacky brach ab. Allie war nicht ihre Tante, und nun war es an der Zeit, die Dinge richtigzustellen. „Sag mir, was ich tun soll, Mutter", verbesserte sie sich deshalb.

Allie hatte es registriert und ein kleines, warmes Lächeln umspielte kurz ihre Lippen. Doch es war keine Zeit für Gefühle, aus ihr brach es regelrecht heraus.

„Kümmere dich um den Laden, Jacky, du kannst das, ich weiß es. Ich weiß auch, dass du nicht für immer bleiben wirst, du bist verheiratet und lebst in Kalifornien, aber bitte, bleibe hier, so lange es notwendig ist, und dann verkaufe das Geschäft gut. Alle Schulden sollen bezahlt werden und Sam soll sein Auskommen haben, er soll nicht abhängig sein. Von niemandem. Schaffst du das?"

Jacky schluckte, aber sie ließ sich nichts anmerken.

„Natürlich werde ich das schaffen, Mutter, du kannst dich auf mich verlassen, ich bin euch das auch schuldig, glaube mir, ich weiß, wie viel ich dir zu verdanken habe. Du hast mich alles gelehrt, ach, warum habt ihr mich nur nicht früher geholt?"

„Du führst dein eigenes Leben, Kind."

„Das ist doch kein Grund, ich wäre sofort gekommen, wenn ich von euren Schwierigkeiten gewusst hätte."

„Du bist eine gute Tochter. Aber Jacky, du weißt von unserem Fred?"

„Ja, Vater hat mir gerade alles erzählt."

„Versprich mir, du holst ihn zurück, du hilfst ihm, lass ihn nicht untergehen, bitte, Jacky, er ist mein Sohn, mein kleiner Sohn ..." Allie blickte sie flehend an.

Jacky konnte nicht antworten, diese Aufgabe wog schwerer.

„Wo ist Mike?", fragte Allie, in schwachem Tonfall an ihren Mann gewandt.

Auch Jacky blickte zu Sam.

„Mike kommt morgen. Er hat uns ein Telegramm geschickt. Keine Sorge, er wird kommen, Allie", antwortete er hastig.

Jacky hörte die Lüge heraus, Sam Stimme war brüchig und unsicher, doch Allie schien nichts zu merken.

„Ich möchte ihn noch einmal sehen, ihn und mein Enkelkind," seufzte sie sehnsüchtig.

„Jacky hat ihre Kinder mitgebracht, du hast noch zwei Enkelkinder", lenkte Sam schnell ab.

Allies Gesicht wurde weich.

„Du hast die Kinder mitgebracht, oh, wie schön, ... Bitte, ich will ..."

Es bedurfte keiner weiteren Worte.

Jacky erhob sich und holte James und Maddie. James war vorher schon eingeschärft worden, sich brav und ruhig zu verhalten, und so marschierte er wohlerzogen an Jackys Hand in das Krankenzimmer.

Selbst die kleine Maddie zeigte sich auf Jackys Arm von ihrer besten Seite und verhielt sich ruhig.

Allie betrachtete die Kinder mit Tränen in den Augen.

„Sie sind so schön, sie haben ihr Leben noch vor sich. Sie sehen dir sehr ähnlich, Jacky, vor allem das Mädchen."

Sie zauberte aus irgendwelchen Tiefen ein Lächeln auf ihr Gesicht und streckte die Hand nach den Kindern aus, doch dann wand sie sich plötzlich.

„Geh mit den Kindern hinaus!", befahl Sam und öffnete eine Schublade in der Kommode.

Jacky verließ den Raum und übergab Anna die Kinder. Rasch kehrte sie zurück und sah, dass Sam Allie etwas einflößte.

„Es ist Morphium", erklärte er leise. „Sie wollte keines nehmen, bis du da bist, sie wollte einen klaren Kopf haben, um mit dir zu sprechen ... aber nun brauchst du es dringend, meine Liebste."

„Jacky", flüsterte Allie eindringlich. „Jacky, ... Fred, bitte, du musst ihm helfen ..."

Jacky beugte sich über die Sterbende.

„Ich werde es versuchen,", versprach sie. „Ich werde tun, was mir möglich ist, um ihn zurückzuholen."

Allie atmete ein wenig leichter. Sie legte sich zurück und schloss die Augen.

Auf Zehenspitzen verließen Sam und Jacky leise den Raum.

Draußen sahen sie sich an.

„Jacky, du musst das nicht tun mit Fred, es ist eine unmögliche Aufgabe. Es ist gut, dass du es ihr versprochen hast, so kann sie wenigstens in dieser Hoffnung scheiden."

Jacky hob eigensinnig den Kopf.

„Ich habe es versprochen, also werde ich die Aufgabe erfüllen. Sonst wird sie nicht in Frieden ruhen!"

Wenn sie über eines Bescheid wusste, dann war es über die Verpflichtung, die aus den Wünschen der Toten erwuchs. Einst war sie von den Geistern ihrer verstorbenen Familie gequält worden, so lange, bis sie die Rache, die man ihr in ihren Träumen auftrug, vollzogen hatte. Sie wollte nicht den Geist ihrer Pflegemutter um sich haben.

Entschlossen wechselte sie das Thema.

„Vater, es ist nicht wahr, oder? Mike wird morgen nicht kommen."

„Nein, es war eine Lüge, er schrieb mir, er kann nicht weg. Seiner Frau geht es nicht gut, sie erwartet ein Kind und es scheint ernsthafte Probleme zu geben. Aber das kann ich Allie einfach nicht erzählen."

Jacky biss sich auf die Lippen.

„Dann werde ich wohl Fred suchen gehen jetzt. Er soll seine Mutter noch einmal sehen. Wo ist er? Wo treibt er sich herum?"

„Du willst doch nicht allein durch die Saloons und Kneipen ziehen? Das geht nicht! Was sollen die Leute denken?"

„Ich nehme Anthony mit. Keine Angst, Vater, ich war mit Ben und Jesse schon öfter in diversen Etablissements, ich habe keine Angst, sag mir nur, wo ich ihn am wahrscheinlichsten finde."

Sam nannte widerstrebend ein paar Lokale, dann sah er aus dem Fenster.

„Die Sonne geht bald unter, du solltest nicht mehr ..."

„Gerade weil es Abend wird, gehe ich jetzt. Sorgt Ylvie für Mahlzeiten?"

„Ja, sie ist sehr tüchtig, wie gesagt, sie ist ein Segen. Sie bekommt wenig Geld, aber dafür wohnt sie hier, das genügt ihr im Moment noch."

„Gut, dann soll sie das Abendessen bereiten, Anna wird ihr helfen, ich sage ihr Bescheid, gerade weil wir ja mehr Personen sind und ihr nicht mit so vielen gerechnet habt. Die Kinder müssen anschließend zu Bett gebracht werden, auch das wird Anna erledigen. Kümmere du dich um Mutter und mach dir sonst keine Gedanken, ich bin bald zurück."

Jacky holte ihren Umhang aus dem Koffer und gab Anna alle notwendigen Anweisungen.

Dann suchte sie Anthony auf, der in einem der unteren Zimmer eine bescheidene Unterkunft gefunden hatte. Morgen würde sich Jacky darum kümmern, dass er es bequemer hatte. Sie bat ihn, sie zu begleiten und bald darauf waren sie unterwegs.

Auch nach Jahren fand sich Jacky problemlos zurecht, denn der einst sorgfältig geplante Aufbau mit beinahe quadratischem Umriss erleichterte die Orientierung in Denver ungemein.

Während sie durch die Straßen eilen, dachte Jacky fieberhaft nach. Sie brauchte Hilfe.

Also wandte sie sich an ihren Begleiter.

„Anthony, die ganze Sache hier gestaltet sich viel schwieriger, als gedacht. Wir werden länger bleiben müssen."

„Das ist in Ordnung Mrs. Hart. Wie lange denn ungefähr?"

„Ich kann das sehr schwer einschätzen, mehrere Monate, vielleicht ein halbes Jahr, vielleicht sogar länger. Und Anthony, denkst du, es wäre möglich, dass Claire hierherkommt und mithilft?"

Anthony strahlte.

„Das wäre wunderbar, dann können wir von mir aus für immer hierbleiben! Werden Sie heute noch an Claire schreiben, Mrs. Hart? Kann sie sofort kommen?"

Jacky lachte.

„Ich werde das gleich morgen früh veranlassen, in spätestens zwei Wochen wird sie hier sein. Und wir werden euch eine schöne Wohnung einrichten. Aber nun müssen wir uns um meinen Bruder kümmern."

Jacky klärte Anthony kurz auf, worum es ging, und so durchsuchten die beiden die Saloons in der Innenstadt von Denver.

Jacky war sich sicher, dass sie Fred sofort wiedererkennen würde, und so war es dann auch. Sie fanden ihn ziemlich bald in einem heruntergekommenen Etablissement, wo er an einem Tisch pokerte.

„Hallo Fred!", begrüßte ihn Jacky.

Fred Warner blickte erstaunt auf und sah seine Schwester, eine kleine dunkelhaarige, schlanke Frau, in schönen Kleidern.

Sie war ein so ungewöhnlicher Anblick in dieser schäbigen Hütte, dass auch die anderen Mitspieler ihre Karten sinken ließen und Jacky anstarrten.

„Bist du das, Jacky? Du meine Güte!"

„Ja, ich bin es. Und du solltest nach Hause kommen, deine Mutter liegt im Sterben, sie will dich sehen."

Fred lachte.

„Ist die Alte noch nicht abgekratzt? Sie hat mich rausgeworfen, ich will sie nicht mehr sehen. Wenn sie gestorben ist, sag mir das, dann hole ich mir meinen Anteil."

„Ja, dann kannst du endlich deine Schulden bezahlen, du Mistkerl!", warf einer der Mitspieler ein.

Jacky fasste Fred am Arm.

„Fred, wie redest du von deiner Mutter? Sie stirbt und will dich sehen! Hast du denn keine Ehre im Leib?"

Fred stand auf und packte ihre Hand.

„Moment mal, ausgerechnet du redest von Ehre? Komm mir bloß nicht damit. Warst nicht du das, die mit einem Kerl weggelaufen ist und die dann wegen Mordes zum Tode verurteilt wurde und auf dubiose Weise freikam? Wenn, dann bist du die Schande der Familie!"

Anthony schob sich vor Jacky, befreite sie aus Freds Griff und fasste ihn am Kragen.

„Mein Herr, so reden Sie nicht mit Mrs. Hart!"

Die anderen Männer am Tisch sprangen auf, bereit, Fred zu verteidigen.

„Hör auf, Anthony, lass ihn los!", befahl Jacky entsetzt. „Fred, ich sage dir jetzt zum letzten Mal, komm mit mir, deine Mutter stirbt. Du wirst es bereuen, wenn du sie nicht mehr gesprochen hast."

„Lass mich in Ruhe, Jacky! Hey, Wirt, wirf mal diese Dame hier hinaus, sie ist kein Umgang für dein feines Lokal. Oder hol gleich den Sheriff, vielleicht kriegt er fertig, was sie in Wyoming nicht schafften, und hängt sie auf."

„Es wäre wirklich besser, Sie gehen jetzt", meinte einer der Männer ruhig. „Fred bleibt hier und Sie verschwinden!"

Die Drohung in der Stimme war nicht zu überhören.

Jacky warf einen Blick auf Anthony.

Sie waren nur zu zweit und inzwischen horchte das ganze Lokal der Auseinandersetzung zu, bereit sofort einzugreifen, in Vorfreude auf eine wilde Rauferei.

Sie nickte Anthony zu und wandte sich um.

Gemeinsam wanderten sie nach Hause.

Die erste Runde ging an Fred, aber es war nur der Beginn der Schlacht.

Wenn ein Mann
so weise wie eine Schlange ist,
kann er es sich leisten,
so harmlos wie eine Taube zu sein.

Viele Hürden

Denver, 17. Mai, 1877

Mein liebster Ben,

gestern haben wir Tante Allie begraben, ihr Tod war eine Erlösung.
Sie hatte unglaublich starke Schmerzen, es war kein Leben mehr.
Vater ist zusammengebrochen, aber inzwischen hält er sich tapfer.
Sie ist in derselben Nacht, in der wir in Denver ankamen, in unserem
Beisein gestorben, es schien, als hätte sie nur auf mich gewartet. Sie
schlief friedlich ein, ein Glück nach all dem, was sie vorher wohl
durchmachen musste.

Ach, Ben, sie hat mir mehrere Aufgaben übertragen, die Situation
ist viel schlimmer, als wir sie uns ausmalen konnten. Ich habe die
Bücher überprüft, es sind hohe Schulden da, das Haus und der
Laden sind mit Hypotheken belastet, würden wir jetzt verkaufen,
würde es buchstäblich eins zu eins aufgehen und Sam stünde mit
nichts auf der Straße.

Mutter wollte von mir, dass ich den Laden wieder aufbaue und dann
erst verkaufe, ja, das ist wohl nun meine Pflicht, aber so wie ich das
sehe, wird es länger dauern, als wir dachten.

Viel länger, mehrere Monate, vermute ich.

Bitte, mein liebster Ben, ich hoffe, Du stimmst mir zu, dass ich diese
Aufgabe übernehmen muss und vorerst mit den Kindern hierbleibe.
Und ich muss Dich sogar noch um mehr bitten: Ich brauche Geld,
viel Geld! Könntest Du Dich darum kümmern? Würdest Du das
auch Jesse erklären und ihn um ein Darlehen bitten?
Ich weiß, dass ich viel von Euch verlange, aber ich habe keine Wahl.
Wegen des Geldes, schicke bitte Claire damit los, setze sie in den

nächsten Zug. Anthony lässt ihr ausrichten, dass er hierbleibt, und er möchte, dass sie bei ihm ist. Ich könnte Claire so gut brauchen, denn sie versteht sich darauf, einen Haushalt und einen Laden zu versorgen. Auf sie kann ich mich blind verlassen.

Anthony lässt Claire grüßen und freut sich schon sehr auf sie, sie soll bitte so schnell wie möglich kommen. Kannst Du ihr das so weitergeben?

Meine Eltern haben ein junges Mädchen als Angestellte, alles ruht auf ihren Schultern, sie wird noch dazu schlecht bezahlt. Das ist kein Zustand. Aber sie ist fleißig und es ist nichts an ihr auszusetzen.

Du fragst Dich sicher, warum ich das tun muss, wenn doch zwei Söhne da sind.

Mike wohnt in Utah und seine Frau liegt im Sterben, er hat gestern telegrafiert, er konnte nicht einmal zur Beerdigung kommen.

Es ist so traurig. Seine armen Kinder haben nun bald keine Mutter mehr.

Fred dagegen ist ein Trinker und Spieler geworden, er ist mit schuld daran, dass kein Geld mehr da ist und dass alles so fürchterlich heruntergekommen ist. Er ist hier in Denver, ich habe mit ihm gesprochen, aber er ist unerbittlich. Er war auch nicht auf der Beerdigung.

Arme Mutter, sie hätte sich so gewünscht, ihre Söhne noch einmal zu sehen. Hoffen wir, dass unser lieber James anders wird und seine Eltern ehrt.

Den Kindern geht es gut, sie haben hier einen schönen Hof zum Spielen und Anthony hat James eine kleine Schaukel gebaut, darauf sitzt er stundenlang und schaukelt. Maddie gräbt im Dreck, das macht ihr Spaß und sie ist beschäftigt. Sie übt auch eifrig das Gehen, und an der Hand schafft sie schon ein paar Schritte. Wir warten *ungeduldig auf ihr erstes Wort, schade, dass Du es wohl nicht hören wirst.*

Ich hoffe, in San Francisco geht alles seinen Gang und Du machst fleißig Deine Spaziergänge am Meer.

Was macht Sue? Wann ist es wohl bei ihr so weit? Hält Jesse seine Versprechen?

Du kannst ihm ausrichten, dass ich meine auf jeden Fall halte.

Keine Rache, kein Taylor weit und breit, auch keine Entführung und kein Gefängnis. Es scheint direkt langweilig um mich zu werden.

Ach liebster Ben, ich vermisse Dich so sehr, ich denke jeden Tag an Dich und ich weiß, dass auch die Kinder Dich vermissen. James fragt oft nach Dir.

Ich muss mich jetzt an die Arbeit machen. Ich werde den Bestand prüfen und dann Waren bestellen und die dringendsten Schulden bezahlen. Eine Weile reicht mein Geld noch, aber ich brauche sehr bald mehr.

Du weißt, ich werde das Geld wiederbekommen und zurückzahlen, sag das auch Jesse. Ihr könnt Euch auf mich verlassen!

Mein liebster Ben, ich küsse Dich tausendmal, vielen Dank für Dein Verständnis und Deine Hilfe!

Grüße an Sue und Jesse

Deine Dich liebende Jack

Nachdem Jacky den Brief mit dem Vermerk ‚dringend‘ zur Post hatte bringen lassen, band sie sich eine Schürze um und widmete sich wieder dem Laden.

Anthony half ihr, die Regale auszuräumen und alles zu begutachten und zu notieren. Immerhin kamen noch ein paar brauchbare Dinge zusammen, die Jacky sofort gewohnt ordentlich zur Schau stellte. Sie fragte nach den Lieferanten und orderte bei ihnen frische Waren, bei einigen konnte sie jedoch erst bestellen, nachdem sie offene Rechnungen beglichen hatte.

Ihr eigenes Geld war nun fast weg, sie brauchte dringend Kunden, um weitermachen zu können.

Also beschloss sie, den Laden in zwei Tagen zu öffnen, das erschien ihr angemessen, bis dahin mussten sie sich eben irgendwie behelfen.

Gemeinsam säuberten sie alles und legten die Regalböden mit frischem Papier aus.

Ylvie half ebenfalls kräftig mit und ihre gute Laune war ansteckend. Beim Putzen ließ sie oft schwedische Lieder erklingen und die seltsam anmutenden, melancholischen Melodien erleichterten die Arbeit.

James wich ihr kaum mehr von der Seite und sang bald in Schwedisch mit, was alle zum Lachen brachte.

Jacky hatte Ylvies Lohn inzwischen eigenmächtig erhöht und ihr noch mehr versprochen, wenn alles gut laufen würde. Angestellte wie Ylvie waren eigentlich unbezahlbar, sie musste dem Haus erhalten bleiben.

Am Tag vor der Wiedereröffnung klopfte es plötzlich an der Ladentür. Jacky öffnete.

Vor ihr stand ein junger, sichtlich reicher Mann, der ihr sehr bekannt vorkam. Sie überlegte, doch schon als er zu sprechen begann, wusste sie, wen sie vor sich hatte.

„Guten Tag, Jacky, oder soll ich Mrs. Hart sagen?"

„Matt Wilson!", rief sie überrascht und ziemlich verlegen. Sie war mit Matt verlobt gewesen, aber ohne ihm ein Wort zu sagen, damals davongerannt. Sie hatte die ganze Zeit über gewusst, dass sie ihn nicht heiraten würde. Die Verlobung war Allies Wunsch gewesen, aber sie hatte nie mit ihm darüber gesprochen.

„Komm herein, Matt", lud sie ihn ein. „Und natürlich sagst du weiter Jacky zu mir. Schließlich ..."

Sie ließ den Satz unvollendet.

Er ergänzte: „Ja, schließlich wollten wir einmal heiraten, aber du hast mir einen anderen vorgezogen."

„So war es nicht, Matt."

„Ach? Bist du nicht mit einem Mann weggelaufen, den du später dann heiraten musstest?"

Jacky erkannte sofort, dass es ein großer Fehler gewesen war, Matt den Vornamen anzubieten. Er war nicht mit freundschaftlichen Gefühlen gekommen.

Sie straffte die Schultern.

„Ich bin fortgegangen, um Gold zu suchen. Ben hat mir diese Möglichkeit geboten, das war alles."

Matt grinste verschlagen.

„Bei mir hast du dich jedenfalls immer angestellt, ein anderer hatte da wohl mehr Erfolg als ich, ich muss schon sagen, das war schwer zu schlucken."

Jacky blickte ihm direkt in die Augen.

„Was willst du hier, Matt? Ich habe keinen Grund, dir für irgendetwas Rechenschaft abzulegen. Ich tat, was ich tun musste, das ist alles, was ich dazu sagen kann!"

Anthony erschien aus dem Hintergrund.

„Gibt es Probleme, Mrs. Hart?", fragte er.

„Nein, Anthony, danke! Mach bitte dort hinten weiter, ich komme gleich wieder."

Anthony gehorchte und schlurfte misstrauisch zu seiner Arbeit zurück.

Matt fuhr fort: „Warum ich hier bin, Jacky, du willst also den Laden wieder eröffnen? Wirst du denn hier in Denver bleiben?"

Sie blickte ihn stolz an. „Meine Pläne sehen vor, dass ich vorerst hierbleibe, ja!"

„Vorerst, ... hör zu, Jacky, du weißt, dass du hier keinen Platz mehr hast. Euer Laden ist am Ende. Pass auf, kommt doch heute Abend zu mir, du und Mr. Warner, ich glaube, ich habe ein interessantes Angebot für euch. Angesichts unserer gemeinsamen Geschichte und Freundschaft möchte ich euch etwas Gutes tun. Sagen wir um sieben Uhr? Meine Frau wird sich freuen, euch bewirten zu können."

Jacky hielt sich gerade noch zurück, was bei ihrem Temperament große Mühe kostete.

Wie konnte Matt es wagen, ihr ins Gesicht zu sagen, der Laden sei am Ende?

Doch sie nickte gnädig und bedankte sich für die Einladung, sie würden kommen. Bei sich dachte sie, es würde gut sein, Matts Angebot anzuhören und nicht gleich in wirkliche Feindschaft mit ihm zu geraten.

Sie verabschiedeten sich und Jacky seufzte tief, als sie wieder an die Arbeit ging.

„Ach, Anthony, warum muss alles so schwierig sein? Überall türmen sich Probleme, wie soll ich die alle lösen?"

„Mrs. Hart, wenn jemand diese Probleme lösen kann, dann wohl Sie! Ich weiß, dass Sie das können."

„Danke fürs Mutmachen, Anthony. Wenn ich dich nicht hätte, würde ich wohl morgen abreisen und hier alles zusammenbrechen lassen. Machen wir also weiter und tun wir unser Bestes!"

Denver, 21. Mai, 1877

Mein liebster Ben,

es wird immer schwieriger hier, ich hoffe, Claire kommt bald.

Dein Telegramm mit der Zusage und dass Claire bereits alles fertig hat, habe ich heute bekommen. Sie wird doch aus Cheyenne telegrafieren?

Ich schreibe Dir heute, weil ich ziemlich mutlos bin, weil ich nicht weiß, wie ich alles bewältigen soll, am liebsten würde ich zusammenpacken und heimkommen zu Dir, aber ich habe meine Aufgabe und vor allem will ich Matt Wilson nicht das Feld überlassen. Du kannst Dich doch noch erinnern, dass ich einmal mit ihm verlobt war?

Als unser Laden den Bach hinunterging, konnten Wilsons die Preise in Denver diktieren. Sie sind sehr reich und wollen natürlich keine Konkurrenz.

Stell Dir vor, Matt hat uns zu sich eingeladen und vorgeschlagen, den Laden zu kaufen, für ein Butterbrot und ein Ei, und ich könne froh sein, dass jemand so viel bieten würde. Mir blieb fast die Luft weg, als er sein Angebot machte, und ich bin einfach aufgestanden und gegangen, habe Vater mit mir gezogen, nicht einmal verabschiedet haben wir uns, mir fehlten wirklich die Worte.

Nun erst recht!

ER wird jedenfalls bald Konkurrenz spüren, ja, das hoffe ich, aber es läuft sehr zäh an. Seit vorgestern haben wir geöffnet, doch die Kunden kommen nur spärlich. Ich vermute auch, dass über mich Gerüchte verbreitet wurden, man kennt hier meine Geschichte, aber eben nicht alles, man weiß nur die unschönen Dinge und deswegen bleiben die Leute weg. Ich versuche, sie mit Qualität und guten Preisen zu überzeugen, nur es ist schwer, viel schwerer, als ich dachte.

Ich habe noch mehr schlechte Nachrichten: Die Frau meines Bruders Mike ist leider verstorben, sie hat ein Kind geboren, aber die Geburt nicht überlebt. Ich weiß nicht, was er tun wird, ich hoffe, er kommt nach Denver und löst mich hier ab, doch das wird wohl ein Wunschtraum bleiben.

Vater hält sich weiterhin gut.

Er hilft im Laden und ist sehr freundlich mit den Kunden. Aber am liebsten fährt er Waren aus, also soll er das auch in Zukunft tun. Gestern habe ich mir Zeit genommen und bin auf den Hügel gegangen, Du weißt schon, den Hügel, auf dem ich mich immer mit Manyeyes traf. Der Adler hat nicht geschrien, aber ich wollte es sehen und erleben, wollte mir Kraft holen dort oben, und wie immer hat es geholfen. Am nächsten Sonntag nehme ich vielleicht James mit hinauf. Ich vermisse Manyeyes, aber nicht so, wie ich Dich vermisse. Ich würde mich so gerne in Deinen Armen ausruhen, Deine Geborgenheit fühlen, ich kann nicht glauben, dass ich schon fast einen halben Monat von Dir getrennt bin. Ich sehne mich so nach Dir …
Maddie läuft inzwischen ein paar Schritte allein und sie ist so stolz darauf.
James ist viel im Laden und darf beim Einsortieren helfen. Er wird bestimmt einmal ein Geschäftsmann, er plappert fröhlich mit den Kunden, sagt „Guten Tag" und „Beehren Sie uns wieder!", manchmal in der falschen Reihenfolge, und das bringt die Leute zum Lachen. Vielleicht wendet sich dank James das Blatt doch.
Wie geht es Dir gesundheitlich? Geh bitte oft am Meer spazieren und überlasse Jesse mehr an Arbeit, er soll sich ja nicht drücken!
Was macht Sue? Ich hoffe, sie bekommt auch einen süßen Jungen, ich glaube, Jesse wäre das lieber. Wobei ich ihn mir auch mit einem kleinen Mädchen gut vorstellen kann.
Sag doch Sue, sie solle mir einmal schreiben, ich lechze nach Nachrichten aus San Francisco und kann Claires Ankunft kaum erwarten.
Ich küsse Dich tausendmal und hoffe, wir sehen uns bald wieder.
Deine Dich liebende
Jack

Jacky legte die Feder nieder und barg den Kopf in den Händen. Sie hatte viel zuversichtlicher geschrieben, als ihr tatsächlich zumute war.

Anthony war ihr zum Glück eine große Stütze, aber alle Entscheidungen oblagen ihr.

Sam war kaum in der Lage, das Geschäft zu führen, das hatte er nie gemacht. Er war ein Händler, er konnte wohl geschickte Verträge mit Lieferanten abschließen, doch es war Jacky, die bestimmte, welche Waren man in welchen Mengen besorgen musste.

In San Francisco hatte sie sich mit Ben und Jesse beraten können, und auch wenn die beiden unerfahren gewesen waren, hatten sie schnell begriffen, was wichtig war. Inzwischen führte Ben das Geschäft so, als hätte er nie etwas anderes getan. Sein einziges Problem war die angegriffene Gesundheit, daher brauchte er zuverlässige Mitarbeiter.

In Denver wurden auch andere Sachen benötigt, als im sonnigen Kalifornien, selbst die Damenmode war unterschiedlich, viel konservativer und bedeckter, die fröhlichen Farben der Küste fehlten.

Jacky seufzte tief, versiegelte den Brief und gab ihn Ylvie mit dem Auftrag, ihn sofort als Eilpost abzusenden. Dann vertiefte sie sich wieder in die Bücher, stellte Rechnungen auf, kalkulierte und wusste doch, es reichte vorne und hinten nicht.

Sie brauchte unbedingt mehr Geld.

Spät in der Nacht ging sie zu Bett, den Kopf voll mit schweren Gedanken. Sie tastete nach ihrem Bauch, versuchte, sich das kleine Wesen vorzustellen, das in ihr heranwuchs, aber es gelang ihr nicht. Sie verspürte keinerlei Anzeichen ihrer Schwangerschaft, keine Übelkeit, nichts, und das war seltsam, denn sowohl bei James als auch bei Maddie hatte sie in den ersten Monaten kaum etwas bei sich behalten. Sie musste sogar schon weiter sein, als sie gedacht hatte, denn ihre Kleider wurden allmählich zu eng, ihr Bäuchlein wölbte sich vor, doch das war alles, was sie bemerkt hatte.

Was würde Ben dazu sagen?

Sie hatte es ihm verheimlicht, aus Gründen, die sie selbst nicht so genau benennen konnte und über die sie nicht wirklich nachdenken wollte.

Als klar war, dass sie nach Denver zurückmusste, hatte sie erst recht geschwiegen, denn Ben hätte ihr die Fahrt vielleicht nicht erlaubt oder hätte darauf bestanden, mitzukommen. Sie hatte ihm gegenüber ein schlechtes Gewissen und hoffte, er würde Verständnis zeigen, wenn er die Wahrheit erfuhr. In einem der nächsten Briefe musste sie es ihm schreiben, er würde ihr niemals glauben, dass sie eine Schwangerschaft mehrere Monate lang nicht bemerkt hätte, und sie fühlte sich sehr schäbig, weil sie Ben so hinterging.

Schlaflos wälzte sie sich hin und her und fand keine Lösung. Angestrengt versuchte sie, sich auf die nächsten Aufgaben zu konzentrieren, stellte im Geiste Pläne auf für die folgenden Tage.

Endlich wurde sie von der Müdigkeit überwältigt und fand für ein paar Stunden Ruhe.

Am Morgen stand sie zeitig auf, frühstückte und öffnete dann den Laden.

Nicht viele Kunden kamen, doch Jacky sorgte dafür, dass niemand unzufrieden war. Oft gab sie noch ein wenig dazu und rechnete peinlich genau, damit ihr ja kein Fehler unterlief.

Sie brauchte unbedingt einen guten Ruf, sie wusste, dass Wilsons nicht immer beste Ware verkauften und man gut beraten war, wenn man nachrechnete, das war ihre große Chance.

Zwei Tage später betrat tatsächlich erneut Matt Wilson grinsend den Laden. Er sah sich abschätzend um, nahm hier und da etwas in die Hand und murmelte vor sich hin.

„Guten Tag, Mr. Wilson", begrüßte Jacky ihn kalt. „Was darf ich Ihnen geben?"

„Warum so förmlich, Jacky? Hier ist ja gar nichts los, bei uns dagegen stehen die Kunden Schlange. Deine Preise sind auch viel zu hoch."

„Meine Preise sind angemessen."

„Das finden die Leute aber gar nicht. Sie kommen lieber zu uns, da zahlen sie die Hälfte."

„Die Hälfte! Das glaubst du ja selbst nicht! Ihr würdet euch ruinieren."

„Falsch, Jacky, wir können es uns leisten, dich zu ruinieren. Willst du dir das mit meinem Angebot nicht noch einmal überlegen?"

Jacky war blass vor Zorn geworden. Mühsam hielt sie sich zurück.

„Wenn du glaubst, dass du mich unterbieten kannst, hast du dich getäuscht. Die Kunden werden sehr schnell merken, wo sie die bessere Ware bekommen. Und jetzt verlass meinen Laden! Sofort! Bevor Anthony dich hinauswirft!"

„Nicht so hitzig, Jacky, aber was sage ich da, dein Temperament habe ich schon immer gemocht. Wenn auch deine Küsse etwas lahm waren, ich hätte dich im Bett schon wachgekitzelt."

„Hinaus!", zischte sie mit beängstigender Ruhe, innerlich zitterte sie vor Wut. „Wie kannst du es wagen, so mit mir zu sprechen!"

„Huch, ich kriege ja direkt Angst vor dir!"

„Das mussten schon ganz andere lernen, dass man mich nicht unterschätzen sollte, Matt. Du weißt nur die Hälfte von mir, nimm dich in Acht!"

„Man könnte sich ja fast fürchten vor dir, Jacky, mach dich nicht lächerlich, mich beeindruckst du nicht, dazu kenne ich dich zu gut."

„Du glaubst vielleicht, mich zu kennen. Ich sage es nicht noch einmal: Hinaus!"

Sie wies auf die Tür und diesmal war sie sehr froh, dass Anthony ihr zu Hilfe kam.

„Probleme?", fragte er.

„Der Herr möchte gehen."

„Sehr gern, Mrs. Hart. Hier ist die Tür, mein Herr. Bitte verlassen Sie den Laden!"

Matt grinste spöttisch, doch bevor er der Aufforderung Folge leistete, wandte er sich noch einmal an Jacky.

„Pass nur auf, das nächste Angebot, das ich dir mache, wird dir noch viel weniger gefallen."

„Ich brauche kein Angebot von dir! Verschwinde!"

„Warten wir das doch einfach ab. Man sieht sich!"

Matt verbeugte sich andeutungsweise und verließ laut lachend den Laden.

Jacky schlug wütend mit der Faust auf den Tresen.

„Dieser schleimige Mistkerl! Wenn er wiederkommt, wirf ihn sofort hinaus!", befahl sie Anthony und war nur noch froh, dass kein Kunde Zeuge dieser Szene geworden war.

Sie brauchte eine kleine Weile, bis sie wieder ein freundliches Lächeln in ihr Gesicht gezaubert hatte, und als die nächste Kundin kam, wurde sie so höflich und zuvorkommend bedient, wie es Jacky möglich war.

Preise hin oder her, nicht alle konnten die Familie Wilson gut leiden und waren froh, wenn es ernstzunehmende Konkurrenz gab.

Es war nur eine kleine Chance, doch Jacky war fest entschlossen, sie zu nutzen.

Sues großer Fehler

Denver, 29. Mai 1877

Liebe Sue,

ich muss gerade an Dich denken und wenn mein Brief Dich erreicht, ist es beinahe drei Jahre her, dass wir beide entführt wurden.

Wie schrecklich diese Tage waren, sie sind immer noch wie ein böser Traum für mich. Nur glaube ich inzwischen fast, das Überleben damals war einfacher als die Situation, die ich hier vorfinde.

Mein ehemaliger Verlobter Matt Wilson wirft uns dicke Knüppel zwischen die Beine. Er weiß ja nicht, wie es all denen erging, die mir Böses wollten, den Taylors, Ken ... er glaubt, leichtes Spiel zu haben. Aber ich fürchte, da täuscht er sich, wir haben schon eine Reihe von Kunden, die nun jeden Tag kommen, und es werden immer mehr. Da kann Matt seine Waren noch so billig verhökern und sich ruinieren, nicht alle wollen bei ihm einkaufen.

Bis jetzt diktierte er die Preise in Denver. Nur ganz wenige konnten gegen ihn bestehen und ich werde eine davon sein.

Aber es ist schwer, manchmal bin ich der Verzweiflung nahe.

Ach, ich will Dir nicht vorjammern, ich denke, Ben hält Dich und Jesse auf dem Laufenden.

Viel wichtiger ist, wie es Dir geht!

Ich hoffe, Du machst fleißig Spaziergänge und ernährst Dich gut und gesund.

Achtet Jesse darauf? Was wünscht Ihr euch eigentlich, einen Jungen oder ein Mädchen?

Ich bin so froh, dass ich James und Maddie habe, bald werdet auch Ihr wissen, wie es ist, so ein kleines Wesen heranwachsen zu sehen.

Sue, ich vermisse Dich hier so sehr, vor allem die Frauengespräche mit Dir, Du bist meine Vertraute in so vielen Dingen, bist wie eine kleine Schwester, die ich nie hatte.

Du musst jetzt schon ziemlich nahe an der Geburt sein, ich wäre so gerne dabei. Deine Mutter wird Dich unterstützen, sei froh, dass Du eine Mutter hast. Ich werde in Gedanken bei Dir sein und schicke Dir viel Kraft und Stärke für die kommende Zeit.

Bei mir wird es jetzt sowieso leichter, Claire hat heute Morgen aus Denver telegrafiert, sie wird mit dem Abendzug eintreffen.

Dann soll Matt mich einmal wirklich kennenlernen!

Pass auf Dich auf, liebe Sue! Auf dass wir uns bald wiedersehen

Deine Jacky

Am selben Abend warteten Jacky und Anthony am Bahnhof der Union Pacific Railway ungeduldig auf den Zug aus Cheyenne. Den Brief an Sue war bereits mit dem Mittagszug wegschickt worden.

Anthony an ihrer Seite trat nervös und voller Vorfreude von einem Fuß auf den anderen.

Er hatte die letzten Tage damit verbracht, aus zwei Zimmern eine kleine Wohnung zu errichten für sich und Claire, und hatte aus dem Haus der Warners unbenützte alte Möbelstücke zusammentragen dürfen und sie repariert. Alles war bereit.

Schließlich fuhr der Zug langsam ein und hielt mit lautem Quietschen und unter viel Dampf. Die Türen öffneten sich und Jacky rieb sich vor Überraschung die Augen, ja, Claire stieg aus, aber der Mann, der ihr die Tür aufhielt und ihr hinaushalf, war eindeutig Jesse.

Jesse? Wieso war Jesse mitgekommen?

War etwas mit Ben? Jackys Herz blieb kurz stehen.

Aber nein, dann hätte man telegrafiert.

Anthony hatte Jesse wohl gar nicht bemerkt, er hatte nur Augen für Claire und umarmte und küsste sie. Jacky merkte, dass er vor Freude weinte.

Dann stand Jesse leibhaftig vor ihr.

„Was machst du hier?", fragte sie. „Warum bist du nicht bei Sue? Was ist mit Ben?"

„Ich freue mich auch, dich zu sehen, Jack", grinste er. „Ich bin aus mehreren Gründen hier und Ben geht es gut. Aber das alles sollten wir nicht auf dem Bahnhof besprechen, meinst du nicht auch?"

Jacky nickte, verschob ihre Fragen und begrüßte Claire herzlich, als Anthony sie endlich losließ.

„Claire, ich bin so froh und dankbar, dass du hier bist. Anthony hat euch zwei gemütliche Zimmer eingerichtet. Du wirst dich bestimmt wohlfühlen und mit Ylvie hervorragend zusammenarbeiten. Sie ist ein kleines Goldstück!"

„Das glaube ich auch, danke, Mrs. Hart, ich werde Ihnen tüchtig helfen und hier bleiben, so lange Sie mich brauchen."

„Du bist ein Engel, Claire! Mit dir wird nun alles viel leichter, das weiß ich!"

Gemeinsam fuhren sie zum Haus der Warners und Jacky kümmerte sich sofort darum, dass für Jesse ein Zimmer und warmes Wasser zum Waschen bereitet wurden. Als sie wieder in die Küche kam, hatte Jesse auf sie gewartet. Er hatte eine große Tasche auf den Tisch gestellt und reichte ihr einen Briefumschlag.

„Hier, in der Tasche findest du, was du brauchst. Um deine dringendste Frage zu beantworten: Sag einmal, wie dachtest du dir das eigentlich, Claire sollte allen Ernstes mit dieser Menge Geld allein bis Denver reisen? Auch Ben hat nur den Kopf geschüttelt, was ist dir da eingefallen?"

Jacky hielt die Hand vor den Mund.

„Oh", machte sie. „Daran habe ich nicht gedacht!"

„Ja, das haben wir bemerkt! Und zum anderen, Ben hat dir einiges geschrieben, lies es einfach, dann weißt du auch, warum ich tatsächlich hier bin. Ich mache mich jetzt frisch und komme dann zurück zu einem hoffentlich guten Abendessen. Später können wir über alles reden, aber bitte allein, wenn es geht."

„In Ordnung, Jesse. Ich möchte zu gerne wissen, was genau los ist."

„Kann ich mir vorstellen!"

„Ist mit Sue und Ben wirklich alles in Ordnung?"

„Es geht beiden gut, kein Grund zur Sorge, und den Rest erfährst du, wenn du den Brief liest."

Jesse verschwand in sein Zimmer.

Jacky bat Ylvie, das Essen zuzubereiten.

Dann öffnete sie die Tasche, sah erleichtert, dass sie viel Geld enthielt, und zog sich eilig zurück, um Bens Brief zu öffnen.

Zärtlich strich sie über die engbeschriebenen Seiten, sog ihren Duft ein, bevor sie zu lesen begann.

San Francisco, 25. Mai 1877

Meine liebste Jack,

Du kannst Dir gar nicht vorstellen, wie sehr ich Dich vermisse. Ohne Dich und die Kinder ist es hier ruhig und grau, nichts macht echte Freude und Du fehlst an allen Ecken und Enden.

Natürlich läuft so weit alles gut und selbstverständlich werden wir helfen. Es tut mir sehr leid, dass Allie gestorben ist und so viel leiden musste, das hatte sie bestimmt nicht verdient.

Die Situation ist sicher jetzt äußerst schwierig und ich hoffe, ich kann mit dem Geld aushelfen. Ich vertraue voll darauf, dass Du es gut einsetzen und wie immer mit mehrfachem Gewinn zurückgeben wirst.

Jesse hat keinen Moment gezögert, als ich ihn um ein Darlehen bat. Mir geht es gesundheitlich gut, ich bilde mir ein, dass die Hustenanfälle weniger werden. Ich bekomme besser Luft und fühle mich auch viel kräftiger. Aber ich werde weiterhin fleißig meine Spaziergänge machen, keine Angst.

Nun komme ich zu den schlechten Nachrichten, den richtig schlechten Nachrichten.

Jesse hat Sue vorerst verlassen, sie hat etwas Schlimmes getan, sie hat ihn in einer ernsten Sache angelogen und das ist jetzt aufgeflogen. Ich verstehe nun, warum sie sich so seltsam verhielt, so ängstlich war, und wieso sie so abmagerte, das schlechte Gewissen hat sie fast umgebracht.

Jesse kann nur leider eines überhaupt nicht vertragen, und das ist Lüge. Du kennst ihn, er ist ein ehrlicher Mensch und erwartet, dass man ihm ehrlich begegnet.

Er hat die Gelegenheit ergriffen, Claire nach Denver zu begleiten (sag mal, wie kannst Du nur auf die Idee kommen, Claire mit so viel Geld eine so weite Reise allein machen zu lassen?), auf diese Weise kann er etwas Abstand gewinnen und mit Dir sprechen, denn er will vor allem wissen, ob die Lüge Deine Idee war, ob Du dahintersteckst. Er glaubt es zwar ebenso wenig wie ich, aber er will es von Dir persönlich hören. Ich kenne dich, Du hättest das niemals befürwortet, doch ich verstehe Jesse, dass er Klarheit will.

Bitte Jack, verurteile Sue nicht, wir wissen beide, wie sehr sie Jesse liebt und liebte, sie griff zu allen Mitteln, die ihr zur Verfügung standen.

Vielleicht kannst Du Jesse dazu bringen, dass er ihr verzeiht. Sie ist so verzweifelt, weint den ganzen Tag, und ich fürchte, sie könnte ihr Kind verlieren.

Ich kann sie nicht trösten, niemand kann das, nur Jesse, aber ich verstehe auch ihn, ich wüsste ebenfalls nicht, wie ich damit umgehen würde, hättest Du mich so grundlegend angelogen.

Wir haben beschlossen, Dir im Telegramm nichts davon zu sagen, dass Jesse zu euch kommt, Du hättest Dir nur ewig Gedanken gemacht, ich glaube auch, er ist in Denver eine große Hilfe.

Bei der Geschichte mit diesem Matt Wilson lese ich doch heraus, dass Du männliche Unterstützung brauchen kannst.

Mach Dir um mich keine Sorgen, ich habe hier alles im Griff, die Geschäfte laufen gut und ich bin gesund.

Ich versuche, Sue ein wenig mehr einzuspannen, damit sie abgelenkt wird, aber sie ist vor Verzweiflung kaum fähig, irgendeine Arbeit richtig anzugehen. Ich hoffe, Du wirst ihr demnächst wieder Mut machen in Bezug auf Jesse. Wenn jemand ihn überzeugen kann, dann Du. Er wird Dir sicher alles verraten, ich möchte daher nicht vorgreifen.

Es tut mir so leid, dass zu all Deinen Problemen nun auch noch diese Geschichte hinzukommt.

Bitte erzähle mir mehr von James und Maddie, ich freue mich über jeden Deiner Briefe, Maddies erstes Wort ist bestimmt ‚Papa', das kann ja auch gar nicht anders sein.

James hat schon ‚Mama' als Erstes gesagt, Maddie wird mich nicht im Stich lassen!

Pass bitte auch Du auf Dich auf, sei vorsichtig mit diesem Matt, er scheint mir ein sehr rücksichtsloser Kerl zu sein.

Aber Du hast ja nun Jesse an Deiner Seite.

Bei diesem Gedanken fühle ich mich auch wohler.

Ich küsse Dich, umarme Dich, vermisse Dich, grüß mir die Kinder
Dein Ben

Jacky ließ den Brief langsam sinken. Ihre Gedanken überschlugen sich.

Jesse und Sue getrennt, Sue hatte gelogen, wo hatte sie gelogen? Warum?

Und was hatte sie selbst, Jacky, damit zu tun?

Endlich war das Abendessen vorbei, Jacky hatte kaum stillsitzen können.

Jesse schien so ruhig, er hatte sich gefreut, die Kinder zu sehen, und sie hatten ihn fröhlich begrüßt. Sie liebten ihren Onkel Jesse sehr, denn er machte immer lustige und wilde Dinge, hob sie hoch in die Luft, drehte sie im Kreis oder spielte Fangen mit ihnen.

Auch jetzt saß James auf seinem Schoß und plapperte glücklich. Jacky schoss es durch den Kopf, dass Jesse einen wunderbaren Vater abgeben würde, doch so wie die Dinge mit Sue gerade aussahen ...

Und sie hatte heute noch diesen Brief an Sue geschickt, in völliger Unkenntnis der Geschehnisse, aus einem sentimentalen Gefühl heraus, weil sich der Jahrestag der Entführung näherte.

Sie musste wissen, was los war!

Also stand sie auf und ordnete an, dass die Kinder ins Bett gebracht werden sollten, kaum dass die Teller geleert waren.

Anna befolgte das sofort und Claire erledigte mit Ylvie den Küchendienst. Claire schien sich schon einzuleben, wie selbstverständlich übernahm sie Aufgaben im Haushalt. Jacky war sehr erleichtert, auch weil sie Ylvie und Claire fröhlich plaudern hörte.

Sam Warner saß mit am Tisch, er freute sich, dass es in seinem Haus so lebhaft zuging, diese Leute aus San Francisco brachten tatsächlich Sonne mit, so wie es ihnen nachgesagt wurde. Er und Jesse schenkten sich noch einen guten Schluck ein, etwas, das es zu Allies Lebzeiten nie gegeben hätte.

Jacky hatte die Flasche besorgt, sie fand, es könne Sam nur helfen, jetzt ein neues Leben zu beginnen und ein paar strenge Regeln umzuwerfen.

An diesem Abend war sie jedoch ruhelos, sie wollte unbedingt mit Jesse sprechen, daher sah sie schnell nach den Kindern, wiegte sie in den Schlaf und kehrte dann in das Esszimmer zu den Männern zurück.

Jesse nickte ihr zu.

„Ich hätte Lust auf einen Spaziergang, diese ganze Zugfahrerei war fürchterlich, ich brauche einfach ein wenig Bewegung."

„Ein Spaziergang? Jetzt?", fragte Sam erstaunt.

Jacky hatte verstanden.

„Es ist noch hell, ich würde auch gerne frische Luft schnappen, ich werde dich begleiten, Jesse."

„Dann komme ich mit!", rief Sam. „Aber ich gehe nicht weit, nur in die Larimer Street."

Jacky war erleichtert, Sam wollte in eine Bar oder einen Saloon gehen. Sie vergönnte ihm das von Herzen und er würde sie schnell mit Jesse allein lassen.

Kurz darauf zogen die drei los und Sam verschwand ziemlich bald in einem der Saloons.

Jesse reichte Jacky den Arm und sie schlenderten langsam die belebte Larimer Street entlang. Aus den hellerleuchteten Bars erklangen Musik und Gelächter.

„Nun rede, Jesse. Ben schrieb mir, du hättest dich von Sue getrennt", platzte Jacky ungeduldig heraus.

„Ganz so ist es nicht. Ich brauche Zeit und es ist besser, ich sehe sie für eine Weile nicht."

„Du willst also zu ihr zurück?"

„Habe ich eine Wahl? Sie bekommt mein Kind. Ob ich will, oder nicht, diese Frage stellt sich nicht."

„Sie müsste das Kind doch schon geboren haben, du lässt sie in einer sehr schweren Zeit allein."

Jesse seufzte.

„Sie hat noch mindestens drei Monate."

„Wie bitte? Aber als ihr geheiratet habt ..."

„Da war sie noch nicht schwanger. Sie hat mich angelogen, damit ich um sie anhalte."

Jacky blieb stehen und entzog ihm den Arm.

„Sie hat ... was?" Jetzt verstand sie.

Herausfordernd blickte sie ihn an.

„Nun frag mich schon!"

„Also gut, war das deine Idee?"

Sie schwieg einen Moment und dachte an das, was Ben ihr geschrieben hatte.

Jesse wollte Klarheit, er wollte wissen, ob er sich in allen Frauen täuschte, oder ob Jacky genau so war, wie er sie zu kennen glaubte. Sie hatte keinen Grund, beleidigt zu sein, allein, weil er sie im Verdacht hatte. Sein Vertrauen war erschüttert worden und er brauchte etwas von der Sicherheit zurück, die er gehabt hatte.

Und dann war ja da auch noch die Sache mit der verschwiegenen Schwangerschaft, zählte das genauso schwer wie Sues Lüge?

Jacky antwortete endlich: „Nein, es war nicht meine Idee und ich denke, dass du das im Inneren weißt. Ich würde dich nie belügen!"

Er atmete auf, hatte nicht bemerkt, dass der letzte Satz etwas zögerlich gekommen war.

„Du verstehst, dass ich das von dir hören musste?"

Sie fasste kurz nach seiner Hand.

„Ja, ich verstehe dich sehr gut. Das ist wirklich eine ernste Sache, kannst du es mir einfach einmal erzählen, damit ich ganz begreife?"

„Es war so, nach unserer Rechnung musste der Geburtstermin kurz bevorstehen. Ich dachte immer, sie sei aufgeregt, weil das Kind ja offiziell drei Monate zu früh kommen würde und sie nicht wusste, wie sie das ihrer Mutter erklären sollte. Aber es tat sich nichts und sie sah auch noch nicht so aus wie du im neunten Monat. Und dann kam die Hebamme und sie meinte fröhlich, dass Sue für den sechsten Monat schon einen ziemlich großen Bauch habe.

Sue heulte herum, sie sei viel weiter und hätte Wehen, daraufhin war die Hebamme sehr besorgt, schickte mich hinaus und untersuchte Sue erneut. Anscheinend hat Sue die Hebamme angefleht, die Geburt sofort einzuleiten. Die Hebamme reagierte vollkommen richtig und kam zu mir. Sie sagte, ein Kind, das nun zur Welt käme, hätte keinerlei Überlebenschancen. Daraufhin ging ich zu Sue, ich fürchte, ich war nicht sehr nett zu ihr, aber sie erzählte mir endlich die Wahrheit.

Sie war nicht schwanger bei unserer Hochzeit, das hat sie erfunden. Wenn ich nur daran denke, wie sie sich aufführte, in Tränen aufgelöst flehte sie mich an, sie zu heiraten, sie könne kein Kind der Schande gebären. Ich sah selbstverständlich meine Verantwortung und habe um sie angehalten. Ich hatte keinerlei Zweifel, dass sie wirklich ein Kind erwartete. Sie übergab sich sogar morgens, spielte mir das perfekt vor.

Bald nach unserer Heirat wurde sie wohl tatsächlich schwanger und hielt die Komödie aufrecht. Sie log mich an, damit ich sie heiratete, sie hat mich hereingelegt. Damit muss ich fertig werden, Jack. Du wolltest, dass wir zusammenkommen, daher drängte sich der Gedanke geradezu auf, dass du vielleicht etwas damit zu tun hattest."

„Ich bin sprachlos, Jesse. Lass uns weitergehen, ich muss das alles erst begreifen."

Sie waren stehengeblieben und setzten nun ihren Spaziergang fort.

Jacky war wie erschlagen.

Ja, sie hatte diese Verbindung gewollt, aber nicht um jeden Preis und vor allem nicht mit Lügen.

Sue war verrückt nach Jesse gewesen und Jacky hatte immer das Gefühl gehabt, ihr wegen der Entführung etwas schuldig zu sein. Daher hatte sie Sue unterstützt, auch wenn sie nicht unbedingt davon überzeugt war, dass diese Ehe glücklich werden würde.

Wie konnte sie das Jesse erklären?

Und war jetzt vielleicht nicht der Zeitpunkt, sich ihm anzuvertrauen mit ihrem eigenen Problem?

Wie würde er reagieren? Entsetzt? Enttäuscht?

Oder würde er verstehen?

Sie wusste, er würde sie zwingen, sofort an Ben zu schreiben, und vielleicht brauchte sie diesen Anstoß.

Sie wagte es nicht. Noch nicht.

„Jesse, alles was ich dir momentan zu Sue sagen kann, ist, dass sie dich unglaublich liebt. Sie wollte nur dich, nie einen anderen, sie sah wohl keine andere Möglichkeit."

„Komm, Jack, ich hätte sie auch so geheiratet, sie hätte nicht lügen müssen."

„Sie wusste das wahrscheinlich nicht und wie ich dich kenne, hast du dich ihr nicht eindeutig erklärt."

„Machst du mir jetzt wirklich Vorwürfe?"

„Nein, ganz sicher nicht. Ich versuche, Sue zu verstehen und auch dir darzulegen, warum sie dir das vormachte. Und ich finde es so schäbig wie du. Ich bin enttäuscht von ihr, egal, welche Gründe sie hatte, sie hat mich ja genauso angelogen wie dich und mich für ihre Zwecke benützt. Aber schau, du hast sie verführt, ..."

„Glaub mir, das war keine große Kunst."

Jacky nickte.

„Ich habe mich tatsächlich immer gefragt, ob das nicht Berechnung war."

„Inzwischen frage ich mich das auch. Ich habe sie dazu überredet, mit mir nachts wegzugehen, ich wollte sie in Bars führen, irgendwohin, einfach Spaß haben mit ihr, aber sie weigerte sich, hatte Angst einem Bekannten zu begegnen. Nun ja, da habe ich sie mit zu mir genommen. So leicht ging das. Was hätte ich sonst mit ihr anfangen sollen? Es war nicht besonders schwer, sie ins Bett zu kriegen."

Jacky hörte Verachtung aus Jesses Stimme heraus. Dachte er wirklich, Sue sei ein Mädchen gewesen, das für jeden einfach zu haben war? War es das?

Sie wusste, dass das nicht stimmte, sie musste das richtigstellen.

„Jesse, bei all dem, verliere bitte nie aus den Augen, dass sie das mit keinem anderen getan hätte. Sie liebte und liebt dich so sehr, dass sie für dich jede Moral über Bord werfen würde. Nur für dich, für niemand anderen. Weil ich das wusste, habe ich sie unterstützt, gab ihr Ratschläge, aber das war alles, das war wirklich alles. Ich wusste ja nicht einmal, dass ihr beiden euch nachts getroffen habt, das hat sie mir nie erzählt. Erst als sie heulend zu mir kam und mir sagte, sie sei schwanger. Daraufhin habe ich sie zu dir begleitet, wie du ja weißt. Ich glaubte ihr auch und war böse auf dich, denn in meinen Augen warst du zu weit gegangen. Ich dachte, sie hätte nicht gewusst, worauf sie sich einlässt, obwohl ich sie warnte. Du kannst dir sicher sein, dass ich die Erste war, die überhaupt mit ihr über diese Dinge sprach. Sie war unwissend wie ein kleines Kind."

„Ja, so musste es aussehen, dass ich der Böse war. Hätte ich zu euch kommen sollen und sagen: ‚Hey, die Kleine hat eher mich verführt, als ich sie‘? Sie legte mich regelrecht herein, das ist es, was mich so wütend macht."

Jacky berührte es sehr, dass Jesse ihr so vertraute und mit ihr so offen sprach. Es war sonst nicht seine Art, etwas von sich preiszugeben, und sie wusste das zu schätzen.

Sie wählte ihre Worte vorsichtig.

„Aber Jesse, sind Dinge, die man aus Liebe tut, nicht verzeihbar?"

„Du bist also der Meinung, sie hat es aus Liebe getan und ich solle ihr vergeben?"

Jacky dachte erneut nach.

„Bei Sue kommt zur Liebe vor allem der Eigensinn eines kleinen Mädchens, das unbedingt etwas haben will und alles tut, um es zu bekommen, fürchte ich."

„So würde ich es auch eher sehen. Und ich frage mich, ob ich tatsächlich ein kleines Mädchen wollte, das, wie du sagtest, für mich alle Moral über Bord wirft. Ein bisschen Moral sollte sie schon noch behalten, ich will mich ja auf etwas verlassen können."

„Auf ihre Liebe kannst du dich verlassen, behalte das bitte im Kopf." Sie zögerte kurz. „Moral und Liebe, ein zu großes Thema, leider auch für mich."

„Was meinst du damit?"

Jacky gab sich einen Ruck. Jetzt musste es sein.

„Wenn ich Ben etwas verschweigen würde, weil ich ihn liebe und weil ich nicht will, dass er sich um mich Sorgen macht, wie würdest du das beurteilen?"

Jesse blieb stehen und starrte sie ungläubig an.

„Raus mit der Sprache, was ist los?"

Sie senkte den Kopf.

„Ich erwarte wieder ein Kind und habe es Ben nicht gesagt."

„Seit wann weißt du es?"

„Schon länger, bereits in San Francisco."

Nun war es endlich heraus! Sie erwartete Vorwürfe, Enttäuschung und Zorn und wappnete sich.

Doch Jesse blieb eine Zeitlang still, sah sie von der Seite her nachdenklich an und seine nächste Frage lautete einfach nur: „Warum?"

Sie hob den Kopf wieder und eine warme Welle der Zuneigung durchströmte sie.

Er verurteilte sie nicht sofort, er kannte sie, er wusste, sie hatte stets ihre guten Gründe für ihr Handeln, und er wollte sie wissen.

„Ich will nicht, dass Ben sich auf dieses Kind freut."

Wie von selbst kamen ihre Worte und sie erkannte im Reden, dass das die Wahrheit war, die sie sich jetzt zum ersten Mal eingestand.

Nun sprudelte es regelrecht aus ihr heraus.

„Ich glaube, mit diesem Kind ist etwas nicht in Ordnung, ich fühle mich so anders als bei Maddie und James. Es ist, als hätte ich etwas Totes in mir, ich kann mich auch nicht freuen. Dann war natürlich die Reise nach Denver, Ben hätte vielleicht darauf bestanden, mich zu begleiten. Ich konnte es ihm nicht sagen, nicht in dem Moment. Und jetzt, mit jeder Stunde, die verstreicht, wird es schwerer, ihm diese Mitteilung zu machen. Jesse, was soll ich nur tun? Ich habe genauso gelogen wie Sue, ich bin kein Stück besser als sie. Ben wird so enttäuscht von mir sein."

Wieder schwieg Jesse eine Weile.

„Was meinst du damit, du hättest etwas Totes in dir?"

Sie hob die Schultern.

„Ich weiß es nicht. Es ist so ein Gefühl, eine Ahnung, mir war niemals übel, während der ganzen Zeit nicht, und du weißt ja noch, wie schlecht es mir bei James und auch später bei Maddie ging. Gäbe es nicht andere eindeutige Anzeichen, ich wüsste nichts von einem Kind."

„Solltest du nicht vielleicht zu einem Arzt oder einer Hebamme gehen?"

„Ich dachte, das sei noch zu früh, aber ich scheine viel weiter zu sein, als ich glaubte, meine Kleider passen kaum noch."

„Hat es sich denn schon bewegt?"

„Nein. Und wenn ich bedenke, wie früh ich Maddie spürte ..."

„Die Hebamme hatte bei Sue so ein Hörrohr."

„Ja, das kenne ich. Damit kann man das Herz des Kindes hören."

„Geh zu einem Arzt, gleich morgen. Er soll das abhören. Und danach schreibst du an Ben, egal was dabei herausgekommen ist. Wenn du es nicht tust, werde ich es tun! Erkläre ihm das, was du mir gerade sagtest. Ich glaube nicht, dass man dein Verschweigen mit Sues Lüge gleichsetzen kann. Du hast geschwiegen, weil du Ben schonen willst, und nicht, weil du mit allen Mitteln etwas erreichen willst. Aber Ben ist dein Mann, er hat das Recht zu wissen, was mit dir ist."

„Ja, das werde ich tun. Jesse, du bist mein bester Freund, weißt du das? Du hättest mich verurteilen können, aber du hast nach dem Grund gefragt."

„Wenn ich eines weiß, du wärst immer nach Denver gefahren, mit und ohne Kind, mit und ohne Bens Erlaubnis, besser gesagt, Letztere hättest du dir geholt, wie auch immer. Angst vor Streit konnte nicht der Grund sein, du bist nicht feige und ein echter Dickkopf, du hättest deinen Willen durchgesetzt. Also musste es etwas anderes sein."

„Ich wollte es vor mir selbst nicht zugeben."

„Vielleicht täuscht du dich und alles ist in Ordnung?"

„Wenn es so wäre, ich würde mich so freuen. Wir möchten so gern noch ein Kind."

Er umarmte sie kurz.

„Ben wird es verstehen, freilich wäre es besser, du könntest es ihm persönlich sagen. Ich hoffe nur, er setzt sich nicht in den nächsten Zug, zutrauen würde ich es ihm."

„Ich ja auch, ach Jesse, ich bin jetzt einfach nur froh, dass du hier bist, egal aus welchem Grund du gekommen bist. Ben muss in San Francisco bleiben, er schrieb mir zwar, dass es ihm besser geht, aber ich glaube nicht, dass diese Reise gut für ihn wäre."

„Nein, die Reise ist sehr anstrengend, und weil du das erwähnst, ich sehne mich nach einem richtigen Bett. Gehen wir zurück, über alles andere sprechen wir morgen, okay? Ich bin jetzt für eine Weile hier, Jack, und ich werde dich unterstützen. Bald werde ich zu Sue zurückkehren, und wir müssen wohl irgendwie von vorne anfangen. Du darfst ihr das auch schreiben, wenn du willst, sie kann endlich mit der Heulerei aufhören. Weißt du, manchmal denke ich, Ben hatte von Anfang an recht, es ist nicht gut, eine Frau zu haben, die nicht für sich selbst einsteht."

„Jesse! Was sind das für Töne? Du wolltest nie so eine Frau wie mich haben!"

Er grinste.

„Leicht ist es nicht mit dir, das stimmt. Aber vielleicht hätten wir zwei doch gut zusammengepasst, ich hätte dir schon ein paar Dinge ausgetrieben, nur, als ich ankam bei euch in Leadville, wart ihr schon so verliebt, da war nichts mehr zu wollen."

„Wir gehörten vom ersten Moment an zusammen, das begriff ich aber auch erst später. Als Ben mir sein Medaillon gab, schenkte er mir einen Teil von sich."

Jesse verdrehte die Augen.

„Jetzt wird es wohl wieder indianisch. Auch so ein Punkt, an dem wir zwei uns wohl nie einigen würden."

„Aber du hast es auch schon erlebt, dass da etwas ist das man nicht sieht," beharrte Jacky. „Spätestens damals, als wir die Kette in der Schlucht vergruben, ich weiß, dass du es gespürt hast, du warst im Kreis, wir waren verbunden."

„Das war eine besondere Situation, diese verlassene Stätte des Todes, ..."

Jesse schüttelte sich in der Erinnerung. Er dachte an die Spuren der ermordeten Menschen, die sie dort in der Schlucht gefunden hatten, die letzten Zeugnisse, dass sie einmal gelebt hatten.

Eine Weile wanderten sie schweigend nebeneinander her, sie hatten so viel zusammen erlebt, so viel verband sie, und sie vertrauten einander. Sie wussten beide, dass das etwas Besonderes und Kostbares war.

Dann kam Jacky noch einmal auf Sue zurück.

„Sag, Jesse, solltest du nicht selbst an Sue schreiben und ihr mitteilen, dass du zurückkommen wirst?"

Er schüttelte den Kopf.

„Nein, ich will eine Weile Abstand. Mach du das. Sie soll auf sich aufpassen und das Kind nicht verlieren, darum möchte ich, dass du ihr das schreibst."

„Gut, ich verstehe, ich werde morgen also zwei Briefe schreiben, vor dem einen habe ich Angst. Ben wird so enttäuscht von mir sein."

„Warte, was der Doktor morgen sagt. Und Ben wird es verstehen, ich bin sicher!"

Er drückte sie kurz, dann waren sie auch schon zuhause angelangt und wünschten sich gute Nacht.

Jacky lag lange schlaflos im Bett, wälzte sich hin und her. Was würde der morgige Tag bringen?

Auf jeden Fall war es ein Segen und eine große Erleichterung, Jesse hierzuhaben und nicht mehr die ganze Last allein tragen zu müssen.

Endlich fand sie für ein paar Stunden traumlose Ruhe.

Großer Adler, komm zu uns
von der aufgehenden Sonne
und nimm uns unter deine Flügel
und zeige uns die Berge und Täler,
von denen wir nie
zu träumen gewagt haben,
und lehre uns, an der Seite
des großen Geistes zu fliegen.

Das Geständnis

Denver, 30. Mai 1877

Mein liebster Ben,

noch nie in meinem Leben ist mir etwas so schwergefallen, wie dieser Brief.

Jesse und Claire sind gestern gut angekommen und ich konnte lange mit Jesse sprechen, er hat mir alles erzählt und ich habe ihm auch etwas gesagt, was ich Dir schon in San Francisco hätte mitteilen müssen, aber ich konnte es einfach nicht.

Bitte Ben, sei mir nicht böse, dass ich es Dir nicht sagte: Ich erwarte wieder ein Kind. Ich weiß das schon länger, doch diese Schwangerschaft ist keine, über die wir uns freuen können, frage mich nicht, ich weiß das einfach.

Jesse meinte, ich solle Dir das genauso schreiben, wie ich es fühle, dann würdest Du vielleicht verstehen, warum ich schwieg. Er bestand darauf, dass ich heute zu einem Arzt gehe, das habe ich getan.

Der Arzt untersuchte mich, stellte fest, ich sei bereits mindestens im fünften Monat (und das wusste ich wirklich nicht, ich habe etwa zwei Wochen vor meiner Abreise erst bemerkt, dass ich ein Kind erwarte) und man könne Herztöne hören, alles sei normal.

Ben, ich weiß, dass es nicht so ist. Ich kann das kleine Wesen nicht fühlen, kann keine Verbindung zu diesem Kind herstellen, es ist, als hätte ich etwas Totes in mir.

Jesse wollte das jetzt schon als Unsinn abtun, aber ich denke, dass er mir im Inneren glaubt, weil er mich ja auch kennt. Er versucht, mich zu beruhigen und zu trösten.

Bitte mach Dir keine Sorgen um mich.

Ja, ich weiß, das ist leicht gesagt, aber Jesse und Claire sind hier, ich bin nicht allein und es geht mir gut.

Jesse lässt Dir ausrichten, Du sollst nicht einmal im Traum daran denken, ebenfalls herzukommen.

Ich fühle mich so schäbig, weil ich Dir nicht Bescheid sagte, aber als ich die Schwangerschaft bemerkte, wollte ich nicht, dass Du Dich freust. Ich weiß, dass Du Dir ein weiteres Kind wünscht, das tue ich ja auch, aber ich hatte von Anfang an ein schlimmes Gefühl, ich kann es nicht erklären, ich dachte einfach, ich hätte noch Zeit, oder es würde sich von selbst erledigen. Dann kam dieses Telegramm aus Denver und damit war die Gelegenheit vorbei, mit Dir in Ruhe darüber zu sprechen.

Bitte verzeih mir, Ben, ich liebe Dich so sehr, ich vermisse Dich, sehne mich nach Dir, doch ich möchte hier meine Aufgaben erledigen, es ist noch so viel zu tun.

Ich verspreche Dir, auf mich und die Kinder aufzupassen.

Maddie hat noch nicht gesprochen. James schickt Dir einen dicken Kuss und fragt oft nach Dir, aber er ist auch glücklich, dass Jesse hier ist, und weicht den ganzen Tag nicht von seiner Seite.

Jesse wird ein wundervoller Vater werden.

Richte bitte Sue aus, dass er zu ihr zurückkommen wird, sie kann aufhören zu weinen, und sie sollte anfangen, zu dem zu stehen, was sie gemacht hat. Sie soll endlich erwachsen werden, Jesse braucht eine Frau und kein Mäuschen.

Ob er ihr verzeiht, weiß ich nicht, aber er ist bereit, von vorne zu beginnen mit ihr, er wird sie nicht verlassen. Schließlich erwartet sie sein Kind und sie sollte darauf aufpassen und sich so verhalten, dass es ihr und dem Baby gut geht. Sie muss lernen, Verantwortung zu übernehmen.

Jesse meinte, ich solle ihr schreiben, aber Du kannst ihr das sicher besser sagen, Du kannst ihr auch die Stelle aus diesem Brief zeigen, wenn Du willst.

Sehr viel mehr Neues gibt es gerade nicht. Ich glaube, das reicht auch.

Liebster Ben, ich erwarte ab jetzt ungeduldig Deine Antwort und die wird hoffentlich nicht sein, dass Du herkommst.

Bitte, tu das nicht!

Sue braucht Dich, das Geschäft braucht Dich, ich brauche Dich zwar auch, aber ich brauche vor allem Deine Liebe und Freundschaft und Dein Verständnis, und das geht auch über die Entfernung.

Tatkräftige Unterstützung hast Du mir ja geschickt!

Vielen Dank für das Geld, ich werde es sinnvoll investieren.

Matt soll mich kennenlernen! Er hat keine Ahnung, mit wem er sich da eingelassen hat. Er war wirklich unverschämt zu mir und ich freue mich schon darauf, wenn er das wieder in Jesses Gegenwart probiert. Das dürfte für ihn nicht sehr gesund ausgehen.

Ben, ich küsse Dich und umarme Dich, ich wünschte, ich könnte Dir Hoffnung in Bezug auf das ungeborene Kind machen, aber ich kann es nicht.

Ich weiß nicht, was passieren wird, gerade habe ich es zum ersten Mal gespürt, es lebt also, vielleicht hat es bemerkt, dass ich an seinen Vater schreibe, und schickt Dir einen Gruß.

Aber es will mir nicht gelingen, mich auf dieses Kind zu freuen und es als Teil von mir zu betrachten.

Ich hoffe jedoch, dass ich mich irre.

In inniger Liebe,

Deine Jack

Jacky legte aufseufzend die Feder nieder, faltete den Brief zusammen und kämpfte mit den Tränen. Es war eine schwierige Aufgabe gewesen, aber hätte Ben es von Jesse erfahren, wäre es ein noch größerer Schlag ins Gesicht geworden.

Nach einem heftigen Klopfen öffnete sich die Tür und Jesse kam mit James auf dem Arm in ihr Zimmer.

„Geschafft?", fragte er.

Sie hielt ihm den Brief hin.

„Willst du ihn lesen und kontrollieren?"

„Bist du verrückt? Wie käme ich dazu? Hast du auch an Sue geschrieben?"

„Nein, ich will das nicht, noch nicht. Ich habe Ben beauftragt, mit ihr zu reden, er kann das sowieso besser, sie vertraut ihm mehr als uns beiden."

„Ja, das war vielleicht eine gute Idee. Und jetzt, Jack, würde ich sagen, wir greifen die Probleme hier an. Ich habe mich heute Vormittag, während du beim Arzt warst, schon umgesehen und mir alles von Anthony und Sam erklären lassen. Ewig wollen wir nicht hierbleiben, also sollten wir zusehen, dass die Dinge in Gang kommen. Wie ist das nun mit diesem Matt Wilson? Und du, James", wandte er sich an das Kind, „gehst jetzt schnell nach draußen. Anna ist im Hof, du kannst mit ihr und Maddie spielen, deine Mutter und ich müssen arbeiten."

James strampelte ungeduldig in Jesses Armen, ließ sich auf den Boden setzen und rannte sofort auf seinen strammen Beinchen los.

Jacky berichtete alles, einschließlich wie sich Matt ihr gegenüber benommen hatte. Dann gingen sie in den Laden hinunter, wo sich Claire mit Anthonys Hilfe schon der Kunden angenommen hatte. Es waren leider viel zu wenige, auch wenn sie bereits Stammkunden hatten, es reichte nicht.

Jesse holte nach einer Weile seine Jacke.

„Ich gehe jetzt einmal in Wilsons Laden und schaue, was er so anders macht und welche Preise er hat. Er kennt mich nicht, daher kann ich das unauffällig erkunden. Ich bin bald wieder da!"

Jacky nickte ihm erleichtert zu und beschrieb ihm den Weg. Sie selbst hätte sich schwergetan, Matts Geschäfte zu betreten, da man sie kannte.

Nach etwa einer Stunde kam Jesse zurück und war sehr nachdenklich. Er wartete, bis Jacky einen Kunden bedient hatte, und winkte sie dann zu sich.

„Sie haben unglaubliche Preise", berichtete er. „Dagegen haben wir keine Chance, wir müssen uns etwas einfallen lassen."

„Aber was?"

„Service, Liefern, warmes Essen, was weiß ich. Wir brauchen etwas, das er nicht hat. Wie sieht es eigentlich mit Mode aus? Mit französischer Damenmode? So etwas in der Art? In San Francisco hat man vor zwei Wochen ein Damenmodegeschäft eröffnet, das seine Kleider angeblich direkt aus Paris aus dem Haus Worth bezieht. Sue war dort und hat einen unglaublich verrückten Hut mitgebracht. Könntest du nicht auf deine französische Abstammung pochen?"

„Dazu bräuchten wir eine Schneiderin, jemanden, der sich auskennt, das kann ich nicht und wir liegen nicht am Meer, wie soll das Zeug aus Paris nach Denver kommen ..."

Jacky ließ sich alles durch den Kopf gehen und überlegte weiter. „Wissen wir jemanden in New York? Ich müsste Sam fragen und ob er das auch will."

„Sue hat so Modemagazine, die sie sich aus Paris kommen lässt, wäre das nichts für den Anfang?"

„Ja, die kenne ich, ich habe mir auch schon Kleider nach diesen Modellen schneidern lassen."

„Lass dir welche zusenden und verkaufe sie. Die Damen hier in Denver wollen doch auch gut aussehen und die haben jede Menge Geld hier. Und dann können wir nach einer Schneiderin Ausschau halten, die diese Sachen auch nähen kann, und sie anstellen. Und warum hast du hier eigentlich keine Laufburschen wie bei uns, die die Waren verpacken und nach Hause bringen?"

Sie starrte ihn an.

„Das ist hier nicht üblich ..."

„Um Himmelswillen, Jack, dann führe das ein. Das ist doch wirklich kein großes Ding. Ein bisschen mehr Fantasie hätte ich dir schon zugetraut. Muss man dir denn alles sagen?"

Sie straffte den Rücken.

„Du hast recht, Jesse, ich werde sofort einen Aushang an das Fenster machen, ‚Laufburschen gesucht', und dann werde ich mich um diese Magazine kümmern, kannst du mir eine Zeitung besorgen? Da finde ich sicher Anzeigen mit Adressen."

„Du wirst sehen, der Laden wird in Schwung kommen", versicherte Jesse.

Auch Jacky war nun voller Hoffnung.

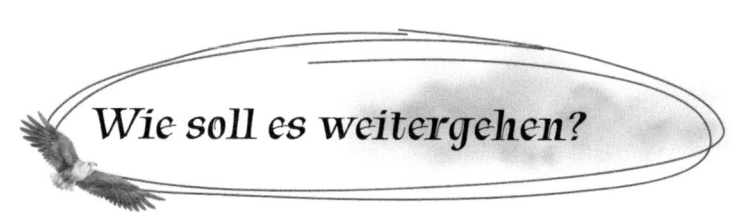

Wie soll es weitergehen?

San Francisco, 3. Juni, 1877

Meine liebe Jack,

was soll ich sagen? Dein Brief hat mir einen richtigen Schlag versetzt. Warum vertraust Du mir nicht? Bin ich nicht Dein Mann, dem Du alles sagen kannst und sollst?

Wieso verheimlichst Du mir eine Schwangerschaft, und sei sie von noch so schlechten Gefühlen begleitet?

Ich bin sehr enttäuscht, ich bin traurig und ja, auch wütend.

Nein, ich werde nicht kommen, Du willst das ja nicht, Du willst lieber Deine Angelegenheiten ohne mich regeln, auch wenn sie mich betreffen.

Ich dachte immer, wir würden eine Ehe führen, in der es keine großen Geheimnisse gäbe, keine Heimlichkeiten und keine Lügen. Ich habe Dir vertraut, Jack!

Ich hoffe, bei Euch geht alles gut und die Kinder sind gesund. Halte mich auf dem Laufenden, wenn es Dir keine großen Umstände bereitet.

Ich habe mit Sue gesprochen, es geht ihr besser, sie will gerne einen neuen Anfang machen mit Jesse, sie bereut ihre Lüge zutiefst, aber sie will versuchen, alles gutzumachen.

Grüße Jesse von mir und küsse die Kinder.

Ben

Jacky ließ den Brief sinken und starrte fassungslos vor sich hin. Ben war ihr böse, war enttäuscht von ihr, und sie war so weit weg von ihm und wollte ihm doch so gerne erklären, warum sie so gehandelt hatte.

Hatte sie ihren Brief falsch formuliert?

War es nicht durchgedrungen, warum sie geschwiegen hatte? Konnte Ben denn nicht verstehen?

Mit keinem Wort hatte er Verständnis gezeigt, hatte sich nicht nach ihrem Befinden erkundigt, hatte nicht daran gedacht, wie schlecht es ihr beim Gedanken an dieses Kind gehen musste. Sie war eine werdende Mutter, die wusste, dass sie ihr Kind niemals kennenlernen würde. Hatte sie das nicht klar genug geschrieben?

Jesse betrat den Raum und fand sie sehr still auf dem Bett sitzend vor.

„Was ist los?", fragte er.

Sie hielt ihm den Brief hin und er las. Eine Zornesfalte entstand in seiner Stirn.

„Was ist in den guten Ben gefahren? Was um Himmelswillen hast du ihm geschrieben? Hast du ihm nicht das erzählt, was du mir sagtest?"

„Doch, ich habe es genau so geschrieben. Vielleicht hat er es nicht verstanden."

„Dann werde ich dafür sorgen, dass er versteht. Überlass das mal mir. Und was heißt das schon wieder, Sue bereut, sie soll endlich aufhören zu bereuen, oder irgendetwas gutzumachen, ich will einen neuen Anfang, sonst gar nichts."

„Ich fürchte, das musst du ihr selbst schreiben."

„Nein, das machst du, Jack. Bitte! Ich schreibe an Ben und du an Sue, aber lass dir Zeit, ihr geht es ja schon besser, das kann warten. Ben dagegen kann nicht warten, na, der kriegt was zu hören von mir. Eigentlich wollte ich dir aber sagen, dass die Magazine aus New York gekommen sind, die wir telegrafisch bestellt haben."

Jacky sprang auf.

„Sie sind schon da? Das ging aber schnell!"

Sie drängte den Gedanken an Ben beiseite und lief in den Laden, wo sich die Pakete auf der Theke türmten. Begierig packte sie alles aus und ordnete die Zeitschriften sauber in die vorgesehenen Regale, so dass sie gleich ins

Auge stachen. Die nächste Kundin, Mrs. Amalia Goodlove, entdeckte sie auch sofort.

„Sagen Sie, Mrs. Hart, was haben Sie denn da?"

Und sie vertiefte sich mit Jacky in eine Zeitschrift und fachkundig debattierten sie über die neusten Kleider aus Paris.

Kurz darauf kamen mehrere Damen und wollten die Magazine kaufen. Und weil sie nun einmal da waren, kauften sie auch noch andere Sachen, die ihnen von den Laufburschen nach Hause getragen wurden.

Schon am Nachmittag waren mehr Kunden da als die ganze Zeit zuvor und die Zeitschriften waren merklich weniger geworden.

Jesse grinste, als er das bemerkte.

„Wir müssen nachbestellen. Ich erledige das gleich, ich bringe dann auch diesen Brief zur Poststelle."

„An Ben?"

„Selbstverständlich! Warte nur, sein nächster Brief wird anders klingen. Den von heute wirfst du besser ins Feuer, lies ihn gar nicht mehr."

„Ich werde so bald wie möglich an Sue schreiben, Jesse, ich bin dir was schuldig."

„Um Himmelswillen, nein, hör bloß auf von Schuld und schuldig zu reden, in deinem Fall macht mir das Angst."

Denver, 9. Juni 1877

Meine liebe Sue,

ich hoffe, es geht Dir und Eurem Kind gut. Ich kann heute nicht viel schreiben, weil ich wenig Zeit habe, aber ich habe Jesse versprochen, Dich auf dem Laufenden zu halten.

Jesse ist mir hier eine große Hilfe, ich wüsste nicht, was ich ohne ihn täte. Ich weiß, dass Du ihn vermisst, ich weiß, dass Ihr vieles zu besprechen hättet, aber vielleicht tut Euch der Abstand auch gut, Ihr werdet noch genug Zeit miteinander haben.

Liebe Sue, Du hast einen großen Fehler gemacht, das weißt Du inzwischen. Jesse verträgt einfach keine Lügen. Aber Du hast diesen Fehler gemacht und nun müsst Ihr damit leben.

Er wird zu Dir zurückkehren, das ist ganz sicher, er will neu mit Dir anfangen, will alles begraben und von vorne beginnen.

Steh zu Deinen Taten, mehr kann ich Dir nicht sagen. Du musst nichts „wiedergutmachen", das kannst Du gar nicht, aber Du kannst Jesse eine Frau sein, die ihm wirklich treu und ehrlich zur Seite steht.

Vor genau drei Jahren hast Du unglaublichen Mut bewiesen und Dir jeden Respekt verdient, daran solltest Du anknüpfen.

Das ist jetzt nicht allein meine Meinung, sondern auch die von Jesse, er möchte, dass ich Dir das schreibe und ich bin ihm jeden Gefallen schuldig momentan.

Ben hat Dir vielleicht auch von mir erzählt. Ich weiß es nicht, Jesse hat an Ben geschrieben und wir haben natürlich noch keine Antwort. Daher möchte ich dazu nicht viel sagen, das muss ich mit Ben allein ausmachen.

Mit dem Geschäft geht es endlich aufwärts. Der gute Service hat sich herumgesprochen und wir haben nun viel mehr Kunden, vor allem die Damen aus der Nachbarschaft lassen sich in Sachen Mode von mir beraten. Sie glauben alle, dass ich aus Paris komme, wegen meiner französischen Familie, aus der ich stamme.

Selbstverständlich, in Frankreich gibt es wohl nur Paris und nichts anderes! Dabei war ich doch das amerikanische Kind meiner Familie, ich wurde als Einzige in Amerika geboren, nur das wissen die Damen hier nicht.

Tatsächlich kam meine Familie aus Toulouse.

Ich habe inzwischen eine Schneiderin gefunden, die die Modelle aus den Zeitschriften nähen kann, die wir aus New York beziehen. Jesse hatte diese Idee und weißt Du auch warum? Weil er die Magazine bei Dir gesehen hat und weil Du irgendwo so einen verrückten Hut gekauft hast. Danke dafür, liebe Sue!

Heute haben wir James' dritten Geburtstag gefeiert, er hat einen Kuchen bekommen und viele Geschenke, Du hast ja auch dieses nette Holzspielzeug geschickt, vielen, vielen Dank, James hat sich sehr gefreut und spielt ständig damit.

Und nun ruft die Pflicht, bitte, Sue, könntest Du Ben unter die Arme greifen? Er braucht eine Person, der er vertrauen und auf die er sich verlassen kann. Jesse ist hier, also musst Du ihn vertreten.

Sei nicht mutlos, liebe Sue, das Leben geht weiter und Jesse kommt bald zu Dir zurück!

Bitte schreibe mir, wie es Dir geht!

Deine Jacky

Jacky war zufrieden mit dem Brief, sie hatte alles getan, um Sue zu stärken und gleichzeitig Ben Unterstützung zukommen zu lassen. Schnell verschloss sie den Brief und gab ihn einem Laufburschen mit. Dann machte sie sich an die Arbeit, es herrschte nun wieder ein reges Kommen und Gehen im Laden.

Der Erfolg blieb auch Matt Wilson nicht verborgen, der stets mit Argusaugen den Laden der Warners beobachtete.

Zehn Tage nachdem die ersten Magazine verkauft worden waren, betrat er wieder das Geschäft, er hatte draußen gewartet, bis Anthony auf einem Botengang und Jacky somit allein im Verkaufsraum war.

„Was willst du hier?", fragte sie sofort. „Habe ich dich nicht schon einmal hinausgeworfen?"

„Nun sei doch nicht gleich so hysterisch. Wie ich sehe, habe ich dich wohl unterschätzt. Woher hast du so viel Geld?"

„Das geht dich nichts an, Matt."

„Bei deiner verbrecherischen Vergangenheit sollte mich das allerdings nicht wundern, auf rechte Weise bist du bestimmt nicht so reich geworden!"

„Dann bist also du das, der diese Gerüchte über mich verbreitet, die ich schon überall in Denver höre?"

„Gerüchte verbreiten sich tatsächlich schnell, Jacky, du weißt das, aber bei dir sind das leider Tatsachen, die erzählt werden. Und die hören sich gar nicht gut an."

„Tatsachen, dass ich nicht lache! Sei vorsichtig, Matt, der Schuss könnte nach hinten losgehen."

„Es sind ein paar Leute in der Stadt, die schon von dir gehört haben, ich bin das gar nicht, der so viel erzählt."

Plötzlich trat Jesse in den Raum, er hatte bereits vor der Tür gelauscht und fand es an der Zeit, sich einzumischen.

„Was wären das denn für Leute?", fragte er scheinbar höchst interessiert.

„Und wer sind Sie?", wollte Matt mit süffisantem Grinsen wissen. „Ist das dein Mann, Jacky?"

Jacky schoss es blitzschnell durch den Kopf, dass es die ganze Zeit über geschickter gewesen wäre, Jesse als ihren Mann vorzustellen, wie sonst sollte sie erklären, in welchem Verhältnis sie zu ihm stand?

Sie erkannte, dass Matt es darauf anlegte, die Situation falsch zu verstehen. Ihr eigener Mann war in San Francisco und ihr bester Freund hier bei ihr in Denver, das gab willkommenen Anlass zu weiteren Gerüchten.

Aber sie verwarf den Gedanken sofort. Nie hätte sie Ben verleugnet, sollte Matt doch erzählen, was er wollte! Und keiner der Kunden hatte irgendetwas Abfälliges geäußert, zumindest war ihr nichts zu Ohren gekommen. Schließlich wohnte auch Sam Warner im Haus und würde darauf achten, dass alles mit rechten Dingen zuging.

„Das ist unser Geschäftspartner, Mr. Jones", sagte sie daher mit fester Stimme.

Jesse nickte ihr zu und wandte sich dann an Matt.

„Und Sie sind also Matt Wilson, Mrs. Hart hat mir ja bereits einiges über Sie erzählt. Nun, Mr. Wilson, würden Sie bitte meine Frage beantworten? Von welchen Leuten war vorhin die Rede?"

„Das kann ich mir denken, dass euch das interessiert ..." Er brach ab, weil sich die Tür öffnete und Mrs. Powell den Laden betrat, die überrascht stehenblieb, als sie Matt Wilson erblickte.

Matt grinste verschlagen und fuhr sehr laut fort: „Natürlich interessiert es euch, wer euch von früher kennt, und was der vielleicht über euch zu erzählen hat. Da sind ein paar sehr unschöne Dinge dabei, Unzucht, Mord und Gefängnis ..."

Jesse packte Matt am Arm und führte ihn zur Tür.

„Sie verlassen augenblicklich unser Geschäft, Mr. Wilson!"

Matt schüttelte ihn ab.

„Fassen Sie mich nicht an, Mr. Jones! Und Jacky, ich finde es sehr bezeichnend, dass euer sogenannter Geschäftspartner hier bei dir lebt und nicht dein Mann. Dein angeblicher Mann, bist du denn überhaupt verheiratet?"

„Hinaus!", befahl Jesse mit gefährlicher Ruhe. „Sollten Sie es wagen, noch einmal hierherzukommen, werden Sie mich richtig kennenlernen!"

Matt verschwand mit einer angedeuteten Verbeugung unter lautem Lachen.

Er hatte sein Ziel erreicht!

Jacky war Geschäftsfrau durch und durch. Sie hatte sich inzwischen routiniert Mrs. Powell gewidmet, die verwirrt und unsicher stehengeblieben war.

Jesse dagegen starrte wütend vor sich hin, das war überhaupt nicht gut gelaufen, er machte sich große Sorgen. Nachdenklich wandte er sich um und beobachtete Jacky, die wie immer alles verbarg und sehr freundlich war, und beschloss zu handeln.

„Dieser Mr. Wilson, wie kommt er auf solch absurde Ideen?", fragte er.

Jacky fuhr herum und blickte Jesse beschwörend an. Doch er redete weiter.

„Er versucht Rufschädigung, das ist gegen das Gesetz, er kann nicht einfach Gerüchte verbreiten. Er hat wohl große Angst vor Konkurrenz? Es wird uns nichts anderes übrigbleiben, als dagegen vorzugehen. Oder was meinen Sie, Mrs. Powell?"

Er war froh, dass er den Namen dieser Kundin schon kannte, das berechtigte ihn zu dieser vertraulichen Ansprache, wie er fand.

Mrs. Powell murmelte verlegen etwas, bezahlte und verabschiedete sich schnell.

„Was sollte das?", zischte Jacky wütend. „Lass die Kundschaft aus dem Spiel!"

„Du kannst über so etwas nicht einfach hinweggehen, wir müssen etwas tun, Jack."

„Wir können nichts dagegen tun, gegen böse Gerüchte bist du machtlos."

„Das stimmt nicht. Wir brauchen Leute auf unserer Seite ... Guten Morgen Mrs. Butcher!", unterbrach er sich und begrüßte die soeben eingetretene Kundin. „Darf ich Sie heute bedienen? Mrs. Hart ist noch etwas außer sich nach dem Erlebnis gerade."

Die resolute Mrs. Butcher riss erwartungsvoll die Augen auf. Hier schien etwas passiert zu sein.

„Jesse!", rief Jacky mit hellem Entsetzen.

„Was ist denn geschehen?", fragte Mrs. Butcher neugierig.

Jesse dankte im Stillen allen Mächten des Himmels, dass ausgerechnet diese Kundin nun gekommen war, sie war, wie er von Jacky wusste, die Nachrichtenzentrale von Denvers besserer Gesellschaft.

„Ach, es ist zu peinlich, darüber zu sprechen ..."

„Jesse, hör auf, bitte", flehte Jacky.

Mrs. Butcher richtete ihren Rücken gerade.

„Mrs. Hart, MIR können Sie alles anvertrauen, das wissen Sie doch. Bei mir ist jede Information gut aufgehoben!"

Jesse grinste in sich hinein, ja, man konnte ihr tatsächlich alles anvertrauen und dabei sicher sein, dass sogleich ganz Denver Bescheid wissen würde. Doch genau so eine Person brauchten sie nun!

„Ach, Mrs. Butcher, aber nur, wenn das Ganze unter uns bleibt, das wäre doch zu ..."

„Natürlich bleibt es unter uns! Hat es denn mit Xenia Powell zu tun, die gerade an mir vorbeigerannt ist und mich wohl gar nicht bemerkte? Denn sie grüßte mich nicht, das sieht ihr überhaupt nicht ähnlich."

Jede Wette, dass sie gerannt ist, dachte Jesse. Sie kann es nicht schnell genug weiterverbreiten, was hier passiert ist.

„Nein, aber sie wurde unfreiwillig Zeugin dieser unschönen Szene! Es hat mit ... ich zögere den Namen zu nennen, ... ich will ja über niemanden böse herziehen. Aber da ist ein anderer Geschäftsmann hier in Denver, der unverschämte Dinge zu der armen Mrs. Hart sagte, sodass ich ihn hinauswerfen musste. Mrs. Hart ist hier, weil sie von ihrer sterbenden Mutter gebeten wurde, weil sie die Pflichten einer guten Tochter erfüllt, und nun muss sie sich gegen üble

Gerüchte wehren, das ist doch unglaublich. Mr. Hart hatte mich gebeten, hier unterstützend zu wirken, damit Mrs. Hart nicht ohne männlichen Schutz diese schwere Aufgabe erfüllen muss. Er selbst kann seine eigenen Geschäfte in San Francisco zurzeit nicht verlassen."

Jesse wusste ganz gut, dass Jacky bestimmt alles andere als arm und schutzlos war, sie konnte sich ohne Probleme selbst helfen, aber er wollte die Leute auf ihre Seite bringen. In Cheyenne hatte das schon einmal funktioniert, die Damen des Komitees der Bürgerfrauen von Cheyenne hatten sich für Jacky so eingesetzt, dass sie im Gefängnis sogar eine relativ angenehme Unterkunft gehabt hatte und später auf Grund eines Gnadengesuchs freigekommen war.

Jesse kannte die heimliche Macht der Frauen, wer sie zu Fürsprecherinnen, hatte schon so gut wie gewonnen, und wenn Jacky dafür nun als schwache Frau hingestellt werden musste, dann sollte das eben so sein.

„Jesse, bitte, ..." Jacky versuchte erneut, ihn zum Schweigen zu bringen.

Er stellte sich neben sie und nahm sie am Arm, als ob er sie stützen müsste.

„Rege dich nicht weiter auf, ich weiß, das hat dich tief getroffen, und ich dachte auch nicht, dass ein anständiger Geschäftsmann sich so unverschämt verhalten könnte. Jeder hier weiß, was du durchgemacht hast, man kennt deine Geschichte, wie du ganz allein diese Verbrecher zur Strecke gebracht hast, die deine Familie so grausam töteten. Und daraus will dieser feine Herr dir nun einen Strick drehen, nur weil er die Konkurrenz fürchtet."

„Sie sprechen doch nicht von Mr. Wilson?", fragte Mrs. Butcher mit unverhohlener Neugierde und Sensationslust.

Jesse wirkte sehr verlegen und sprach zögerlich.

„Ich möchte keine Namen nennen, schließlich möchte ich niemandem schaden."

Mrs. Butcher blickte ihn hoheitsvoll an.

„Scheuen Sie sich nicht! Es ist bestimmt dieser junge Mr. Wilson. Solange sein Vater die Geschäfte führte, war es ein anständiges Haus, aber ich betrete ihre Läden schon seit geraumer Zeit nicht mehr. Stellen Sie sich vor, man hat mich dort nicht bedient, sondern mir äußerst grob zu verstehen gegeben, ich müsse warten, weil andere Kunden vor mir dran seien. Ich bin natürlich sofort gegangen! So eine Unverschämtheit! Das ist keine Art, mit langjährigen Stammkunden umzugehen, das sage ich Ihnen. Bei Ihnen, Mrs. Hart und auch vorher bei Ihrer Mutter, ist mir das noch nie passiert und ich bin sehr froh, dass Sie den Laden wiedereröffnet haben. Ich werde heute Abend im Nähzirkel den Damen nahelegen, wo sie in Zukunft einzukaufen haben."

Jesse konnte sich ungefähr vorstellen, was Mrs. Butcher unter dem harmlosen Begriff ‚nahelegen' verstand. Wehe den Damen im Nähzirkel, die es wagen würden, sich zu widersetzen!

„Aber meine liebe Mrs. Butcher, das ist zu viel verlangt, wir möchten doch auch nicht, dass Mr. Wilson in schlechten Ruf kommt."

„Papperlapapp! Ich weiß Bescheid! Verlassen Sie sich ganz auf mich! Und nun, Mrs. Hart, wäre ich Ihnen sehr verbunden, wenn Sie mir raten könnten, welches Kleid ich mir für die Hochzeit meiner Nichte nähen lassen sollte, ich kann mich einfach nicht entscheiden."

Sie legte eines der Modemagazine auf den Tisch und schlug die eingemerkte Seite mit einem Kleid auf, das einem jungen Mädchen wohl gut stehen würde, an einer Matrone wie Mrs. Butcher jedoch vollkommen lächerlich wirkte.

Mit viel diplomatischem Geschick riet Jacky zu einem anderen Kleid, das tatsächlich hervorragend passen würde, nahm die Bestellung für den Stoff auf und versprach, sofort nach Erhalt des Stoffes diesen zur Schneiderin zu geben, die sich unverzüglich an die Arbeit machen würde.

Jesse widmete sich in der Zwischenzeit anderen Kunden und war so zuvorkommend, wie es ihm nur möglich war. Gerade bei den Damen ließ er seinen Charme spielen, und da er attraktiv und gepflegt aussah, fiel es ihm nicht schwer, sie zu betören.

Jacky dachte bei sich, es war gut, dass Sue das nicht sehen konnte, sie wäre bestimmt eifersüchtig geworden.

Im Nachhinein war sie Jesse nun sehr dankbar, dass er die Initiative ergriffen und mit Mrs. Butcher gesprochen hatte. Eine derartige Fürsprecherin war Gold wert, und sie schwor sich, jeden Kunden sofort stehenzulassen, wenn Mrs. Butcher in Zukunft den Laden betreten würde. Sie würde Claire brauchen, die jederzeit einspringen konnte, sodass niemand warten musste. Und wenn es ihnen finanziell besser ging, konnte man weitere Angestellte beschäftigen.

Das war sowieso das Ziel, der Laden musste möglichst bald so laufen, dass sie und Jesse nach San Francisco zurückkehren konnten. An einen Verkauf dachte Jacky nicht mehr, sie wollte das Geschäft in Denver behalten.

Sie musste sich diesbezüglich unbedingt mit Jesse und Sam beraten. Genaugenommen gehörte ihr der Laden nicht, er gehörte Sam, und wenn Sam Warner starb, würde ihr vielleicht gar nichts zufallen, denn dann würden die zwei Söhne alles bekommen.

Jacky machte sich nichts vor, sie würde nicht im Testament stehen, denn sie war nicht das leibliche Kind.

Nach dem Abendessen und als die Kinder schliefen, setzte sich Jacky zu Sam und Jesse an den Tisch und brachte das Thema zur Sprache.

„Vater, ich habe viel nachgedacht die letzten Tage. Wie es mit dem Laden weitergehen soll und alles. Allie plante, ich solle das Geschäft wieder aufbauen, damit wir verkaufen können. Aber so, wie es jetzt aussieht, wird nur ein einziger Interessent da sein, und das ist Matt Wilson. Wir werden niemals an ihn verkaufen, da sind wir uns doch einig?"

Jesse nickte beifällig.

Sam hatte inzwischen gehört, was sich am Nachmittag ereignet hatte, und stimmte ebenfalls zu.

„Ich kann nicht glauben, dass Matt so unverschämt geworden ist, er war immer so ein freundlicher Junge!"

„Ihr kanntet ihn nicht", meinte Jacky verächtlich. „Ihr hättet ihn erleben sollen, wenn er mit mir allein war. Er hat mich immer bedrängt und mir erzählt, wie toll er es mit den Hausmädchen trieb, eine sei schon schwanger geworden und man habe sie weggejagt. Darauf war er stolz. Ich hätte ihn nie geheiratet, Vater."

„Wir wussten so einiges nicht über dich, Jacky."

„Ja, das war vielleicht gut so. Aber nun zum Geschäft. Ich habe mir überlegt, dass Ben, Jesse und ich den Laden kaufen. Wir werden dir einen guten Preis geben, Vater, aber er wird uns gehören."

„Wieso willst du ihn kaufen? Er gehört der Familie und damit auch dir."

„Nein, das tut er nicht. Im Moment gehört alles dir und alles, was wir investieren, gehört auch dir, weil wir keinen schriftlichen Vertrag haben. Wir vertrauen dir, das ist selbstverständlich, aber angenommen, mit dir wäre etwas? Man hat an Mutter gesehen, wie schnell es gehen kann. Vater, ich wünsche dir das Längste aller Leben, aber stell dir nur einmal vor, etwas passiert, dann werden Fred und Mike alles erben und mir nichts von dem zurückzahlen, was wir investierten. Oder hast du mich tatsächlich in deinem Testament bedacht? Selbst dann müsste ich die beiden auszahlen."

„Du willst deine Brüder um ihr Erbe bringen?" Sam war ganz erschrocken.

„Nein, das will ich gerade nicht! Sie werden das Geld bekommen, dein Geld. Aber der Laden gehört uns, wir haben ihn dann gekauft und bezahlt. Ben und Jesse haben inzwischen sehr viel Geld hineingesteckt, Vater, ich kann dir die Rechnungen und Beträge zeigen. Aber das ist in Ordnung, man muss investieren, wenn man ein Geschäft aufbaut."

„Jack", warf Jesse ruhig ein, „hättest du da nicht einmal vorher mit Ben und mir reden sollen?"

Sie blickte ihn entschuldigend an.

„Mit Ben kann ich gerade schlecht reden, er ist nicht hier. Natürlich werde ich ihn fragen und dich frage ich auch, Jesse, nur ich dachte, zuallererst will ich Vater die Situation klarmachen."

Sam Warner überlegte.

„Sogesehen hast du recht, Jacky, wenn mit mir etwas sein sollte, gehört dir nichts und all die Arbeit, der Laden und das Geld fallen Fred und Mike zu. Und was Fred damit anrichten würde, wissen wir alle. Ich werde mir das durch den Kopf gehen lassen, aber ich werde mindestens eine Bedingung haben, ich werde weiterhin mit Geschäftsführer sein, ein Amt, das nach meinem Tod auf keinen übergehen wird."

„Vater, das wäre ganz in meinem Sinn, niemand will dich hier vertreiben, im Gegenteil, Jesse und ich werden wieder nach San Francisco fahren, hier würden nur Angestellte bleiben. Du bist dann der Geschäftsführer, in dessen Händen alles liegt."

Sie wandte sich an Jesse. „Was meinst du dazu?"

„Auch wenn du mich reichlich spät fragst, ich glaube, das ist tatsächlich die beste Lösung und ich wäre dafür, ein Angebot zu machen. Nun müssen wir nur noch mit Ben reden, aber ich denke, er wird ebenfalls zustimmen."

Jacky war erleichtert. Sie hatte stets die unbestimmte Angst, dass Fred zurückkommen und seine Beteiligung einfordern würde, rechtlich gesehen stand sie ihm zu.

„Dann werde ich heute noch oder morgen einen Brief an Ben schreiben."

„Vielleicht solltest du damit noch ein bisschen warten", riet Jesse geheimnisvoll.

„Was soll das jetzt wieder heißen?"

„Nichts, nur dass du vielleicht seinen Brief abwarten solltest, der bestimmt bald kommt?"

Jacky musterte Jesse misstrauisch.

Wusste er etwas, das sie noch nicht wusste?

Nun gut, so oder so, dann würde sie eben warten, sie fand es auch besser, zuerst Sams Zustimmung zu bekommen.

Denn falls er sich dagegen entschied, konnte sie sich den Brief an Ben sowieso sparen.

Zwei Tage später bewahrheiteten sich Jackys geheime Befürchtungen. Es war kurz vor der Mittagspause, als ein abgerissener, zerlumpter, schmutziger Kerl den Laden betrat.

Jacky erkannte ihn dennoch sofort. Sie winkte Claire zu, sie solle übernehmen, und wandte sich an den Mann, der grinsend auf sie zukam.

„Hallo Fred, was führt dich her?"

„Ich will meinen Anteil!"

Jacky sah sich hastig um.

„Komm mit, wir gehen nach oben. Vielleicht willst du mit uns zu Mittag essen?"

„Schönen Laden habt ihr wieder, Jacky, ich muss schon sagen, du hast dich hier ja gut eingenistet. Darauf verstehst du dich!"

„Bitte, Fred, wir besprechen das oben!"

Jacky spürte die neugierigen Blicke der anwesenden Kundschaft fast körperlich. Sie fasste Fred am Arm, doch er schüttelte sie unwillig ab.

Der stets aufmerksame Anthony erschien aus dem Hintergrund.

„Probleme, Mrs. Hart?"

„Ach, du hast immer noch deinen Wachhund?", spottete Fred.

Jesse ließ seine Kundin einfach stehen und näherte sich ebenfalls mit fragendem Ausdruck im Gesicht.

Fred gab nach.

„Gut, gehen wir nach oben, ich möchte sowieso mit Vater sprechen."

Jacky war sehr erleichtert und nickte Jesse zu, er solle weitermachen.

„Wir sehen uns gleich", raunte sie ihm zu.

Sie folgte Fred über die Treppe nach oben und in den Salon, in dem sie auch zu essen pflegten. Die Kinder waren schon da, warteten ungeduldig auf die Mahlzeit und begrüßten ihre Mutter erfreut.

„Hunger!", rief James.

„Sind das deine Kinder, Jacky? Ich muss schon sagen, ihr habt keine Zeit verloren." Fred beugte sich zu James herab, doch Jacky ließ nicht zu, dass er sich ihm näherte.

„Anna, bring die Kinder bitte in die Küche und versorge sie dort. Wir haben hier etwas zu besprechen. Und würdest du meinem Vater Bescheid sagen, dass er sofort kommt?"

Anna nickte und sammelte James und Maddie ein.

Fred blickte Jacky herausfordernd an.

„So ist das also, du bist hier jetzt plötzlich die gute Tochter, nennst meinen Vater ebenfalls Vater und nimmst meinen Platz ein."

„Soweit ich weiß, wolltest du diesen Platz nicht haben, Fred. Mutter hat mich holen lassen und um Hilfe gebeten, bevor sie starb. Das wäre nicht nötig gewesen, wärst du ihr ein guter Sohn gewesen. Ich habe mein Leben in San Francisco, aber ich bin gekommen, als ich gerufen wurde."

„Spiel nur weiter die Heilige! Du willst hier alles an dich reißen, Jacky, ich durchschaue dich. Aber das wird dir diesmal nicht gelingen, ich bin hier, um mein Erbe einzufordern. Die Alte ist tot und sie muss mir was hinterlassen haben."

In diesem Augenblick trat Sam ein, er hatte die letzten Worte gehört und wurde blass.

„Fred, wie sprichst du von deiner Mutter?"

Fred grinste hämisch und deutete auf Jacky.

„Hallo Vater, wie geht es dir? Du hast dir ja eine schöne Laus in den Pelz geholt."

„Habe ich dir nicht verboten, dieses Haus jemals wieder zu betreten?"

„Ich dachte, das sei Mutter gewesen, die das sagte. Sie ist tot, habe ich gehört, daher will ich meinen Anteil."

„Deinen Anteil hast du dir schon geholt. Zahle lieber zuerst zurück, was du uns gestohlen hast, du hast uns beinahe ruiniert."

Die Tür öffnete sich wieder und Jesse trat ein.

Jacky winkte ihn an ihre Seite.

„Darf ich vorstellen? Das ist Mr. Fred Warner, mein Bruder, und das ist Mr. Jones, unser Geschäftspartner."

„Geschäftspartner ...", lachte Fred. „Hab ich schon gehört, dass man das neuerdings so nennt. Welches

Kind ist denn von dir, Mr. Jones? Die Kleine sieht dir doch ähnlich, nicht?"

Bevor Jesse etwas sagen konnte, richtete Sam Warner sich zu voller Größe auf und deutete zur Tür.

„Hinaus!"

„Nicht ohne meinen Anteil!"

„Hinaus! Deinen Anteil hast du dir genommen, du wirst nichts mehr bekommen, ich werde dich aus meinem Testament entfernen, Fred!"

„Ach, dann kriegt SIE also alles? Das Kuckuckskind, das ins Haus geschneit kam und nun rechtzeitig wieder da ist, um abzusahnen, was die Alte hinterlassen hat?"

Jesse hielt sich mühsam zurück, er verstand nicht ganz, was hier los war, von diesem Fred hatte er zwar schon gehört, aber nur immer in Andeutungen, die er nicht ernstgenommen hatte.

Doch Jacky hatte ihn beschwörend angesehen, er solle sich jetzt ja nicht einmischen. Das fiel Jesse sehr schwer.

Sam dagegen brach in Wut aus und brüllte Fred an.

„Zum letzten Mal, hinaus mit dir, ich will dich nie wieder sehen!"

„Vater, …", versuchte Jacky zu beschwichtigen, „er ist dein Sohn."

Jesse starrte Jacky ungläubig an, was um Himmelswillen ging hier vor? Wieso verteidigte Jacky diesen Bastard?

„Er ist nicht mein Sohn, nicht mehr!", schrie Sam und verließ das Zimmer mit lautem Türknallen.

Fred lachte Jacky an.

„Was ist nun mit meinem Anteil?"

„Gib das Leben auf, das du führst und komm hierher zurück. Ich werde dir eine Stellung geben."

Fred brüllte vor Lachen.

„Nein, wie großzügig, du gibst mir in meinem eigenen Geschäft eine Stellung."

„Es ist nicht dein Geschäft, es gehört Vater."

„Dann kannst du mir erst recht keine Stellung geben. Denn dir gehört das Geschäft auch nicht. Aber ich habe gehört, dass du viel Geld hast. Wie wäre es mit einer kleinen Spende für einen notleidenden Bruder? Mir sind ein paar Leute aufs Dach gerückt, denen ich was schulde."

„Wenn ich dir das Geld gebe, kommst du dann zurück?"

Jesse konnte nicht länger tatenlos zuhören und fasste sie entsetzt am Arm.

„Jack, was soll das? Bist du verrückt?"

Sie schüttelte nur ungeduldig den Kopf und wandte sich wieder an Fred.

„Sag, kommst du dann zurück und gibst dein jetziges Leben für immer auf?"

„Vielleicht, ..."

„Ein ,vielleicht' genügt mir nicht, Fred. Versprich, dass du zurückkehrst, und du kriegst das Geld. Ich werde deine Schulden bezahlen."

„Ich überlege mir das."

„Dann überlege ich mir das auch mit dem Geld."

Fred schlug plötzlich einen weinerlichen, bettelnden Tonfall an.

„Jacky, bitte, ich brauche eine größere Summe, sofort. Die bringen mich um!"

Jesse dachte bei sich, dass das die Lösung aller Probleme wäre. Was hatte Jacky nur vor? Wieso um alles in der Welt wollte sie diesem Menschen Geld geben und ihn ins Geschäft holen? Man sah auf den ersten Blick, dass dieser Fred ein versoffener Kerl war, bei dem wohl nichts mehr zu retten war.

Er schritt daher endlich ein.

„Von uns bekommen Sie kein Geld. Sie haben Mr. Warner gehört. Jack, wir müssen reden!"

„Ja, Jesse, wir reden gleich. Fred, willst du noch etwas essen?"

Jesse reagierte fassungslos.

„Jack, dieser Mann hat dich in unverschämter Weise beleidigt, du willst dich doch nicht mit ihm an einen Tisch setzen?"

Fred lachte heiser.

„Keine Angst, Herr Geschäftspartner, ich nehme das freundliche Angebot gewiss nicht an. Was ist nun mit dem Geld Jacky?"

„Ich kann dir leider nicht einfach so Geld geben, du bekommst es nur zu meinen Bedingungen!"

„Dein letztes Wort?"

„Mein letztes Wort!"

„Dann sag meinem werten Herrn Vater, er soll auf sich aufpassen. Vielleicht stößt ihm ja etwas zu, dann kriege ich mein Erbe, so oder so, bevor er mich wirklich aus seinem Testament streicht. Und du liebe Jacky, wirst nichts bekommen, dafür werde ich auch sorgen! Du weißt, dass es in Denver ein paar Leute gibt, die dir so gar nicht wohlgesonnen sind. Und ich höre allerlei, du hast ein paar alte Bekannte aus Cheyenne, ich glaube, da sind immer noch Rechnungen offen. Sei also in Zukunft vorsichtiger. Außer du gibst mir jetzt Geld, dann werde ich dafür sorgen, dass man dich und deine Kinder in Ruhe lässt."

Jacky war blass geworden. Mit Gewalt beherrschte sie sich.

„Willst du uns drohen? Versuche es ruhig, das ist noch keinem gut bekommen!"

„Ich habe davon gehört, wie ihr mit Leuten umgeht, die euch nicht passen. Ich unterschätze euch bestimmt nicht. Aber immer wirst du nicht siegen!"

Jetzt hielt Jesse nichts mehr. Er packte Fred am Kragen, bog seinen rechten Arm nach hinten und wies

Jacky an, die Tür zu öffnen. Anthony hatte im Flur gewartet und gemeinsam schafften die Männer Fred aus dem Haus.

Jacky sah aus dem oberen Fenster, wie Fred auf die Straße geworfen wurde, wie er sich aufrappelte, zu ihr höhnisch hinaufgrüßte und dann auf das Haus spuckte.

Wenig später betrat Jesse wütend den Raum.

Jacky wappnete sich.

„Was sollte das? Bist du verrückt geworden? Dein Vater hat ihn hinausgeworfen, er bedroht uns und du bietest ihm eine Stelle an? Und willst mit ihm zu Mittag essen? Siehst du nicht, was mit ihm los ist?"

Sie senkte traurig den Kopf.

„Ich musste es versuchen, Jesse. Ich habe es doch versprochen."

„Was hast du schon wieder wem versprochen?"

„Ich habe es Mutter auf dem Sterbebett versprochen."

„Ich will es jetzt genau wissen, raus mit der Sprache!"

Sie sah ihm fest ins Gesicht.

„Mutter wollte von mir zwei Dinge, ich sollte den Laden aufbauen und Fred zurückholen, ihm helfen."

„Und du hast ..."

„Ich musste es versprechen, Jesse, wie sonst hätte sie in Frieden sterben können. Sie grämte sich so wegen Fred, er ist doch ihr Sohn gewesen. Würde es sich um James handeln, ich würde genauso wollen, dass man ihm hilft."

Jesse fasste sich verzweifelt an den Kopf.

„Das kann nicht wahr sein, ... das kann einfach nicht wahr sein, du darfst nicht solche Versprechungen machen, das konnte sie doch nicht von dir verlangen. Wusste sie denn, was aus ihm geworden ist?"

„Ja, sie wusste es. Und es war ihr letzter Wunsch."

„Gut, aber sie ist tot, du hast es versucht, das war es nun hoffentlich. Nein, Jack, mach nicht dieses Gesicht.

Nein, du wirst das aufgeben, verdammt, das wirst du nicht schaffen!"

„Ich muss es schaffen, ich habe es versprochen."

„Aber ohne mich! Ganz bestimmt ohne mich!"

„Jesse, ..."

„Hör auf damit, diesmal wirst du deinen Dickschädel nicht durchsetzen. Wenn wir Glück haben, wird Fred sowieso heute noch erledigt. Wenn er den falschen Leuten tatsächlich Geld schuldet, überlebt er das nicht."

„Dann werde ich ihm das Geld geben."

„Vergiss es! Er wird keinen Cent von uns sehen! Ich verbiete dir das einfach, du wirst nichts von unserem Geld an ihn verschwenden."

In diesem Moment öffnete sich die Tür und Ylvie erschien, knickste leicht und fragte, ob sie denn endlich das Essen bringen dürfe.

Jesse versuchte, sich wieder unter Kontrolle zu bekommen.

„Ja, bitte", brachte er nur mühsam beherrscht hervor und Jacky erhob sich, um Sam zu holen.

Jesse setzte sich wie erschlagen auf einen Stuhl, das war mal wieder so typisch Jacky, und natürlich hatte sie keinen Ton gesagt.

Aber er würde festbleiben, diesmal würde sie sich die Zähne ausbeißen.

Keinen Cent würde dieser Fred bekommen, dafür würde er schon sorgen!

Eine Rose, die nicht erblüht

Die Mahlzeit verlief unter bedrücktem Schweigen, Jacky bekam kaum mit, was sie aß.

Was sollte sie nur tun?

Jesse weigerte sich, Fred Geld zu geben, und Jacky hatte kein eigenes Vermögen, denn über alles, was sie besaß, bestimmte ihr Ehemann Ben und er war nicht da, ihn konnte sie nicht fragen. Fred etwas zu geben war nun einmal eine ganz andere Sache, als in Bens Auftrag ein Geschäft aufzubauen.

Sie war daher auf Jesses Einverständnis angewiesen oder sie unterschlug Geld, was nicht in Frage kam.

Jesse dagegen war wütend auf Jacky.

Wieder hatte sie ihm wichtige Dinge vorenthalten und dieses rührselige Versprechen, das sie gegeben hatte, war lächerlich. Aber er kannte sie gut genug, um zu wissen, dass sie so etwas sehr ernst nahm und sich nicht so leicht abbringen lassen würde. Das konnte noch zu großen Problemen und Streitereien führen.

Sam wiederum dachte über Jackys Angebot vom Vorabend nach.

Er sah ganz deutlich, dass Fred Schwierigkeiten machen würde. Fred musste sofort aus dem Testament gestrichen und Jacky abgesichert werden. Am Vormittag hatte er sich von ihr die Bücher geben lassen und zum ersten Mal gesehen, wie viel Geld sie, Ben und Jesse tatsächlich investiert hatten.

Genaugenommen gehörte ihnen der Laden schon fast, Jacky hatte beinahe sämtliche Schulden und inzwischen die Hypothek bezahlt. Ihre Einnahmen konnten sich allmählich sehen lassen, aber der Gewinn war natürlich noch weit unter dem, was sie hineingesteckt hatte. Sollte ihm, Sam, etwas zustoßen, hätte Jacky alles verloren, denn wenn Mike den Laden erben würde, müsste sie sich mit ihm einigen und das konnte schwierig werden.

So beschloss er, noch am selben Tag einen Notar aufzusuchen und Jacky anzuweisen, ihrem Mann zu schreiben, damit der Verkauf schnell über die Bühne gehen würde.

Er sagte nichts von seinem Beschluss und verschwand gleich nach dem Essen.

Jesse und Jacky arbeiteten wieder fleißig im Laden. Sie redeten kaum miteinander, sehnten beide die Zeit nach Ladenschluss herbei, wo sie sich endlich in Ruhe aussprechen konnten.

Schließlich war es so weit, alle saßen um den großen Tisch zum Abendessen. James befand sich wie immer neben Jesse und redete wild auf ihn ein, während Maddie nach wie vor unverständliche Laute von sich gab. Es herrschte großer Lärm.

Jacky runzelte die Stirn und befahl den Kindern streng, leise zu sein, was von James sofort befolgt wurde, auch wenn er nun bockig in seinem Stühlchen hockte. Maddie, die vom scharfen Ton ihrer Mutter erschrocken war, schwieg ebenfalls. Sie bekam einen Löffel in die Hand und aß ihren Brei, das war die sicherste Methode, sie zu beschäftigen.

Trotz der nun wohltuenden Stille wollte die enorme Anspannung nicht von Jacky weichen, zu viel Unausgesprochenes beherrschte die Atmosphäre.

„Ich war heute beim Notar", verkündete Sam unvermittelt. „Ich lasse Fred aus dem Testament entfernen und das Erbe wird Mike zugesprochen, er wird nach meinen Tod alles bekommen."

„Alles?", fragte Jacky gedehnt.

„Der Notar hat geprüft, was ihr hier investiert habt, er sagte, das sei mehr als der Laden wert war, daher ist es mehr als recht und billig, wenn ihr das Geschäft übernehmt. Ich möchte Geschäftsführer bleiben und mein Auskommen haben und ein Wohnrecht bis zu meinem Tod."

Jacky und Jesse sahen sich an.

„Du willst uns alles so überschreiben? Ohne, dass wir noch einmal etwas bezahlen? Habe ich das richtig verstanden?", vergewisserte sich Jacky.

Sam nickte.

„Ich bekomme regelmäßig eine Beteiligung, das ist die weitere Bedingung. Einzelheiten müssen wir noch ausarbeiten, ich würde euch bitten, mich die nächsten Tage zum Notar zu begleiten!"

„Vater, ich kann so etwas nicht entscheiden ohne Ben, ich brauche ihn dafür."

„Ich weiß, daher solltest du ihm schleunigst schreiben und ihm die Verträge schicken, sobald sie fertig sind."

„Jesse, was meinst du dazu?"

„Wie bitte? Ach so, ja natürlich!"

Jesse war leicht abgelenkt, er hatte zur Tür in Jackys Rücken geblickt. Er wandte sich nun wieder an sie und sagte mit fester Stimme: „Ich meine, dass wir darauf eingehen sollten, und ich denke, auch Ben ist einverstanden. Es wäre wirklich gut, wenn er hier wäre, dann ginge das leichter."

„Ja, aber das ist er nicht, dabei brauchen wir ihn so dringend", seufzte Jacky traurig.

„Schön, dass ich gebraucht werde", ertönte eine Stimme von der Tür.

Jacky fasste sich an die Kehle.

Das war doch Ben!

Sie erhaschte noch Jesses triumphierendes Grinsen, er hatte als Einziger schon längst gesehen, dass Ben unbemerkt eingetreten war, dann sprang sie auf, rannte zu ihrem Mann und warf sich ihm um den Hals.

Er umarmte sie ebenfalls und erdrückte sie fast.

„Ben, ich bin so froh, dass du hier bist." Tränen liefen über ihr Gesicht, sie weinte vor Freude.

„Papa, Papa!", schrie James und wollte von seinem Stühlchen.

Jesse hob ihn herunter und James lief unentwegt ‚Papa' rufend zu seinen Eltern. Maddie schlug mit dem Löffel auf den Tisch, um sich Gehör zu verschaffen.

„Ba-ba, Ba-ba", machte sie James nach.

Ben hatte seinen Sohn auf den Arm genommen und das Kind schlang seine Ärmchen fest um seinen Hals. Dann erst konnte er sich Maddie widmen und beugte sich zu ihr, um ihr einen Kuss auf die Wange zu drücken.

„Hörst du, Jack", rief er entzückt. „Sie sagt ‚Papa'! Ich hoffe doch, das ist jetzt ihr erstes Wort."

Jacky lachte unter Tränen. „Ja, das ist es! Maddie, du sprichst! Du bist so ein kluges Mädchen."

„Ba-ba, Ba-ba", wiederholte Maddie unentwegt, sie war begeistert, dass man ihr so viel Aufmerksamkeit schenkte.

Endlich legte sich die allgemeine Aufregung und Ben konnte sich an den Tisch setzen, nachdem er auch alle anderen begrüßt hatte. Unverzüglich bekam er von Ylvie das Essen aufgetischt.

Hungrig bediente er sich und Jacky wandte sich glückselig an Jesse: „Du hast es gewusst, nicht wahr?"

Sie griff immer wieder nach Bens Arm, um ihn zu berühren, sie konnte es nicht fassen, dass er tatsächlich da war.

Jesse grinste sie an.

„Ich habe ihm sehr nahegelegt, herzukommen."

Ben nickte ihm zu.

„Nahegelegt klingt gut, das war ein Befehl. Mir ist selten so der Kopf gewaschen worden, wie von Jesse. Jack, das glaubst du nicht. In seinem Brief stand so etwas wie, wenn ich nicht gefälligst sofort herkommen und mich bei dir entschuldigen würde, würde er mir Freundschaft, Partnerschaft und überhaupt alles aufkündigen."

Jesse lehnte sich gemütlich zurück.

„Das alles regelt ihr unter euch, aber später, denn momentan gibt es wichtigere Sachen zu besprechen."

„Ben, was ist mit unseren Geschäften in San Francisco? Wer soll alles leiten dort, wenn keiner von uns mehr da ist?", fragte Jacky besorgt.

„Mr. Fisher wird alles so weiterführen wie gewohnt und ich habe Sue die Entscheidungsvollmacht gegeben, falls Probleme auftreten."

„Sue?", riefen Jesse und Jacky gleichzeitig.

„Ja, Sue!" Ben wurde plötzlich sehr ernst. „Sie braucht eine Aufgabe und Verantwortung. Sie wird es gut machen, sie hat jetzt schon länger mitgearbeitet, eigentlich gleich nachdem du weg bist, Jesse, ich habe sie eingewiesen, und ich muss sagen, sie überraschte mich sehr mit ihrem Eifer, alles zu lernen, und mit ihrer Zuverlässigkeit. Wir hätten sie schon viel früher richtig mitarbeiten lassen sollen. Ach ja, hier sind Briefe von ihr. Einer für dich, Jack, und einer für dich, Jesse."

Jesse nahm den Brief und steckte ihn achtlos in seine Hemdtasche. Man sah ihm deutlich an, dass er kein Interesse daran hatte.

Jacky dagegen riss den Brief neugierig auf.

San Francisco, 14. Juni 1877

Meine liebe Jacky,

heute kam Dein Brief, der mich so erfreute und erleichterte, ich dachte schon, Du würdest nicht mehr mit mir sprechen wollen.

Es war auch schön, von Jesse zu hören, bitte, schreibe mir alles über ihn, ich vermisse und liebe ihn so sehr, ich weiß, ich habe alles falsch gemacht und kann nur hoffen, dass ihr mir verzeiht und mich auch ein bisschen versteht.

Weißt Du, ich dachte doch wirklich, ich würde ein Kind erwarten, ich wusste so wenig über diese ganzen Dinge, Du hast als Einzige mit mir darüber gesprochen und mir erklärt, wie Kinder entstehen.

Und dann hatte ich solche Angst, was, wenn Jesse mich nun sitzen lassen würde? Die Schande, ich hätte sie nicht ertragen.

Wie hätte ich das einem anderen Mann erklären können, dass ich nicht unberührt war, denn ich hätte ja irgendjemanden heiraten müssen, das wollte meine Mutter so.

Als ich damals zu Dir kam, war ich überzeugt davon, dass ich ein Kind erwartete, aber ich merkte sehr bald, dass es nicht so war. Ich habe es dann nicht gewagt, Euch das mitzuteilen, weil ich mich so schämte. Und ich glaubte immer, Jesse würde mich nur wegen des Kindes heiraten. Ich wollte doch nur ihn und keinen anderen.

Er hat mir viel zu spät gesagt, dass für ihn die Sache klar war, als ich zum ersten Mal mit in seine Wohnung ging, er meinte, er sei kein Mann der vielen Worte, für ihn war es selbstverständlich, dass er um meine Hand anhalten würde.

Wenn ich das nur gewusst hätte, . . .

Ich habe Euch alle angelogen und das tut mir sehr leid, ich würde es am liebsten ungeschehen machen, aber, Jacky, mir fehlte eben der Mut, den ich an Dir immer so bewundere.

Ben hat viel mit mir gesprochen, er ist ein wundervoller Mann, Du hast so viel Glück!

Du hast mir einmal gesagt, ich könne alles sein, was ich will, und ich habe mich nun entschlossen, endlich eine Frau zu werden, auf die

*Jesse auch stolz sein kann, so wie Ben stolz auf Dich ist. Ich strenge
mich an, versprochen, ich werde alles tun, dass Ihr mit mir zufrieden
seid. Ich werde nie so eine gute Geschäftsfrau wie Du werden, aber ich
werde mich bemühen und immer korrekt sein.*

Ben hat mir auch gesagt, dass Du ihm sehr weh getan hättest.

*Ich weiß nicht, was ich davon halten soll, und kenne den Grund
nicht, ich hoffe, Du kannst das mit Ben klären, denn er wird zu Euch
nach Denver fahren.*

*Jacky, ich vermisse Dich auch und würde so gerne mit Dir persönlich
über alles sprechen, ich vermisse Deine Ratschläge. Mit Mutter
kann ich über all das doch nicht reden.*

Ich hoffe, Ihr kommt bald zurück und alles ist in Ordnung.

*Es tut mir leid, dass Deine Pflegemutter so einen schrecklichen Tod
gestorben ist, das war bestimmt sehr schlimm.*

Niemand sollte so leiden müssen!

*Grüß die Kinder von mir, Maddie hat ja nun auch bald Geburtstag,
sie werden so schnell groß, und bitte, … ach Du weißt, ich muss Dir
das nicht sagen.*

Deine Sue

Jacky ließ den Brief sinken, und sah Ben an.

„Hast du da ein kleines Wunder vollbracht?"

„Vielleicht, …"

„Jesse, du solltest ihren Brief lesen! Wenn sie dir das
Gleiche schrieb wie mir, dann kannst du gar nicht
anders, als sofort zu ihr zu fahren und bei ihr zu
bleiben."

„Später", winkte Jesse beiläufig ab. „Und jetzt würde
ich sagen, wir bringen diese wundervollen Kinder ins
Bett und danach setzen wir uns zusammen und
machen das Geschäftliche."

Jacky blickte noch einmal auf den Brief in ihrer Hand. Ja, sie wusste, was Sue mit den drei Pünktchen am Schluss sagen wollte, die drei Pünktchen schlossen den Wunsch ein, Jacky möge doch gut für Jesse sorgen, auf ihn aufpassen und ihn dazu bringen, Sue wenigstens wieder anzuhören.

Anna brachte die Kinder weg, um sie für die Nacht umzukleiden, und die Männer schenkten sich einen Whisky ein und prosteten sich zu.

Jacky schmiegte sich an Ben.

„Ich kann es immer noch nicht glauben, dass du so einfach ins Zimmer geschneit kamst. Wer hat dich hereingelassen?"

„Anthony, er hat mich von der Bahn abgeholt. Jesse wusste ja, dass ich heute ankomme."

„Die Überraschung ist mir gelungen, scheint mir", grinste Jesse. „Nur Ben, leider hat Jack auch noch die eine oder andere Überraschung auf Lager. Heute ist einiges passiert."

„Ihr macht mir Angst. Trotzdem, Jack, würdest du kurz mit mir das Gepäck in unser Zimmer bringen?"

Ben wollte mit ihr allein sprechen, unbedingt, er konnte das nicht länger aufschieben.

Jacky verstand sofort und sprang auf. „Komm mit!"

Sie führte ihn in ihr Zimmer und er schloss die Tür und nahm sie in seine Arme.

„Jack, es tut mir wirklich leid, dass ich in meinem letzten Brief so gefühllos war, aber dein Geständnis hat mich sehr verletzt, du hast mir eine Schwangerschaft verheimlicht, so lange, verstehst du mich? Ich möchte mich entschuldigen, ich habe sehr böse reagiert, dabei ist doch nur eines wichtig: Wie geht es dir inzwischen? Hast du das Kind noch und ... ich weiß nicht, wie ich es sagen soll, ..."

Sie schluckte, es fiel ihr so schwer, darüber zu reden.

„Ich habe das Kind noch, Ben. Aber es war von Beginn an anders als bei James und Maddie. Und seit etwa zwei Tagen bewegt es sich nicht mehr."

„Jack, ..."

„Es ist tot, Ben."

„Du musst zu einem Arzt. Er muss etwas tun!"

„Niemand kann etwas tun, ich habe den Doktor schon gefragt, er meinte, wenn das Kind im Mutterleib stürbe, würde es von selbst kommen. Und jetzt verstehst du vielleicht auch, warum ich dir nichts sagen wollte, du hättest dich gefreut und gehofft. Ich hätte mich ja irren können und du hättest dir Sorgen gemacht. Es war schwer genug für mich, dieses Kind nicht lieben zu lernen. Wie viel schwerer wäre es für dich gewesen, da du nicht spürst, was ich spüre und fühle."

Ben hatte Tränen in den Augen. Er fasste Jacky um den Bauch, versuchte, das Kind zu ertasten, doch Jacky wehrte ihn ab.

„Bitte, lass das."

„Es ist dennoch unser Kind, und auch wenn es vielleicht tot ist, es gehört zu uns."

„Ach bitte, mach es mir nicht so schwer. Ich wünsche mir nichts sehnlicher, als dass dieses Kind gesund zur Welt kommt, doch ich weiß, dass es nicht so sein wird."

„Du hast nicht immer recht!"

Sie wandte sich ab.

Wollte er nicht verstehen? Wusste er nicht, was es sie kostete, so ruhig zu bleiben? So gelassen in ihrer Trauer um dieses Kind?

Ben umfasste sie wieder und wiegte sie tröstend in seinen Armen.

„Ich bin jetzt bei dir, und was immer geschieht, wir stehen das gemeinsam durch. Jesse wird nach San Francisco zurückkehren und ich bleibe hier. So hat er es mir geschrieben und ich glaube auch, so ist es besser.

Er soll seine Ehe in Ordnung bringen und mit Sue ins Reine kommen. Und ich gehöre an deine Seite, gerade in dieser Zeit."

Jacky küsste ihn, sie war so glücklich, dass er bei ihr war, und wieder dankte sie im Stillen Jesse, der einmal mehr bewiesen hatte, dass er die Lage viel besser überblickte, als sie und Ben das jemals tun würden. Ohne Jesse wäre Ben nicht hier und sie könnte sich nicht so geborgen fühlen.

Anna klopfte an die Tür und verkündete, dass die Kinder zu Bett gebracht werden konnten. Ben wollte das sofort übernehmen, er hatte die beiden so vermisst.

Jacky kehrte zu Jesse und Sam in den Salon zurück und schenkte sich ebenfalls einen Whisky ein.

Jesse sah sie erstaunt an.

„Du solltest keinen Alkohol trinken, du weißt das."

„Es wird nicht mehr schaden, Jesse!"

Er stockte, warf einen Blick auf Sam, der von nichts wusste und schwieg betroffen.

Als Ben zu ihnen stieß, besprachen sie sofort die Übergabe des Geschäfts und waren sich in den meisten Punkten einig. Ben wollte nur noch die Zahlen überprüfen, aber nicht an diesem Abend, dafür würde er mehr Zeit brauchen.

Sam würde gleich am nächsten Tag den Notar mit der Ausarbeitung der Verträge beauftragen, in denen alle Einzelheiten festgelegt wurden.

Sie schenkten sich am Ende noch einen Whisky ein, stießen miteinander an und feierten die Entscheidungen und Bens Ankunft. Dann ging Sam zu Bett.

Jesse starrte in sein Glas.

Schließlich gab er sich einen Ruck.

„Ist es also so, Jack, du hast das Kind verloren?"

„Nein, ich habe es noch, aber es ist tot. Es bewegt sich nicht mehr."

„Du bist sicher?"

„Ja, ich bin sicher."

„Das tut mir leid. Wie geht es jetzt weiter?"

„Ich weiß es nicht, ich muss warten, bis es von selbst kommt. Es ist schon ziemlich groß, ich glaube nicht, dass es leicht wird."

Jesse dachte nur kurz nach.

„Ich wollte eigentlich gleich nach Hause zurück, nachdem wir die Verträge unterschrieben haben, aber ich werde wohl etwas länger bleiben, ich möchte euch nicht damit allein lassen."

„Danke Jesse, danke für alles."

„Gern geschehen, aber Jack, du bist mir nichts schuldig, hörst du? Wir sind in jedem Fall immer quitt, lass mich bloß aus deinen verqueren ‚ich muss etwas zurückzahlen' - Gedanken raus. Versprich mir das!"

„Versprochen!"

„Und damit zum anderen unangenehmen Thema, Ben, du musst jetzt erfahren, was die letzten Tage hier passiert ist."

Jesse erzählte von Matt Wilson, von Fred und von den alten Bekannten aus Cheyenne, über die die beiden gesprochen hatten. Auch Freds angedeutete Drohung kam zur Sprache.

„Habe ich das richtig verstanden?", vergewisserte sich Ben. „Dieser Fred meinte, unser Leben sei mal wieder in Gefahr und nur wenn wir ihm Geld geben, würde er uns beschützen?"

„Ja, so hat er es gesagt."

„Jesse, du hast es in San Francisco bereits prophezeit, ich wollte es nicht glauben, aber wir haben einmal mehr in ein Wespennest gestochen. Wir sollten schleunigst jemanden einstellen und hier verschwinden."

„Um dann den Laden abgebrannt zu kriegen und Sam ermordet?", fragte Jesse ruhig. „Dann können wir gleich unser Geld hier verbrennen und uns alle Mühen sparen."

„Was können wir gegen diese Leute schon ausrichten. Und wer aus Cheyenne hätte denn noch eine Rechnung offen? Vielleicht sollten wir zunächst einmal das herausfinden."

„Ja, das wäre nicht schlecht. Und dann wäre da noch das verrückte Versprechen, das Jack ihrer Tante Allie auf dem Sterbebett gab und mit dem sie heute auch endlich einmal herausgerückt ist."

„Was für ein Versprechen?"

Jacky hob den Kopf.

„Ich habe meiner Mutter versprochen, Fred zu helfen und ihn zurückzuholen. Er war ihr Sohn, ihr Liebling, sie wollte ihn nicht aufgeben."

„Du hast das nicht versprochen, Jack!"

„Doch, Ben, das hat sie. Und schau sie dir an, schau dir dieses Gesicht an. Die pure Sturheit! Ich habe schon gesagt, mein Geld kriegt dieser Fred nicht, er ist ein Säufer und Spieler. Rede ihr das bitte aus, sprich ein Machtwort", forderte Jesse flehend.

Ben war wirklich entsetzt.

„Jack, es kommt nicht in Frage!"

„Du kennst doch Fred überhaupt noch nicht", wandte Jacky stur ein.

„Hör nicht auf sie, Ben, ich habe ihn kennengelernt. Kein Cent", beharrte Jesse.

Jacky senkte den Kopf.

„Ich habe es Mutter versprochen, sie soll in Frieden ruhen."

„Das tut sie, Jack, hörst du? Oder siehst du sie hier herumgeistern?"

„Jesse, bitte, nimm das nicht auf die leichte Schulter, ich weiß, was es heißt, wenn Geister um dich sind. Ich möchte das nicht mehr erleben."

Jesse war nun richtig wütend.

„Es gibt keine Geister! Das hat dir alles dieser Indianer eingeredet."

Ben gähnte müde.

„Gehen wir zu Bett? Für heute habe ich genug gehört und Jack, Jesse hat recht. Ich denke nicht, dass wir darüber noch einmal diskutieren müssen. Von mir wird dieser Fred auch keinen Cent sehen."

„Ben, ..."

„Komm, gehen wir!"

„Ich kann mein Versprechen nicht brechen!"

„Du wirst es tun müssen, tut mir leid."

Jacky fügte sich - vorerst. Sie war sehr müde und wollte schlafen, wollte mit Ben allein sein und seine Nähe spüren.

Als sie im Bett lagen, fühlte Ben wieder nach ihrem Bauch, diesmal ließ sie es zu. Er musste auch Abschied nehmen, er musste sich vergewissern, dass da kein Leben mehr war.

Eng aneinandergeschmiegt schliefen sie schließlich ein.

Der nächste Tag brachte wieder viel Arbeit, das Geschäft belebte sich immer mehr und Jacky war zufrieden.

Ben drängte sie, zum Arzt zu gehen, aber sie weigerte sich. Sie würde dieses Kind bei sich behalten, so lange es ging.

Beim Abendessen kam das Thema Fred wieder auf. Sam, Jesse und Ben waren unerbittlich, vor allem Sam wollte nichts davon hören, Fred zu helfen.

Für ihn war sein jüngerer Sohn gestorben. Er zitierte sogar die Bibel und Jacky war scheinbar auf verlorenem Posten.

Doch Ben und Jesse kannten sie gut genug, sie wussten, sie würde nicht nachgeben und eines Tages vielleicht sogar einen Alleingang machen. Ein gegebenes Versprechen wog in ihren Augen zu schwer, da setzte sie sich gerne über vieles hinweg.

Als Sam sich verabschiedet hatte, er wollte noch ausgehen, machte Ben daher einen Vorschlag: „Wie wäre es, wenn ich mir diesen Fred einmal ansehe und mit ihm rede? Wenn ich danach sage, ‚nein, wir helfen ihm nicht‘, wirst du das dann akzeptieren, Jack? Und zwar als endgültige Entscheidung?‘‘

Sie zögerte. „Dein Entschluss steht doch vorher schon fest?‘‘

„Nein, das tut er nicht. Ich gehe mit dir zu ihm, wir sprechen mit ihm und dann entscheide ich. Und, Jesse, das schließt dich nicht mit ein. Wenn wir ihm helfen, dann werden das Jack und ich tun, mit unserem eigenen Geld.‘‘

Jesse nickte ergeben, das war vielleicht die beste Lösung, danach war hoffentlich Ruhe.

Jacky willigte erleichtert ein.

„Dann gehen wir gleich, Ben.‘‘

„Jetzt sofort? Und du wirst dieses Thema bestimmt vergessen, wenn ich ‚nein‘ sage?‘‘

„Ich verspreche es!‘‘

Ben hob die Schultern. Was blieb ihm jetzt übrig?

„Also gut, ziehen wir los.‘‘

„Vielleicht solltet ihr Anthony mitnehmen, letztes Mal war es doch sehr bedrohlich, wie ich von ihm weiß‘‘, schlug Jesse vor.

Betrübt verdrehte Ben die Augen.

„Warum muss ich mich nur immer auf so etwas Verrücktes einlassen ...‘‘

Wenig später liefen Jacky, Ben und Anthony durch die abendlichen Straßen von Denver und begannen in der Larimer Street, wo sich die meisten einschlägigen Lokale befanden.

Nach zwei schäbigen Spelunken versuchten sie es in einem der besseren Saloons. Hinter der Bar stand ein dunkelblonder großer Mann mit einem regelrechten Raubvogelgesicht und einer Narbe an der Wange. Er betrachtete vor allem Jacky misstrauisch, schließlich war sein Lokal nicht für Frauen wie Jacky gedacht. Diese Damen pflegten nur Ärger zu machen, wenn sie ihre Männer aus seinem Saloon holen wollten.

Jacky kümmerte sich nicht darum.

Sie hatte bereits Fred am Tresen erspäht und ging geradewegs auf ihn zu.

„Hallo Fred", begrüßte sie ihn. „Ich möchte dir meinen Mann vorstellen, Ben Hart. Du wolltest ihn doch kennenlernen."

Fred fluchte laut.

„Verschwinde hier, Jacky, oder hast du etwa Geld für mich?"

„Nein, ich habe nur Geld für dich, wenn du zu uns zurückkommst und deinen Platz einnimmst."

„Den du mir gestohlen hast!"

„Den du nicht wolltest, aber du kannst ihn jederzeit haben."

„Vergiss es und ich brauche dein Geld sowieso nicht, ich hatte ein wenig Glück in letzter Zeit!"

Sie schluckte, doch presste ein „Das freut mich für dich, Fred" hervor.

„Warum kommt ihr eigentlich mit eurem Leibwächter, habt ihr so viel Angst vor mir?"

Fred warf einen verächtlichen Blick auf Anthony, der mit dem Hut in der Hand stumm und verlegen die Szene beobachtete.

Ben mischte sich ein.

Er hatte genug gesehen und wollte nur noch gehen.

„Wir möchten Unannehmlichkeiten vermeiden. Meine Frau wollte, dass ich mit Ihnen spreche, diesen Wunsch habe ich ihr erfüllt."

Fred lachte laut auf.

„Warum so förmlich, Mr. Hart? Sind wir nicht so gut wie verwandt? Und tust du immer alles, was diese feine Dame von dir will? Wo habt ihr eigentlich euren Geschäftspartner gelassen? Musste er jetzt aus ihrem Bett, weil du wieder da bist? Oder nimmt sie euch alle beide? Und den Wachhund hier gleich mit dazu?"

Bevor jemand reagieren konnte, hatte Anthony mit der Faust zugeschlagen und Fred fiel vom Barhocker.

Ben hielt Anthony zurück, der noch weiter auf Fred einprügeln wollte.

„Ich habe ihm gesagt, er soll nicht so über Mrs. Hart sprechen!", schrie Anthony wütend.

Der Mann mit dem Raubvogelgesicht kam heran.

„Es wäre besser, ihr geht jetzt. Lasst meine Kundschaft in Ruhe!"

Jacky beugte sich zu Fred hinab, sie gab noch nicht auf.

„Fred, bitte, um deiner Mutter Willen!"

Er richtete sich an ihr auf, dann packte er sie plötzlich und gab ihr einen heftigen Stoß, sodass sie quer durch den Raum auf einen Tisch flog, der unter ihr zusammenbrach.

Jacky lag hilflos auf dem Bauch inmitten der Trümmer, sie fühlte nur Schmerzen um sich, und dann zerriss etwas in ihr und zwischen ihren Beinen wurde es nass.

Ben war schon bei ihr und wollte sie vorsichtig umdrehen und aufsetzen, da sah er, was geschehen war.

„Mein Gott", brachte er hervor. „Schnell, einen Arzt!"

Jackys Rock war voller Blut.

Anthony stand einen Moment starr vor Schreck, dann schrie er, er würde Hilfe holen, und rannte los.

„Schafft sie hier raus!", brüllte der Mann mit dem Raubvogelgesicht zornig. „Ich will so was nicht hier in meinem Saloon haben!"

„Wir machen das schon, Rod", rief eine der Frauen und sie winkte einem anderen Mädchen zu. „Komm Julia, hilf!"

Sie fasste Ben, der Jacky umklammert hielt, am Arm.

„Wir müssen sie hier wegbringen, am besten vorerst in eins der Zimmer. Können Sie sie tragen, mein Herr? Wie lange ist Ihre Frau schon schwanger?"

„Sechster oder siebter Monat", stöhnte Jacky.

Sie richtete sich mit Bens Hilfe halb auf und sah Fred im Hintergrund stehen.

Er hatte sein Gesicht zu einem höhnischen Grinsen verzogen, doch sie las auch Entsetzen in seinen Augen über das, was er offensichtlich angerichtet hatte.

„Ich bin Lucy Hunter", stellte sich die Frau vor. „Wir werden Ihnen helfen, Ma'am."

„Ich heiße Jacky Hart."

„Ach Sie sind das! Wir haben schon von Ihnen gehört, Mrs. Hart. Sie müssen doch viel vorsichtiger sein, sie hätten nicht herkommen sollen."

Ben sah sie überrascht an, aber es war keine Zeit für Fragen. Er hob die leise wimmernde Jacky auf seine Arme und Lucy versuchte, mit Jackys Rock die Blutung zu stillen, während sie in einen der hinteren Räume gebracht wurde. Dort stand ein großes Bett, das ansonsten sicher anderen Zwecken diente, auf das nun jedoch Jacky gelegt wurde.

„Wollen Sie nicht hinausgehen, Mr. Hart?", fragte Lucy. „Das ist doch nichts für Männer."

„Nein, ich bleibe!"

„Wie Sie wünschen, möchten Sie etwas zu trinken?"

Ben verneinte, setzte sich neben Jacky und hielt ihre Hand. Er hoffte, dass möglichst bald ein Arzt kommen möge, auch wenn diese Frauen sicher viel Erfahrung mit so etwas hatten.

Der Mann von der Bar, Rod, sah ins Zimmer.

„Wischt mir ja die Sauerei da draußen zusammen, ich will das nicht hierhaben, kann man die Frau nicht fortschaffen?"

„Sei still, Rod. Überlass das uns. Rufe lieber einen Arzt, ich glaube, wir brauchen einen."

„Der Arzt wird schon geholt und ich werde für alles aufkommen, das ist selbstverständlich", stammelte Ben. Er war blass.

„Schon gut, Mann, ich werde Ihnen eine Rechnung stellen. Den Tisch bezahlen Sie auch. Ebenso den Arbeitsausfall von Julia und Lucy!"

„Den Tisch bezahlt Fred", rief Lucy empört. „Er hat Mrs. Hart gestoßen."

„Fred hat keinen Cent, außerdem habe ich ihn bereits hinausgeworfen. Ich hol mir mein Geld lieber von denen, die welches haben. Verdammt, wieso musste das hier passieren? Dieser Fred braucht keinen Fuß mehr bei mir über die Schwelle zu setzen!"

Damit verließ Rod den Raum.

Julia seufzte.

„Ich mach mal draußen sauber, bevor Rod wirklich in Wut gerät. Bin bald wieder da."

Als sie aus der Tür eilte, stieß sie beinahe mit dem Arzt zusammen, den Anthony geholt hatte.

„Mrs. Hart!", rief der Doktor erstaunt, als er Jacky erkannte. „Hier? Ausgerechnet hier?"

„Es hat sich so ergeben", murmelte Jacky schwach.

Der Arzt war sofort derselben Meinung wie Julia und Lucy, Jacky musste bleiben, wo sie war, man konnte sie nirgends mehr hinbringen, denn die Wehen hatten bereits eingesetzt.

Ben suchte kurz Anthony auf und bat ihn, Jesse und Mr. Warner Bescheid zu geben.

Anthony war fassungslos.

„Es tut mir so leid, ich habe das nicht gewollt!"

„Du hast keine Schuld, geh jetzt, aber es soll niemand herkommen, hörst du? Wir werden uns so bald wie möglich melden, wenn alles vorüber ist."

Anthony verschwand und Ben kehrte in das Zimmer zurück.

Man hatte Jacky inzwischen entkleidet und der Arzt stellte fest, dass sie sich mindestens eine Rippe gebrochen hatte.

Er nahm ein Hörrohr und horchte ihren Bauch ab.

„Ich höre leider keine Herztöne mehr, Mrs. Hart", teilte der Arzt besorgt mit.

„Es ist seit drei Tagen tot, es wäre sowieso passiert", flüsterte Jacky.

Die Wehen waren sehr stark und das Atmen fiel ihr wegen der schmerzenden Rippen schwer.

Da entschied der Arzt, ihr Morphium zu geben, um die Pein etwas zu lindern. Das Kind war anscheinend bereits tot und selbst wenn nicht, es würde die Frühgeburt nicht lange überleben.

Trotz des Morphiums war die Geburt für Jacky entsetzlich, es dauerte gefühlt eine Ewigkeit, und das tote Kind konnte nicht mithelfen.

Wehe um Wehe versuchte sie, es herauszupressen, doch es wollte nicht kommen, sodass der Arzt es schließlich mit der Geburtszange herausholte.

Es war totenstill im Raum, Lucy fuhr mit der Hand über die Kehle und auch Ben atmete entsetzt auf.

Jacky richtete sich mühsam auf.

„Was ist los?"

„Es ist eine Missgeburt", flüsterte Julia in hellem Entsetzen. „So etwas Fürchterliches habe ich noch nie gesehen, schafft es schnell fort."

„Gebt mir mein Kind!", rief Jacky.

Alle redeten gleichzeitig auf sie ein, aber sie setzte sich wie immer durch. Man legte ihr schließlich das winzige Baby in eine Decke gewickelt in die Arme.

Das Kind hatte einen länglichen Kopf, die Ohren waren viel zu weit unten angebracht, es hatte keine richtigen Augen und die Nase war auch falsch. Ganz still und friedlich lag es da mit seinem kleinen geöffneten Mündchen, als würde es schlafen. Jacky betrachtete ihr Kind lange, sie strich ihm liebevoll über den Kopf und fragte, ob es ein Mädchen sei.

„Ja, es war ein Mädchen", meinte der Arzt, der sich immer noch um Jacky kümmerte.

Sie ließ alles geschehen, war wie im Traum.

Ben saß neben ihr und nahm sie und das Kind in den Arm.

„Wir wollen sie begraben", flüsterte Jacky ihm zu. „Und ich weiß auch schon, wo."

Ihr war klar, dass niemand eine Missgeburt auf einem normalen Friedhof haben wollte, man würde dieses Kind irgendwo verscharren oder in den Fluss werfen. Jacky würde das nicht zulassen. Es war ihr Kind und sie liebte es, egal, wie es aussah.

Sie begriff nun, warum sie von Anfang an keine Gefühle für dieses Kind hatte aufkommen lassen, der Abschied würde zu schmerzhaft sein.

„Auf dem Hügel?", fragte Ben, denn er kannte sie und ihre Gedankengänge.

Sie nickte. „Wir wollen ihr einen Namen und ein Grab geben, nur wir beide und vielleicht Jesse, wenn er dabeisein will."

„Wie willst du sie nennen?"

Jacky dachte nach.

„Rose? Denn sie ist wie eine Rosenknospe, die nie erblühen durfte."

„Ja, Rose, unsere arme kleine Rose. Warum nur musste das geschehen?"

„Frag nicht nach dem Warum, Ben, es ist so gekommen, sie ist im Kreis des Lebens, dabei hat sie nie wirklich gelebt."

Sie blickte auf das kleine Gesichtchen, das niemals lachen und niemals weinen würde, und versuchte, sich jede Einzelheit einzuprägen. Allzu bald würde ihr Kind nur mehr in ihrer Erinnerung existieren.

Gegen Morgen brachte man Jacky in einer Kutsche nach Hause. Sie hatte ihr Kind nicht mehr losgelassen, aber sein Köpfchen zugedeckt, dieser Anblick gehörte nur ihr und Ben.

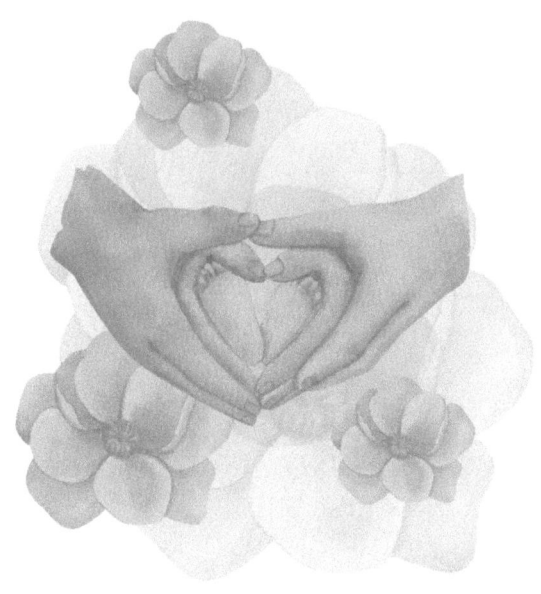

**Was du der Erde
gegeben hast,
wird die Erde
zu dir zurückbringen!**

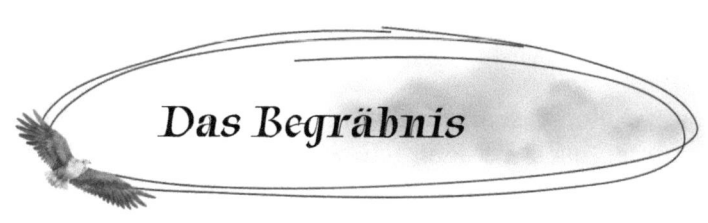

Das Begräbnis

Jesse hatte die Nacht voller Unruhe verbracht und half mit, Jacky die Treppe hinaufzubringen.

„Diesen Fred bringe ich um!", stieß er wütend hervor.

„Er hat nur beschleunigt, was sowieso passiert wäre", versuchte Jacky, ihn zu beruhigen.

„Jack, manchmal zweifle ich an deinem Verstand. Du hast gerade in einem Saloon ein Kind bekommen, das ... man redet schon darüber. Ausgerechnet in einem Saloon im Beisein von Rod Andersons feinen Damen."

„Sie haben mir sehr geholfen, egal, wer und was diese Frauen sind."

„Erzähl das der feinen Gesellschaft von Denver! Wenigstens warst du dabei, Ben."

„Es ging alles so schnell", meinte Ben niedergeschlagen. „Ich hätte nichts tun können und ich muss sagen, die Frauen waren wirklich freundlich und fürsorglich."

„Klar, dass die sich mit so was auskennen. Und wieso habt ihr dieses Kind hier? Seid ihr verrückt?"

„Wir werden unsere kleine Rose begraben, an einem Ort, der uns viel bedeutet."

Jesse schwieg endlich, wieder einmal zeigte sich, dass Jacky und Ben etwas verband, das kein normaler Mensch verstehen konnte. Das Kind war missgebildet, wie ein Lauffeuer hatte sich diese Nachricht verbreitet, dennoch hatten sie ihm sogar einen Namen gegeben und hatten vor, es zu begraben.

Niemand sonst würde das wollen!

„Jacky wird sich nun ausruhen und später am Nachmittag werden wir das Kind fortbringen. Willst du mitkommen, Jesse?"

Jesse zögerte. Das ging weit über das hinaus, was er bereit war zu tun. Er schüttelte den Kopf.

„Nein, das macht ihr allein, ist besser so, das bleibt unter euch beiden. Ich werde den Laden offenhalten. Und nächste Woche werde ich nach San Francisco zurückfahren, bei Sue ist es bald so weit, fürchte ich, und ich glaube, ich muss ihr ein wenig unter die Arme greifen, nicht dass sie dort unsere Geschäfte ruiniert."

Ben nickte. „Tu, was du für richtig hältst, Jesse."

Auch Jacky war erleichtert.

„Du hast also Sues Brief gelesen. Ich bin froh, wenn das zwischen euch wieder gut wird. Sag ihr bitte nichts ... hiervon ... sag ihr nicht, wie Rose aussieht, es ist nicht gut, wenn eine Frau, die ein Kind erwartet, so etwas erfährt. Am besten wartest du mit allem, bis sie euer Kind zur Welt gebracht hat."

Jesse drückte Jackys Hand.

„Ich werde es schon richtig machen. Es tut mir so leid für euch."

„Wir haben zwei gesunde Kinder, sie sind ein Geschenk. Die kleine Rose war von Anfang an krank, ich wusste das. Ich habe sie bei mir behalten, bis sie selbst entschieden hat zu gehen. Fred hat damit nichts zu tun. Er wusste nicht einmal, dass ich schwanger war. Kaum jemand wusste das."

Jesse hielt nur mühsam eine böse Antwort zurück, er sah, wie Jacky und Ben tapfer um ihre Fassung rangen. Sie trauerten schrecklich um ihr Kind, nein, für all das, für den Zorn und die Wut, war später Zeit.

Jesses Befürchtungen, die ganze Geschichte würde ihnen schaden, waren vollkommen unbegründet gewesen. Schon am Vormittag strömten die Damen aus der Nachbarschaft sensationslüstern in den Laden, brachten kleine Aufmerksamkeiten für die „arme Mrs. Hart", und allgemein wurde die Schuld an dem Ganzen Fred Warner zugeschoben.

Jesse tat nichts, um diese Meinung zu entkräften, er erzählte mit sorgfältig gewählten Worten allen, die es wissen wollten, dass Jacky versucht habe, auf Fred einzuwirken, weil sie der verstorbenen Mrs. Warner dieses Versprechen gegeben hatte. Und Fred habe sie daraufhin gestoßen, was zur Fehlgeburt geführt habe.

Viele Mitleidstränen flossen.

Hinter vorgehaltener Hand gab man entsetzt weiter, wie entstellt das Kind gewesen war. Das konnte nur an den großen Sorgen liegen, die sich Mrs. Hart um Fred gemacht hatte, dann die Trauer um die verstorbene Mrs. Warner und noch dazu die Begleitumstände der Geburt in einem Saloon, kein Wunder, dass das Kind nicht gesund gewesen war.

Beinahe jede der Damen wusste eine Geschichte zu erzählen, in der eine Schwangere schlimme Sachen erfahren oder gesehen und daraufhin ein krankes oder verkrüppeltes Kind geboren hatte.

Daher war es so wichtig, dass Frauen in Umständen von allem ferngehalten wurden, was ihren Augen schaden könne, denn das würde sich direkt auf das Ungeborene auswirken, das wisse jeder! Aber Mrs. Hart sei noch jung und könne noch viele Kinder bekommen.

Diesen Satz sollte Jacky die nächsten Tage noch hassen lernen!

Jacky bekam von all dem erst einmal nichts mit, Sam war kurz gekommen, hatte sein Beileid ausgedrückt und seinen Zorn über seinen Sohn.

Danach lag sie mit Ben und dem toten Kind in ihrem Zimmer und starrte die Decke an. Sie sprachen kaum, es brauchte keine Worte. Claire hatte ihnen mittags etwas zu essen gebracht, aber nur Ben brachte ein paar Bissen hinunter.

Jacky fand es seltsam, dass sie nicht weinen konnte, sie hatte ein Kind verloren, sie empfand Trauer, aber es kamen keine Tränen.

Nach mehreren Stunden hielt sie es nicht mehr aus und richtete sich mühsam auf. Die gebrochenen Rippen schmerzten und machten das Atmen schwer.

„Wollen wir?", fragte Ben.

Auch er hatte weder geschlafen noch geweint. Er hatte sich kaum an den Gedanken gewöhnen können, dass ein Kind unterwegs gewesen war, es war ihm auch sehr schnell wieder genommen worden. Und er dachte bei sich, es war besser, dass die kleine Rose tot war. Er hätte sie bestimmt ebenfalls geliebt, aber der Arzt hatte gesagt, sie wäre wohl niemals lebensfähig gewesen und hätte nur gelitten, falls sie es tatsächlich bis zur Geburt geschafft hätte. Wie hätte er das ertragen können.

Dennoch trauerte er.

Rose war ein Teil von ihm und Jacky, sie gehörte zu ihnen, und darum würden sie das Kind entgegen allen herrschenden Meinungen in Würde begraben.

Sie kleideten sich an, Jacky trug sowieso noch schwarze Kleider wegen des Todes ihrer Pflegemutter, und Ben zog einen dunklen Anzug an.

Schließlich nahm Ben das kleine Bündel und führte Jacky vorsichtig die Treppe hinunter. Sie mieden den Laden und gingen durch die Hintertür in den Hof.

Dort spielten die Kinder mit Anna und freuten sich, die Eltern zu sehen.

Jacky umarmte beide und küsste sie zärtlich.

Dann richtete sie sich etwas mühsam auf.

Ben nickte ihr verstehend zu und wandte sich an das Kindermädchen.

„Anna, würdest du bitte Anthony holen? Er soll eine Kutsche anspannen."

„Gerne, Mr. Hart! Mrs. Hart, es tut mir so leid, was passiert ist, wenn ich Ihnen helfen kann, ..."

„Schon gut, Anna, pass auf James und Maddie auf, wir kommen bald zurück."

„Sie sind noch so jung, Mrs. Hart, Sie können noch viele Kinder bekommen!"

„Ja, Anna, das kann ich, danke!"

Kurze Zeit später kam Anthony mit vor Entsetzen weit aufgerissenen Augen.

„Mrs. Hart, wie soll ich mir das nur jemals verzeihen, wenn ich diesen Kerl nicht geschlagen hätte, nie wäre das passiert. Ich kann es verstehen, wenn Sie mich nun entlassen und heimschicken, es tut mir alles so leid!"

Jacky musste sich erst daran erinnern, dass Anthony es gewesen war, der Fred zuerst angegriffen hatte.

„Es ist gut, Anthony, du kannst nichts dafür."

„Er durfte nicht so über Sie reden, Mrs. Hart!"

Ben nickte.

„Anthony, sei dir sicher, du warst nur schneller als ich. Du hast das Richtige getan, er hat diese Prügel verdient. Wir brauchen jetzt aber eine Kutsche, wir möchten unauffällig wegfahren. Würdest du dafür sorgen?"

„Sehr gerne, Mr. Hart. Ich werde den Sitz für Mrs. Hart noch auspolstern, damit Sie es bequem haben. Und Mrs. Hart, einen Trost habe ich, Sie sind noch jung, Sie können noch mehr Kinder bekommen."

„Danke Anthony, das ist richtig."

Endlich konnten sie wegfahren, nur sie, Ben und das Kind. Ben lenkte die Kutsche über stille Straßen aus der Stadt und sie fuhren auf den Hügel zu, der einst der Treffpunkt von Jacky und dem Cheyenne Manyeyes gewesen war.

Jacky schirmte die Augen ab und sah nach Westen in den Himmel. Die Sonne stand schon tiefer, es war ein herrlicher Spätnachmittag und ziemlich heiß. Sie suchte nach dem Adler, aber es war keiner zu sehen.

Ben fuhr auf dem Hügel nach oben, so weit es ging, dann half er Jacky von der Kutsche, legte ihr das Kind in die Arme und nahm die Schaufel und die Hacke, die sie mitgebracht hatten.

Langsam erklommen sie die letzte steile Strecke und erreichten schließlich den Platz, der für Jacky immer die wahre Heimat bedeutet hatte.

Sie sah sich suchend um, nein, Manyeyes war nicht mehr hiergewesen. Sie vermisste ihn, dachte an ihn und hoffte, dass er der Verfolgung durch die US-Armee entkommen war.

„Wo sollen wir ...?", fragte Ben schließlich stockend.

Sie hob hilflos die Schultern, blickte sich suchend um.

Er ließ ihr Zeit, er wusste, es war ihre Entscheidung und ihr Gefühl. Geduldig beobachtete er sie, wie sie herumging, immer wieder in die Sonne sah, und dann ertönte plötzlich der Adlerschrei.

Sie blickte Ben an.

„Hier!", befahl sie.

Sie stand unter einem niedrigen Baum, dessen Zweige sich leicht im Wind bewegten.

Als Ben zu ihr trat, fühlte auch er die Magie des Ortes. Er drehte sich um und erblickte die Stadt zu seinen Füßen, die Aussicht über die Ebene war atemberaubend, zur anderen Seite hin erhoben sich die hohen Berge der Rocky Mountains, ja, hier wollten sie die kleine Rose lassen, hier konnte sie in Frieden ruhen und nach Osten und Westen schauen, geborgen im Schutz des kräftigen Baumes.

Er zog seine Jacke aus und begann zu graben, es war jetzt in der Trockenheit des Sommers keine leichte

Arbeit. Jacky versuchte zu helfen, aber sie hatte große Schmerzen und war noch zu schwach.

Ben wollte es auch gar nicht, das war seine Aufgabe.

Schließlich hatte er es geschafft und ein tiefes Loch ausgehoben, so tief, dass Schakale nicht mehr herankommen würden.

Jacky küsste ihr kleines Mädchen ein letztes Mal liebevoll, strich über das zarte Köpfchen, wickelte die Decke fest um seinen Körper und Ben legte das Kind vorsichtig in die Grube.

Sie hielten sich einen Moment an den Händen, schauten auf das winzige Bündel und dann nahm Ben die Schaufel und bedeckte es mit Erde.

Er schaufelte schnell, wollte es nicht mehr sehen, es sollte nun vorüber sein.

Endlich war es geschafft!

Ben glättete die Erde und Jacky hatte Blumen gepflückt, die sie über das Grab streute. Sie fühlten beide die Leere, die das Kind hinterlassen hatte.

Die Sonne wanderte zu den Bergen, sie mussten sich allmählich auf den Rückweg machen.

Es war nur noch eines zu tun: Sie ließen sich auf die Erde nieder, hatten das kleine Grab zwischen sich in ihrer Mitte und fassten sich an den Händen.

Sogleich fühlten sie die Kraft der Erde, die in sie strömte, und nahmen die kleine Rose mit auf in ihren Kreis, für immer würde sie zu ihnen gehören, für immer würde sie ein Teil von ihnen sein.

Der Adler schwebte über ihnen und erst, als er erneut einen heiseren Schrei ausstieß, erhoben sie sich.

Nun war alles richtig!

Schweigend stiegen sie langsam den Hügel hinunter bis zur Kutsche und fuhren nach Hause.

Dort hatte man schon auf sie gewartet. Die Kinder waren jedoch bereits im Bett.

Jacky sah nach ihnen, küsste sie und wünschte ihnen eine gute Nacht, sie waren wichtig, egal, was passiert war, sie brauchten ihre Eltern.

Für ihre Kinder mussten sie und Ben stark bleiben.

Das Versprechen wird eingelöst

Schließlich kehrte Jacky zu Ben, Jesse und Sam an den Tisch zurück und sie aßen gemeinsam zu Abend. Es war ein sehr stilles Essen, niemand hatte Lust zu reden.

Kaum waren die Teller abgeräumt, standen Jesse und Sam auf und nahmen ihre Hüte.

„Wo geht ihr hin?", fragte Ben.

„Wir werden durch die Saloons streifen. Ich möchte hören, was hier so geredet wird", antwortete Jesse.

„Du machst keinen Unsinn?", fragte Jacky höchst beunruhigt. „Lass Fred in Ruhe!"

Er blickte sie gelassen an.

„Es wird sich ergeben."

„Jesse, nein!"

„Jacky, das ist nicht deine Sache", antwortete Mr. Warner streng. „Fred ist mein Sohn, er ist es zumindest gewesen. Wenn, dann bin ich verantwortlich für alles, was geschehen ist. Aber wir wollen vor allem herausfinden, wer aus Cheyenne mit euch noch Rechnungen offenhat. Das ist alles. Und ihr beiden ruht euch aus, ihr braucht auch Zeit für euch allein, denke ich. Wir sehen uns morgen!"

Ben hielt Jacky zurück, die noch etwas einwenden wollte. „Bis morgen und viel Glück bei der Suche!", wünschte er.

Jacky wartete, bis Jesse und Sam weg waren, dann fuhr sie Ben an: „Du wusstest davon! Wieso hast du sie nicht zurückgehalten? Sie werden Fred ..."

Er unterbrach sie. „Du kannst kaum erwarten, dass Freds Verhalten ohne Folgen für ihn sein wird. Allein, was er zu dir sagte und dann der Stoß."

„Er wusste doch nichts von dem Kind. Keiner außer uns wusste davon."

„Das ist kein Grund, er hätte dich niemals verletzen dürfen. Sam hat ihn sowieso schon beim Sheriff gemeldet. Man wird ihn anklagen, weil er unser Kind umbrachte, weil er dich beinahe tötete, es hätte wer weiß was passieren können."

„Das ist nicht wahr! Und ich will das nicht, hörst du Ben? Er hat unser Kind nicht umgebracht. Ich will auch nicht, dass darüber geredet wird! Alle werden sagen, dass Fred uns einen Gefallen getan hat, ich will nicht, dass die Leute unsere Rose eine Missgeburt nennen, sie ist unser Kind ..."

Und endlich konnte sie weinen. Es war, als hätte sich etwas in ihr gelöst, wie ein Sturzbach kamen die Tränen, hilflos sackte sie am Tisch zusammen.

Ben nahm sie sanft in den Arm, zog sie auf seinen Schoß und wiegte sie wie ein kleines Kind.

„Es ist gut, Jack, weine nur, lass alles raus, du hast das viel zu lange in dir behalten. Du hättest mich von Anfang an einweihen müssen. Du wolltest mich schonen, ich weiß, aber du kannst nicht alles Schlimme allein tragen, ich bin dein Mann und teile das Glück und das Unglück mit dir. Immer!"

„Ich habe versagt, ich habe es nicht geschafft, dir ein gesundes Kind zu schenken und ich wusste das, ich wollte dich nicht enttäuschen, ...", schluchzte sie.

„Du hast mir zwei gesunde Kinder geschenkt, das ist mehr als man verlangen kann. Denk nur daran, unter welchen Umständen James geboren wurde, keine andere Frau hätte das so geschafft. Rose war krank, wir konnten nichts dagegen tun."

Jacky beruhigte sich nur langsam.

Schließlich gingen sie zu Bett, denn sie waren sehr müde nach der letzten durchwachten Nacht und den Erlebnissen des Tages und daher gelang es ihnen auch, heilsamen Schlaf zu finden.

Als Jacky am Morgen erwachte, war Ben schon längst aufgestanden und arbeitete bereits im Laden.

Viele Kundinnen kamen und erkundigten sich nach Mrs. Hart und sie hofften, sie würde bald wieder anwesend sein, denn man brauche ihre Beratung in Modefragen so dringend, aber natürlich verstehe man, wenn sie noch nicht wieder fähig war, zu arbeiten, nur, ... wann würde sie denn wiederkommen?

Ben antwortete freundlich, dass Mrs. Hart momentan noch sehr geschwächt sei, aber so bald wie möglich den Damen mit Rat und Tat zur Seite stehen würde. Auch müsse man abwarten, was der Arzt sagen würde, denn die Verletzungen, die sie beim Sturz erhalten habe, müssten auch noch ausheilen.

Die Damen nickten verständnisvoll, aber seufzten heimlich, was Ben nicht entging. Hier sah er ein großes Problem auf sie zukommen. Jacky würde in absehbarer Zeit wieder nach San Francisco zurückkehren, wer sollte ihre Aufgaben in Sachen Modeberatung übernehmen? Sie mussten dringend jemanden finden, dem die Damen genauso vertrauen würden wie Jacky, und das würde schwer werden.

Aber eins nach dem anderen!

Am späten Vormittag kam der Arzt zu einer kurzen Visite und untersuchte Jacky. Er war sehr zufrieden.

„Sie werden sich bald von allem erholt haben, Mrs. Hart. Das Unglück ist geschehen, aber das Kind wäre sowieso nicht lebensfähig gewesen, Sie sind noch jung, Sie können Mr. Hart noch viele gesunde Kinder schenken. Achten Sie beim nächsten Mal darauf, sich etwas mehr zu schonen, damit das nicht wieder passiert. Und sie sollten sowieso ein paar Monate warten, bevor Sie eine erneute Schwangerschaft in Angriff nehmen. Ihr Körper braucht seine Zeit!"

„Danke, Herr Doktor. Nur sagen Sie, wann kann ich wieder arbeiten?"

„Für die nächsten Tage ruhen Sie sich aus. Sobald Sie sich in der Lage dazu fühlen, spricht nichts dagegen, dass Sie Ihre Arbeit wieder aufnehmen. Ich werde morgen noch einmal nach Ihnen sehen, sollte etwas sein, kommen Sie jederzeit bei mir vorbei."

Der Arzt verabschiedete sich und Jacky suchte ihre Kinder auf, um sie bei sich zu spüren, dankbar dafür, dass die beiden gesund und glücklich waren.

Sie setzte sich in einen bequemen Korbsessel, den sie zu den großen Rosenbüschen gezogen hatte, die Allie noch gepflanzt haben mochte. Sie wuchsen ziemlich wild und Jacky nahm sich vor, sie in Ordnung zu bringen. Jede einzelne Rose würde für ihr kleines Kind blühen, das nun nicht mehr bei ihr war. Sie vermisste es schmerzlich, ihr Körper war seltsam leer, sie konnte kaum glauben, dass ihr Bauch nicht weiter wachsen würde, dass es zu Ende war.

Auch nachmittags ging sie mit den Kindern in den Hof, sie fühlte sich besser, also buk sie mit Maddie Sandkuchen und schaukelte James so fest, dass er vor Vergnügen schrie. Anna hatte sie freigegeben, sie wollte allein sein mit ihren Kindern. Sie hatte die beiden geradezu vernachlässigt in letzter Zeit und vieles gar nicht mitbekommen. Amüsiert vernahm sie von James schwedische Worte, meist sagte er sowieso „Tack" statt danke, auch Ylvies Akzent wurde von ihm nachgeahmt.

‚So muss Amerika sein', dachte sie, ‚ein Schmelztiegel jeder Kultur, alle Einwanderer bringen etwas mit, das zu einem größeren Ganzen werden kann.'

Eine Stimme, die am Zaun ertönte, unterbrach ihre Überlegungen. Sie war nicht überrascht, sie hatte den Besuch erwartet.

„Hallo Fred", grüßte sie, ohne sich zu ihm umzudrehen.

„Hallo Jacky, ich wollte schauen, wie es dir geht."

„Gut, wie du siehst."

Sie schickte die Kinder ins Haus zu Ylvie und sah Fred in die Augen.

Er räusperte sich verlegen. „Jacky, es tut mir ehrlich leid, ich wusste nicht, dass du ein Kind erwartetest. Ich war so wütend, war betrunken, ich wusste nicht, was ich tat!"

„Es ist gut, Fred."

„Es war vielleicht auch besser so, ich hörte, das Kind sei ein Krüppel gewesen."

„Sprich bitte nicht so über unser Kind."

„War es denn nicht ...?"

„Egal, was es war, Rose war unser geliebtes Kind. Deine Nichte!"

„Rose, ... ein Mädchen also."

„Ja, ein Mädchen. Was willst du hier?"

„Wie gesagt, ich wollte sehen, wie es dir geht, und, Jacky, man sucht nach mir, ihr habt mich angezeigt."

„Das war dein Vater."

„Ach ja? Nun, es ist, wie es ist, man ist jedenfalls hinter mir her, ich muss verschwinden."

„Dann mach's gut, Fred", wünschte Jacky scheinbar ungerührt.

Er schluckte, doch auf einmal brach es aus ihm heraus. „Jacky, ich brauche Geld, gib mir Geld und ihr seht mich nie wieder!"

„Wenn ich dir Geld gebe, Fred, versprichst du mir dann, dass du ein neues Leben beginnst? Ohne Saufen? Ohne Glücksspiel?"

„Alles, was du willst, Jacky, aber bitte, gib mir etwas, es eilt. Der Sheriff ist mir auf den Fersen!"

Sie griff in ihre Rocktasche, dort hatte sie ein schweres Bündel verborgen gehalten.

„Ich kann dir kein Geld geben, denn du weißt, mein Mann bestimmt darüber und er wird dir niemals helfen. Aber ich habe den Schmuck deiner Mutter, ich habe ihn gerecht aufgeteilt, die Hälfte für Mike, die andere Hälfte für dich. Sie hätte gewollt, dass du das bekommst. Es sind wertvolle Sachen, du kannst sie verkaufen und wirst eine Menge Geld dafür erhalten. Geh zu Hensons Stall in der Larimer Street, dort hat Anthony ein Pferd für dich bereitstellen lassen, sag, dass du es für mich holst. Verschwinde aus Colorado, geh in den Osten, werde ein anständiger Mensch, und wenn du das geworden bist, kannst du zurückkehren, wir werden dich mit offenen Armen empfangen. Wenn nicht, bleib uns aus den Augen!"

Fred senkte den Kopf.

„In Ordnung, Jacky, ich habe dich tatsächlich falsch eingeschätzt, danke für deine Hilfe, ich werde versuchen, mich zu bessern."

Er meinte es vielleicht sogar ernst in dem Moment, aber wer wusste schon, was das Schicksal für Fred Warner bereithalten würde?

Er hatte sich bereits zum Gehen gewandt, als er sich noch einmal umdrehte.

„Ihr habt versucht herauszufinden, wer aus Cheyenne nicht recht gut auf dich zu sprechen ist, nicht wahr?"

„Wer ist es?", fragte sie mit banger Stimme.

„Ich kenne den Kerl nicht, aber er heißt Quentin Bow. Man erzählt, er sei einmal Sheriff oder so gewesen, zumindest gibt er damit in den Saloons an. Sagt dir das etwas?"

Jacky schloss kurz die Augen.

Sheriff Bow, oh ja, den kannte sie gut, er war der Sheriff in Cheyenne gewesen, bei dem sie im Gefängnis gesessen hatte und der sie nur zu gerne am Galgen gesehen hätte.

Jesse hatte später herausgefunden, man hätte ihn fortgejagt, aber Genaueres hatten sie nie erfahren.

Sie nahm sich zusammen.

„Danke Fred, ja, der Name sagt mir etwas."

„Pass auf dich auf! Und auf deine Kinder! Ich habe so allerlei gehört. Vielleicht solltet ihr besser abreisen."

Und damit verschwand er endgültig.

Jahre später erfuhr Jacky, dass er bei einer Schießerei in Carson City ums Leben gekommen war.

Sie hatte alles versucht, um den letzten Willen ihrer Pflegemutter zu erfüllen, aber es gab Hürden im Leben, die auch eine Jacky Hart nicht überwinden konnte.

Erst nach dem Abendessen erzählte Jacky von Freds Besuch und was sie getan hatte. Wie erwartet, wurde sie sofort von allen Seiten mit Vorwürfen überschüttet, was sie sich erlaubt habe, den Schmuck zu verschenken, und das Pferd, woher hätte sie das Geld genommen ...

Sie blieb unerschütterlich.

„Er ist dein Sohn, Vater, er ist mein Bruder und ich habe es Mutter versprochen, ihm zu helfen. Es war ihr Schmuck, sein Erbe, ich habe gerecht geteilt, Mikes Anteil liegt noch im Safe. Das Geld für das Pferd habe ich noch nicht bezahlt. Ben, ich hoffte, du würdest das erledigen." Sie sah ihn bittend an.

„Wird mir wohl nichts anderes übrigbleiben", brummte er verärgert.

„Was hätte ich denn tun sollen?", fragte Jacky, nun ihrerseits auch wütend. „Ihr wärt doch niemals damit einverstanden gewesen und hättet Fred sofort zum Sheriff gebracht. Und dann hätte man ihn verurteilt und man hätte über Rose geredet, man hätte darüber geredet, ob sie ein lebenswertes Wesen war. Ja, sie war ein lebenswertes Wesen, ich hätte sie so geliebt, wie sie war, aber außer mir hätte das bestimmt keiner so gesehen, man hätte sie eine Missgeburt genannt, einen Krüppel, unser Kind ..." Und wieder weinte sie, die Tränen ließen alles verstummen, was sie vielleicht noch hätte sagen wollen.

Sie sprang auf, verließ den Raum und die drei Männer blieben betroffen zurück.

„Ja, hm, ...", machte Jesse. „Ich werde dann wohl noch ein wenig frische Luft schnappen."

„Ich gehe mit", rief Sam erleichtert.

„Wartet draußen auf mich, ich komme nach", schloss sich Ben an.

Er sah nach Jacky, fand sie im Schlafzimmer, nahm sie tröstend in die Arme und küsste sie zärtlich.

„Ich werde das Pferd bezahlen, du hattest recht, Jack, es ist besser, Fred verschwindet. Beruhige dich jetzt, ich bin dir nicht mehr böse, du hast das Richtige getan. Ich gehe nun mit Sam und Jesse und werde sie von deiner Sicht überzeugen. Wir werden anschließend nie mehr davon reden, das verspreche ich dir. Und ich muss auch mal raus hier. Ich bleibe nicht zu lange weg, in Ordnung?"

Sie nickte unter Tränen.

„Und noch eins, du hast dein Versprechen jetzt eingelöst, nicht wahr? Du hast versprochen, du würdest es versuchen, aber nicht, dass es tatsächlich gelingen würde. Habe ich recht?", mutmaßte er.

Sie blickte ihn überrascht an.

„Ja! Mein Versprechen lautete, ich würde es versuchen und alles tun, um ihn zurückzuholen. Nicht, dass ich ihn wirklich zurückhole. Ich habe getan, was mir möglich war."

Große Erleichterung überkam sie. Sie hatte ihr Versprechen nicht gebrochen, mit Tante Allie war sie nun im Frieden. Es würde keine bösen Träume und Schuldgefühle geben.

Sie umarmte ihren Mann dankbar.

„Eine Aufgabe habe ich erledigt, nun geht es mir viel besser, danke Ben. Doch leider war das nicht alles. Ihr habt mich nicht ausreden lassen. Das Wichtigste: Sheriff Bow aus Cheyenne ist in der Stadt, er ist es, den Matt wahrscheinlich meinte. Fred hat mir das verraten. Und er riet mir, die Stadt zu verlassen und auf mich und die Kinder gut aufzupassen."

„Sheriff Bow? Du lieber Himmel, hört das niemals auf? Wenn Jesse das erfährt, ..."

„Bitte Ben, passt auf, macht keinen Unsinn, das ist so lange her, er kann uns nichts mehr anhaben!"

„Du weißt sehr wohl, dass er uns jede Menge anhaben kann. Nun gut, wenigstens wissen wir, mit wem wir es zu tun haben. Geh zu Bett, Jack, versuche zu schlafen. Ich komme bald zurück!"

„Habt einen schönen Abend, Ben, du hast dir das mehr als verdient. Bleib aus, so lange du willst, ich werde morgen wieder in den Laden gehen, dann kannst du ausschlafen."

„Bist du sicher?"

„Ja, der Arzt sagte, ich sei so weit gesund."

„Also gut, wenn du meinst ..."

Ben, küsste sie zum Abschied, ließ sie allein und eilte Sam und Jesse nach, die auf der Straße auf ihn gewartet hatten.

Schweigend machten sich die drei Männer auf den Weg in die Larimer Street.

Schließlich ergriff Ben das Wort.

„Also, ich finde, Jack hat das richtig gemacht, wir sollten es so akzeptieren, ich verstehe sie, sie will nicht, dass ihr persönliches Drama so an die Öffentlichkeit gezerrt wird. Hoffen wir, dass Fred sich nun tatsächlich nicht mehr blicken lässt. Entschuldige, Sam, er ist dein Sohn, aber ..."

Sam knurrte nur verächtlich. Für ihn war Fred gestorben.

Jesse dagegen nickte zustimmend.

„Ja, sogesehen passt es und vielleicht ist es, wenn man es recht bedenkt, am besten so."

Ben schluckte.

„Ich habe noch eine andere Information, Fred hat Jacky verraten, wer aus Cheyenne gekommen ist."

Jesse blieb ruckartig stehen.

„Wer? Nun rede schon! Noch ein Taylor? Und warum hat sie das nicht gleich gesagt?"

„Sie wollte, aber wir haben sie ja nicht ausreden lassen. Es ist ein alter Bekannter und du wirst nicht begeistert sein. Nein, kein Taylor, es ist Sheriff Bow!"

Jesse nagte an seiner Unterlippe.

Das musste ja so kommen, dass diese alte Geschichte noch einmal in ihr Leben pfuschte. Irgendwie hatte er so einen Paukenschlag erwartet. Seit er Jacky kennengelernt hatte, war nichts normal verlaufen, das Leben mit ihr bot immer Überraschungen.

„Das mit meiner Abreise nächste Woche kann ich dann wohl vergessen", meinte er. „Mit diesem Problem kann ich euch ja nicht gut allein lassen."

„Fred hat Jack vor Bow gewarnt, es scheint etwas Ernstes zu sein."

„Das war mir sofort klar, als ich diesen Namen hörte. Bow wollte sie damals zu gerne hängen sehen. Er empfand es als persönliche Niederlage, dass sie auf diese Weise freikam."

„Wir müssen mehr herausfinden. Gehen wir hier rein?"

Sie betraten einen der zahlreichen belebten Saloons und verdrängten für ein paar Stunden die düsteren Gedanken bei Klaviermusik, Bier und einem guten Glas Whisky.

Ihr könnt das Geld zählen, aber könnt ihr die Wassertropfen in den Flüssen und Seen zählen, die der Große Geist für uns geschaffen hat?

Der Überfall

Am nächsten Morgen stand Jacky wie versprochen auf und arbeitete wieder im Laden, obwohl sie sich noch schwach fühlte, aber sie wollte nicht länger mit sich allein bleiben. Sie wusste, sie brauchte auch die Ablenkung und sie hatte schon immer Trost in harter Arbeit gefunden.

Den ganzen Tag über beantwortete sie geduldig die Fragen nach ihrem Befinden, bedankte sich für die gutgemeinten Worte, die man ihr zusprach, und hielt sich jedes Mal mühsam zurück, wenn sie hörte, dass sie noch jung sei und noch viele weitere Kinder bekommen konnte.

Wussten die Leute eigentlich, was sie da redeten?

Als ob man ein Kind durch das andere ersetzen könnte. Ihre kleine Rose war einzigartig, der Schmerz würde vielleicht erträglicher, aber niemals enden.

So verging langsam der Tag, den Jacky wie im Traum erlebte, aus dem sie jedoch am Abend abrupt erwachte, als kurz vor der Schließung Matt Wilson die Stirn hatte, zu ihr zu kommen.

„Ich habe gehört, was passiert ist, Jacky, ich wollte dir mein Beileid aussprechen."

„Verschwinde, Matt", zischte Jacky, sie war am Ende ihrer Kräfte, sie wollte alles andere, als sich mit Matt auseinanderzusetzen.

Ben trat zu ihr und sah sie fragend an.

„Das ist Mr. Wilson, Ben, wirf ihn bitte hinaus."

„Nur zu gerne! Mr. Wilson, würden Sie bitte unseren Laden verlassen?"

Matt blieb ungerührt. „Das ist also dein Mann, Jacky? Und seit wann ist das euer Laden? Soweit ich weiß, gehört das Geschäft immer noch Sam Warner."

„Dann hast du etwas Falsches gehört", fauchte Jacky.

„Man munkelt, dass ihr kaufen wollt, aber noch ist das nicht geschehen. Glaube mir, ich weiß, wovon ich rede, ich weiß alles, was in Denver vor sich geht."

„Dann weißt du bestimmt auch, dass du hier unerwünscht bist!"

Ben schritt ein.

„Mr. Wilson, ich wiederhole mich ungern, aber ich fordere Sie dringend auf, hinauszugehen. Andernfalls könnte es eine unschöne Szene geben."

„Das versucht mal! Ich wollte euch eigentlich nur noch einmal warnen. Verschwindet hier, geht zurück nach Kalifornien. Bis jetzt habe ich zugesehen, aber ich werde es nicht weiter dulden, dass ihr euch hier breitmacht."

Jacky setzte ein höhnisches Gesicht auf.

„Ah, spürst du also die Konkurrenz?"

„Konkurrenz, mach dich nicht lächerlich!"

„Hinaus!", befahl Ben, diesmal in scharfem Ton, und endlich folgte Matt der Aufforderung.

Jacky sank erschöpft auf einen Stuhl.

Mitfühlend legte Ben seinen Arm um sie.

„Ich weiß, das ist jetzt alles zu viel für dich. Vielleicht solltest du ..."

Sie straffte die Schultern und unterbrach ihn.

„Er wird nicht siegen, Ben! Wir werden ihm zeigen, was eine Konkurrenz ist. Ich habe keine Angst, weder vor ihm noch vor einem Sheriff Bow. Sollen sie nur kommen, sollen sie uns drohen, sie werden mich kennenlernen!"

„Ich fürchtete, dass du das sagen würdest. Und Jesse ist leider ganz deiner Meinung, er will hierbleiben und uns helfen."

„Jesse sollte zu Sue zurück. Es ist an der Zeit."

Ben lächelte.

„Jesse ist mindestens so starrköpfig wie du und auch er geht notfalls seine eigenen Wege. Ihr zwei seid euch manchmal ganz schön ähnlich. Er tut, was er will, genau wie du."

Jacky schüttelte ungeduldig den Kopf.

Wenn sie wirklich tun könnte, was sie wollte, ... aber für Ehefrauen war das nicht immer so einfach. Daher wechselte sie das Thema.

„Wir müssen uns allmählich ernsthaft überlegen, wie es hier weitergehen soll. Ewig können wir nicht bleiben, wir brauchen gute Angestellte, die das Geschäft in unserem Sinne weiterführen. Ich habe schon an Claire gedacht, aber sie müsste es allein tun, denn Anthony ist einfach kein Geschäftsmann. Sie scheidet daher aus und ich denke, sie will nach Kalifornien zurück."

„Zuerst das Nächstliegende", winkte Ben ab. „Wir übernehmen den Laden ganz, ich vermute, der Notar hat die Verträge bald fertig, dann müssen wir diesen Wilson abwimmeln und endlich Gewinn machen, und erst danach können wir uns um Angestellte kümmern."

Jacky nagte an ihrer Unterlippe.

„Es wird immer undurchsichtiger hier, wie wäre es, wenn wir Jesse mit den Kindern zurückschicken? Sie könnten bei ihm und Sue wohnen. Anna würde sich um alles kümmern, und die Kinder wären aus der Gefahrenzone."

„Und damit würdest du auch Jesse elegant zu Sue befördern. Raffiniert, nur ich fürchte, er wird dich sofort durchschauen."

„Ich möchte nicht, dass unsere Kinder in Gefahr geraten. Ich will, dass sie in Sicherheit sind."

„Wir würden sie monatelang nicht sehen, Jack. Und eigentlich glaube ich, dass sie bei uns am besten aufgehoben sind, wer kann sie besser beschützen, als wir beide?"

In diesem Augenblick erschien Jesse.

„Wo bleibt ihr denn? Alle warten schon auf euch!"

„Matt Wilson war bei uns", erklärte Ben und erzählte von dem unwillkommenen Besuch.

Jesse ließ sich auf einem Stuhl nieder.

„Ich war heute hier beim Sheriff mir lässt das mit Bow keine Ruhe. Ich habe nachgefragt, ob man weiß, warum Bow nicht mehr Sheriff in Cheyenne ist. Hier hat natürlich niemand eine Ahnung und wenn sie eine haben, reden sie nicht darüber. Ich fand noch nichts heraus, will aber auch nicht zu viel Aufmerksamkeit darauf lenken. Das war leider eine Sackgasse."

„Ich weiß wo du nachfragen könntest, Jesse!", fiel es Ben plötzlich ein.

„Wo?"

„In dem Saloon, in dem ..." Ben warf einen schnellen Blick auf Jacky. „Nun ja, in dem Saloon hat eines der Mädchen gesagt, sie hätte von Jack gehört."

„Bestimmt von Fred", winkte Jesse ab.

„Nein, dieses Mädchen meinte, Jack hätte nicht kommen sollen, sie solle vorsichtiger sein. Das hätte sie nicht gesagt, wenn es nur Fred wäre. Meiner Meinung nach ist da etwas im Gange und es hat vielleicht mit Sheriff Bow zu tun."

„Dann ist es also wie immer, wir drei gegen den Rest der Welt. Manche Dinge ändern sich nie, habe ich das Gefühl", seufzte Jesse. „Mann, Ben, warum nur musstest du Jack damals mitbringen? Wir hatten so ein gutes Leben draußen in den Bergen, bis sie kam."

„Ihr wärt immer noch bettelarm, wenn ich nicht gewesen wäre", warf Jacky ein.

„Arm vielleicht, aber wir hätten es ruhiger."

„Du kannst jederzeit nach San Francisco zurück. Sue wartet auf dich, Ben und ich schaffen das hier auch allein."

„Netter Versuch! Das könnte dir so passen. Ohne mich seid ihr beiden hilflos, hat man ja gesehen, kaum war ich weg, hat Taylor alles abgefackelt und euch beinahe dazu. Also kein Wort mehr! Ich bleibe, so lange es nötig ist. Und jetzt wäre etwas zu essen recht. Später werde ich mich in diesen Saloon begeben, welches von den Mädchen war es?"

„Ich weiß nicht mehr", antwortete Ben zögernd. „Eine hieß Julia und eine Lucy. Ja, doch, es war diese Lucy."

„Die feurige Lucy, na, die kenne ich, das dürfte kein Problem sein, sie zum Reden zu kriegen. Ich werde heute mein Glück mal versuchen."

„Du bist verheiratet", rief Jacky besorgt.

„Na und? Wirst du zu Sue rennen und ihr alles erzählen? Ich weiß, was ich tue, und ich führe meine Ehe auf meine Weise."

Ben zog Jacky mit sich, bevor es zum Streit kam. Er hatte keine Lust, zwischen den beiden zu stehen und Partei ergreifen zu müssen.

„Gehen wir nach oben."

Jacky folgte nur zögernd. Sie hatte ein schlechtes Gefühl Sue gegenüber, sie empfand es als falsch, wie Jesse seine Rolle als Ehemann auffasste, doch schließlich war es Sue, die mit ihm verheiratet war, und nicht sie selbst. Sie hätte das bei Ben niemals akzeptiert, aber sie wusste und vertraute auch darauf, dass Ben nicht so handeln würde.

Es war Sue, die etwas ändern musste oder sich abfinden.

Der nächste Tag begann wie alle anderen. Jesse war spät in der Nacht heimgekommen und noch nicht ansprechbar. Ben und Jacky hatten den Laden geöffnet, Claire hatte alles sauber gemacht und Sam war weggefahren, um Lieferungen von einem der vier Bahnhöfe zu holen, die es derzeit in Denver gab. Es war schon lange die Rede davon, dass es bald nur noch einen großen Bahnhof geben sollte, aber noch hatte jede Eisenbahngesellschaft ihren eigenen.

Anna befand sich mit den spielenden Kindern im Hof. Anthony war seit neustem als Bewacher abgestellt worden, zu leicht konnte man ungesehen den Hinterhof erreichen. Jacky und Ben wollten nicht riskieren, dass ihren Kindern etwas geschah, wollten die Kinder aber auch nicht im Haus einsperren. Sie sollten möglichst wenig von all dem mitbekommen.

Es war gegen zehn Uhr, als plötzlich ein Mann in den Laden stürmte.

„Mr. Hart, Mrs. Hart, kommen Sie schnell, Mr. Warner ... es ist etwas passiert!"

„Was ist mit ihm?", rief Jacky zu Tode erschrocken.

„Er ist verletzt, Sie sollen kommen!"

Ben rannte schon los und folgte dem Mann auf die Straße hinaus, Richtung Larimer Square.

Jacky, die sich immer noch schwach fühlte, versuchte, den Anschluss zu halten. Ihre gebrochenen Rippen schmerzten bei jedem Schritt, doch sie kümmerte sich nicht darum. Schon von Weitem sah sie eine kleine Menschenansammlung. Man hatte Ben Platz gemacht, der sich über den am Boden liegenden Sam beugte.

Jacky erfasste alles auf einen Blick, die Kutsche, die halb beladen mitten auf der Straße stand, Waren, die überall herumlagen, und natürlich Sam. Keuchend blieb sie stehen, vor Schreck beinahe unfähig zu handeln.

Sie sah, wie Ben mit den Menschen sprach, dann hob er Sam vorsichtig hoch und ein anderer Mann half ihm, Sam auf die Ladepritsche zu legen.

Ben entdeckte Jacky und winkte sie zu sich.

„Setz dich zu ihm", befahl er ihr kurz. „Wir bringen ihn zum Hospital. Rasch!"

Er half Jacky hinauf und sie riss sich zusammen und kümmerte sich besorgt um ihren Vater, der leise stöhnte.

Er war niedergeschlagen worden, hatte Blutergüsse im Gesicht und blutete aus dem Mund. Hastig suchte sie nach weiteren Verletzungen, konnte aber nichts finden, offenbar war nicht geschossen worden. Sie fasste seine Hand und drückte sie, versuchte, ihn vor dem Rumpeln der Kutsche ein bisschen zu schützen, indem sie seinen Kopf auf ihren Schoß bettete.

Bald erreichten sie das Denver General, das ältere der beiden Krankenhäuser, aber es war nähergelegen. Sie sorgten dafür, dass Sam sofort von einem Doktor untersucht wurde. Er wurde weggebracht und Ben und Jacky sollten in einem anderen Zimmer warten.

Ben blickte Jacky an.

„Es wäre besser, du setzt dich hin, du bist leichenblass!"

Er geleitete sie zu einem Stuhl, trat dann auf den Gang und bat eine Schwester um eine Tasse Tee für seine Frau, die bald darauf gebracht wurde.

Jacky trank folgsam das warme Getränk und fühlte sich allmählich besser. Die Welt war so seltsam unwirklich geworden, zu viel war die letzten Tage geschehen. Es war gut, dass Ben bei ihr war, er war ein starker Fels in der Brandung.

Nur, was war mit Sam? Die Sorge um ihn ließ ihr kaum Luft zum Atmen. Sie fühlte sich wie in einen Schraubstock gepresst und zitterte am ganzen Körper.

Schließlich wurden die beiden geholt und konnten zu Sam, der in einem großen Krankensaal lag. Entsetzt betrachteten sie ihn. Sein rechtes Bein war dick eingebunden und hochgelagert, sein linker Arm befand sich in einer Schlinge und auch sein Kopf war mit einem Verband umwickelt.

„Er hatte Glück", meinte der Doktor. „Die Schläge auf den Kopf haben ihm zugesetzt, aber mit ein paar Tagen Ruhe dürfte alles wieder heilen. Sein Bein und Arm sind gebrochen, Mr. Warner hat ein paar Wochen strengste Bettruhe, damit alles wieder richtig zusammenwächst. Wir haben ihm Morphium gegeben, er wird die nächsten Stunden schlafen, bis die Schmerzen erträglicher sind. Sie können nach Hause gehen, er wird gut versorgt werden."

Jacky schüttelte den Kopf. Sie war entschlossen, an seinem Bett zu wachen, er sollte nicht allein bleiben. Wer wusste schon, ob diejenigen, die ihm das angetan hatten, nicht wiederkommen würden?

Ben deutete ihre Weigerung richtig.

„Jack, du kannst natürlich hierbleiben, wenn du unbedingt willst. Ich werde zurückgehen, alles aufräumen und den Laden weitermachen. Versprichst du mir jetzt, dass du bleibst, bis entweder Jesse oder ich dich abholen? Ich wünsche nicht, dass du allein nach Hause gehst. Es scheint mir momentan zu gefährlich!"

Er war erleichtert, als Jacky zustimmend nickte.

„Ja, ich warte hier, hole mich am Abend ab. Ich möchte die Kinder zu Bett bringen."

Er umarmte sie, besorgte ihr einen bequemen Stuhl und ließ sie schließlich allein. Draußen auf dem Gang sprach er wieder eine Schwester an.

„Tun Sie mir einen Gefallen und achten Sie auf meine Frau? Sie hatte vor drei Tagen einen Unfall und eine Fehlgeburt, sie ist noch nicht wieder auf dem Damm."

Er drückte ihr ein paar Scheine in die Hand und die Schwester nickte gnädig.

„Selbstverständlich, wir tun unser Möglichstes!"

Ben machte sich auf den Weg nach Hause, er war froh, dass Jacky in guter Obhut war, sie sah wirklich beängstigend aus. Hoffentlich hielt sie ihr Wort!

Langsam lenkte er die Kutsche zurück zum Larimer Square mit wenig Hoffnung, die am Boden verteilten Waren noch vorzufinden, aber er hatte sich getäuscht, drei Männer hatten alles fein säuberlich gestapelt und auf Bens Rückkehr gewartet. Neugierig erkundigten sie sich nach Sam und erfuhren erleichtert, dass er wieder gesund werden würde.

„So eine Schweinerei!", rief einer der Männer. „Ich kam dazu, es waren drei Kerle, sie haben ihn vom Wagen gezogen und verprügelt, er hatte keine Chance. Wir sind ihm natürlich sofort zu Hilfe gekommen, aber leider konnten die drei fliehen. Sie hatten Tücher vorgebunden, keine Ahnung, wer das war. Wer würde dem alten Sam Warner so etwas antun wollen?"

„Ich muss mich bei Ihnen bedanken." Ben schüttelte den Männern die Hände. „Bei Ihnen allen, wer weiß, was passiert wäre, wenn Sie nicht gewesen wären, und vielen Dank auch dafür, dass Sie auf unsere Sachen achteten!"

„Das ist doch selbstverständlich", meinte ein anderer Mann. „Sam ist ein anständiger Geschäftsmann und seine Tochter leistet gerade gute Arbeit. Man braucht nicht weit zu suchen, wenn man den Urheber finden will, denke ich. Da fürchtet jemand die Konkurrenz!"

Es entwickelte sich sofort eine heiße Diskussion, konnte es tatsächlich sein, dass Matt Wilson hinter dem Überfall steckte?

Angesichts seiner Drohungen erschien es Ben nicht so unwahrscheinlich. Aber er schwieg dazu, entschuldigte sich, dass er nun zurück in den Laden müsse, und lud mit Hilfe der Männer all die gestapelten Waren wieder auf die Kutsche.

Schließlich konnte er losfahren und wurde von Jesse schon ungeduldig erwartet.

„Was ist passiert?", fragte Jesse.

Er sah schlecht aus, hatte wohl zu viel getrunken am Abend vorher. Dennoch war er hellwach und lauschte begierig den Neuigkeiten.

„Und die Leute glauben also, Wilson stecke dahinter? Traust du ihm so etwas zu?", fragte er am Ende.

„Wem sonst, Jesse?"

„Sheriff Bow natürlich. Lucy hat mir gestern einiges erzählt über den Kerl. Wenn er betrunken ist, redet er anscheinend nur von Jack. Wo ist sie überhaupt?"

„Sie ist bei Sam, sie wollte dortbleiben."

„Bist du wahnsinnig?"

„Sie hat versprochen zu bleiben."

„Als ob sie ihre Versprechen halten würde. Du musst sofort hin und sie bewachen."

„Ich werde den Teufel tun. Ich bat sie, auf mich oder dich zu warten, und die Schwestern passen auf sie auf. Du hättest sie sehen sollen. Obwohl es scheint, als würde sie selbst jeden Augenblick zusammenbrechen, will sie Sam jetzt nicht im Stich lassen. Und das kann ich ihr nicht abschlagen."

„Jack tut, was ihr in den Sinn kommt. Sie ist unberechenbar. Und in großer Gefahr."

„Hör auf damit, ich vertraue ihr, weil sie nicht dumm ist und sich sicher ihre Gedanken gemacht hat. Sie wird auch auf Wilson kommen. Überleg doch einmal selbst, findest du es nicht einen argen Zufall? Wilson weiß, dass Sam jeden Moment auf uns überschreiben wird, und Sam wird just in dem Moment zusammengeschlagen und so kommt es nicht zur Übergabe."

Jesse starrte seinen Freund mit offenem Mund an.

Ben fuhr fort: „Sollte Sam sterben, wird Jacks Bruder Mike alles erben und uns wird nichts gehören. Jacks

Bruder braucht das Geld, er wird sofort verkaufen, zu jedem Preis. Wilson weiß das bestimmt. An seiner Stelle hätte ich mir auch diesen Moment ausgesucht, um zuzuschlagen."

„Verdammt, du hast recht. Gehen wir zum Sheriff!"

„Wir haben wie immer keine Beweise. Was können wir schon aussagen? Drei vermummte Kerle haben versucht, Sam zu erledigen, jeder wird sagen, das kann wer weiß welche Gründe gehabt haben, vielleicht waren es einfache Diebe."

„Aber Sam lebt noch und wird die nächsten Tage überschreiben", sinnierte Jesse.

„Außer das wird verhindert. Und deshalb ist es gut, wenn Jack auf Sam aufpasst. Ich bin sicher, sie ist zu demselben Schluss gekommen. Wie ich sie kenne, wird sie nicht von Sams Seite weichen und hat sich bestimmt schon irgendwie bewaffnet. Ich wäre vorsichtig an Wilsons Stelle."

„Gnade dem, der sich mit Jack anlegt", stimmte Jesse zu. „Dennoch sollten wir sie nicht zu lange allein dort lassen. Sie ist noch nicht ganz wiederhergestellt, wie du richtig gesagt hast."

„Sie wird das schon machen, außerdem sind dort zu viele Leute in dem Hospital, man wird kaum tagsüber zuschlagen. Sam liegt in einem großen Saal, in dem ein ständiges Kommen und Gehen herrscht. Kümmern wir uns also lieber zunächst um das Geschäft, das ist schließlich auch wichtig. Schon um Wilson zu zeigen, dass wir uns nicht unterkriegen lassen!"

Jesse nickte grimmig.

„Wilson wird sich an uns die Zähne ausbeißen, wir werden es ihm zeigen!"

Es braucht
eine sehr große Vision
und wer sie hat, muss ihr folgen,
so wie der Adler
das tiefste Blau des Himmels sucht.
(Crazy Horse)

Zukunftspläne

Und sie machten sich an die Arbeit. Es kamen viele Kunden, schon allein, um die Neuigkeiten zu hören. Dabei wurde mehr debattiert als verkauft.

Am frühen Nachmittag wandte sich Claire an Ben und schlug vor: „Mr. Hart, was halten Sie von der Idee, Kaffee, Tee und kleine Kuchen anzubieten und ein paar Stühle und Tische aufzustellen? Die Leute kommen im Moment sowieso nur, um zu reden, daher sollten wir das ausnutzen."

Ben strahlte sie an.

„Claire, das ist eine fantastische Idee. Und für die Männer können wir Bier und Whisky anbieten und Zigarren, wir brauchen mehr Platz, wir brauchen einen zusätzlichen Raum. Könntest du mit Anthony eines der Lager ausräumen?"

„Das Lager ist ungünstig, Mr. Hart, die Leute wollen auf die Straße sehen können und gesehen werden, so etwas muss man am Fenster postieren. Aber sie könnten einen Teil der Waren wegräumen, Sachen, die nicht so oft gebraucht werden, dafür könnten wir eins der kleinen Lager nützen."

Ben sah sich um.

„Wir könnten genaugenommen diese Wand hier einreißen und den Laden vergrößern. Ich werde mit Jesse und meiner Frau sprechen und natürlich mit Mr. Warner. Aber zunächst gehst du mal in die Küche und kochst Kaffee und Tee und wir bieten gleich an. Heute noch kostenlos, aber ab morgen ..."

Ben konnte nicht weitersprechen, denn er musste sich einer Kundin widmen. Geduldig beantwortete er alle Fragen und war froh, als Claire und Ylvie mit zwei Kannen und Tassen erschienen.

„Nein, Mr. Hart, das ist aber zu freundlich, ja ich nehme gerne eine Tasse Tee, ein wenig Zucker bitte, also bei Ihnen im Laden wird man wenigstens bedient, oh, danke für den Stuhl, ich setze mich gern her, es ist ja doch recht anstrengend alles ...“

Auch eine andere Kundin bekam Tee und bald waren die beiden Damen in ein Gespräch vertieft. Sie saßen an einem kleinen Tischchen und steckten die Köpfe zusammen.

Als Jesse kam, um zu helfen, sah er es mit Staunen, aber er begriff sofort und bot seinerseits Tee und Kaffee an und schleppte weitere Stühle heran. Bald war der Laden so voll wie nie, denn kaum einer wollte gehen.

Natürlich wurde an diesem Tag nicht viel Geschäft gemacht, die Leute redeten mehr und kauften wenig, aber darum ging es nicht.

Wilson sollte sehen, dass sein Schuss nach hinten losgegangen war, die Kunden wandten sich von ihm ab. Sein Name wurde immer wieder geflüstert, mit Abscheu und Entsetzen. Ben und Jesse bestätigten nichts, im Gegenteil, sie beteuerten, keinen Verdacht zu haben, was die Leute natürlich zu noch mehr Spekulationen anheizte.

Das allgemeine Mitleid mit Jacky schien grenzenlos, zuerst war ihre Mutter gestorben, nun war da das Unglück mit dem Kind gewesen und jetzt saß sie voller Sorge am Krankenbett ihres Vaters. Ihre Tapferkeit war in aller Munde und Ben fragte sich im Stillen, wann man ihr wohl eine Medaille überreichen und sie zur Ehrenbürgerin machen würde.

Endlich konnten sie den Laden schließen und Ben machte sich zusammen mit Anthony und der Kutsche auf den Weg zum Hospital, er wollte nicht, dass Jacky laufen musste und ständig angesprochen wurde.

Als er sie friedlich am Krankenbett sitzen sah, atmete er erleichtert auf, sie schien viel ausgeruhter und entspannter als am Morgen.

Sam war wach und unterhielt sich gerade mit ihr.

Ben setzte sich zu den beiden und erzählte, wie es heute im Laden zugegangen war, und auch Claires Vorschlag kam zur Sprache.

Jacky starrte ihn verblüfft an.

„Ich muss sagen, das ist eine fantastische Idee. Ich glaube, wir müssen das tatsächlich anders aufziehen. Wir machen eine Art Café vorne und ein Modehaus für die Damen in den hinteren Räumen. Wir versuchen es mit einem richtigen Kaufhaus, wie unseres in San Francisco und wie am Hafen das ‚City of Paris‘, nur nicht so groß, so viel Platz haben wir nicht."

„Aber dafür brauchen wir mehr Leute, die haben wir nicht", wandte Ben ein.

„Dann lass uns morgen inserieren! Wir beraten uns heute noch und schreiben auf, wen und was wir brauchen. Wir müssen vor allem offenhalten, höchstens einen Tag darf der Umbau kosten, was heißt, dass wir einen Raum nach dem anderen machen müssen."

Etwas von Jackys altem Selbst kehrte zurück und Ben bemerkte es mit Freude. Endlich sah sie wieder in die Zukunft und wurde zu der kühl kalkulierenden Geschäftsfrau, die er kannte.

Sam nickte zustimmend.

„Hört zu, ihr beiden!" Seine Stimme klang schwach und müde. „Wir müssen die Verträge unterschreiben, alles muss unter Dach und Fach, nach dem, was heute passiert ist ... Jacky und ich glauben, man wollte mich ausschalten."

„Ja, das scheint ziemlich klar zu sein", gab Ben zu.

„Der Notar soll morgen kommen, gleich morgen in aller Früh, ihr müsst alle drei herkommen und wir unterschreiben. Wir dürfen nicht länger warten! Es ist Zeit zu handeln. "

Jacky nahm Sams Hand.

„Du bist dir ganz sicher, Vater?"

„Ja, ganz sicher! Vereinbart das für morgen."

„Wenn es dein Wunsch ist, machen wir das." Jacky umarmte ihren Vater dankbar.

Sehr bald verabschiedeten sie sich jedoch, sie hatten noch viel zu tun. Jacky war erleichtert, dass Anthony mitgekommen war und nun die Wache an Sams Bett übernehmen würde. Ein wenig Angst um Sam blieb, aber sie sagten sich, dass man bestimmt in dieser ersten Nacht gut auf ihn achten würde, schließlich wurde er wegen seiner Kopfverletzungen besonders überwacht, und mit Anthony an seiner Seite war er sicher.

Zuhause aßen sie mit Jesse zu Abend. Jacky brachte anschließend die Kinder zu Bett und gleich darauf setzten sie sich zusammen, um alles zu besprechen. Für sie war klar, dass sie wie immer die Geschäftsanteile durch drei teilen würden, so hatten sie es von Anfang an gehalten. Es würde daher stets eine Mehrheit geben bei Abstimmungen, und Jesse konnte darauf vertrauen, dass Ben niemals seine Rechte als Ehemann ausnützen würde, um über Jackys Entscheidungen zu bestimmen.

Sie stellten Pläne auf, was den Umbau betraf, rechneten durch, wie viele Leute sie benötigen würden, und beschlossen, Inserate in den Zeitungen zu veröffentlichen.

Den Notar hatten sie bereits verständigen lassen und er hatte den Termin am nächsten Tag schon bestätigt.

Nun lief alles und Jacky lebte sichtlich auf, ein Ende der Tage in Denver schien sich abzuzeichnen, bald konnten sie zurückkehren. Jesse plante seine Abreise bereits für die nächste Woche. Er wollte nur noch kurz abwarten, ob nun tatsächlich Ruhe einkehren würde.

Was er über Sheriff Bow erfahren hatte, beunruhigte ihn doch ziemlich, aber er schwieg an diesem Abend, denn er wollte die gute Stimmung nicht dämpfen, und Ben und Jacky schienen nicht mehr daran zu denken.

Mit Feuereifer begaben sie sich am nächsten Tag an die Arbeit, stellten zwei Sofas mit einem kleinen Tisch ans Fenster, drapierten hübsche Decken und bequeme Kissen darauf, räumten die im Weg stehenden Regale leer und trugen alles, was nicht so oft gebraucht wurde, in einen der hinteren Räume.

Die Kunden äußerten sich entzückt über die Idee und da auch die Zeitschriften und Zeitungen auslagen, blieben einige gerne sitzen, bestellten Tee oder Kaffee und Kekse, die Claire in aller Frühe schon gebacken hatte, und so entwickelte sich wieder eine kleine Gesprächszentrale.

Ben, Jacky und Jesse erschienen zur verabredeten Zeit im Hospital, wo der Notar schon gewartet hatte.

Sie lasen die Verträge kurz durch, alles war nach ihren Wünschen geregelt, und sie unterschrieben, wie auch Sam ohne Zögern unterzeichnete.

Nun gehörte der Laden ihnen, niemand konnte sie mehr vertreiben und Sam war außer Gefahr!

Sam hatte außerdem ein neues Testament aufgesetzt, alles, was er besaß, würde nach seinem Tod sein Sohn Mike erben, es war auch Jackys spezieller Wunsch gewesen, nicht mehr im Testament bedacht zu werden.

Sam hatte sich allerdings geweigert, Fred etwas zu hinterlassen.

Später im Laden stellte Jacky sich bereitwillig den Fragen der Anwesenden und sorgte dafür, dass sie länger blieben, als sie eigentlich vorgehabt hatten. Sie erzählte auch, dass das Geschäft nun ihnen gehören würde, dass Mr. Warner an sie übergeben hatte, und hoffte, diese Neuigkeit würde so schnell wie möglich die Runde machen. Man gratulierte ihr, wünschte ihr Glück, es war alles so, wie es sein sollte.

Der Tag verging in atemloser Anspannung.

In der Mittagspause ließ sich Jacky ins Hospital fahren, brachte Sam etwas zu essen und versicherte sich, dass es ihm gut ging, den Rest des Tages arbeitete sie im Laden und glücklich wegen der großen Anzahl an Kunden.

Todmüde sank sie nachts ins Bett, aber sie war wieder voller Optimismus und freute sich auf den nächsten Tag, der ja auch Maddies erster Geburtstag war und entsprechend gefeiert werden würde.

Sogar ein Paket von Sue war aus San Francisco angekommen mit einer niedlichen Puppe als Geschenk.

Zwei Tage später erschienen die Inserate in den Zeitungen und schon bald stellten sich Bewerber für die unterschiedlichsten Aufgaben vor.

Jacky übernahm es, mit ihnen zu reden, da waren sich die drei wieder einig.

Wer es für unter seiner Würde hielt, eine Frau als Chefin zu haben, hatte in ihrem Betrieb nichts verloren. Jacky war diejenige, die alles aufgebaut und die den beiden Männern überhaupt alles beigebracht hatte, was zu einem erfolgreichen Geschäft gehörte, und auch wenn sie sich in San Francisco zurückgezogen hatte, ihr Rat war weiterhin wertvoll und gefragt.

In den Abendstunden wurde eifrig umgebaut, ein Schreiner kam und vergrößerte den Verkaufsraum, indem er einen Durchgang zu einem der hinteren Räume schaffte, der bis dahin als Lager genutzt worden war.

Nun hatten sie viel Platz und richteten alles neu ein.

Sam würde staunen, wenn er wieder heimkam.

CRAZY HORSE

**Hokahey!
Today is a good day to die.**

Der Schrei des Adlers

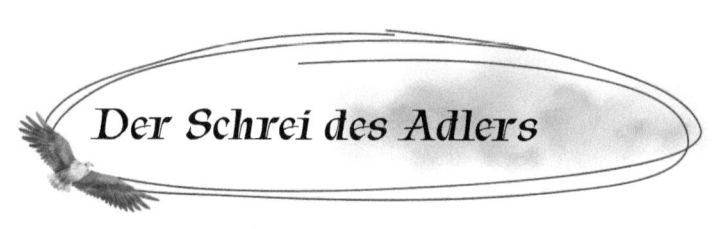

Es war eine arbeitsreiche Zeit und Jacky hätte beinahe den Schrei des Adlers überhört, der am Montag in der Mittagszeit plötzlich ertönte.

Sie sah von den Büchern auf, über denen sie brütete, und überlegte, ob sie sich getäuscht hatte.

Nein, bestimmt nicht, dieser Adlerschrei war nicht eigentlich hörbar, nur für sie, er war es, der ihr immer gesagt hatte, dass Manyeyes oben auf dem Hügel auf sie wartete.

Sie zögerte kurz, dann sprang sie auf und sah sich nach Ben um.

„Der Adler hat gerufen", berichtete sie atemlos.

Ben wusste, was das bedeutete.

„Soll ich dich begleiten?"

„Nein, ich möchte allein gehen."

„Dann nimm die Kutsche, die lange Strecke ist noch nichts für dich. Anthony soll dich fahren. Ich möchte nicht, dass du hier allein herumkutschierst."

Sie schüttelte den Kopf.

„Anthony ist beschäftigt, ich mache das schon, keine Sorge, Ben, ich kann auf mich aufpassen, wie du weißt."

„Hm, ich habe das bereits anders erlebt. Ich selbst fahre dich ein Stück und komme dir in etwa zwei Stunden wieder entgegen, warte auf mich, wenn nötig. Anders erlaube ich es nicht."

„Also gut, dann aber schnell!"

Ben kutschierte Jacky bis zum Hügel und verabschiedete sich. Er sah ihr noch kurz nach, wie sie den kleinen Pfad hinaufeilte, dann kehrte er zum Laden zurück und fragte sich, ob Manyeyes tatsächlich erschienen war und was Jacky wohl erfahren würde.

Jacky war froh, dass sie nicht die ganze Strecke hatte laufen müssen, ihre Rippen stachen nach wie vor bei jedem Schritt, und sie quälte sich den Hügel hinauf. Endlich war sie oben, sie atmete befreit auf und sah sich um.

Dort der Baum, die kleine Rose, ...

Beklommen trat sie an das Grab. Die Blumen waren vom Wind verweht worden, man konnte kaum mehr erkennen, wo das Kind begraben lag.

Jacky beugte sich nieder und griff mit den Händen in die Erde, suchte die Verbindung. Hier lag ihr Kind, ihr kleines krankes Kind, das nicht leben hatte dürfen.

Es tat immer noch weh, sie weinte leise.

„Was du der Erde gegeben hast, wird die Erde zu dir zurückbringen!"

Jacky drehte sich nicht um, als sie die vertraute Stimme hörte, sie hatte die Anwesenheit von Manyeyes gespürt, ohne ihn zu sehen.

„Es schmerzt dennoch", flüsterte sie.

„Aber du hast es gehen lassen!"

„Ja, sie wollte nicht bei uns bleiben."

„Siehst du nicht, dass dein Kind bei dir ist? Es ist in allem, was dich umgibt. Es ist ein Vogel im Flug, es ist der Mond in der Nacht, es ist der sanfte Windhauch über dem Gras."

Jacky richtete sich auf und blickte sich um. Die Sonne schien heiß herab und wie immer war sie vom Zauber dieses Ortes betört und seltsam getröstet.

Dann betrachtete sie Manyeyes.

Er hatte sich nicht verändert. Sein wettergegerbtes Gesicht, der Hut, er war immer noch so, wie Jacky ihn in Erinnerung hatte.

„Manyeyes, ich bin so froh, dass du lebst, dass du zu mir zurückgekommen bist. Ich habe gehört, was in den Schwarzen Hügeln und auch später passiert ist."

Der Cheyenne ließ sich auf den Boden nieder und Jacky tat es ihm gleich. Er schaute eine Weile in die Sonne, dann begann er zu erzählen:

„Wir haben eine große Schlacht geschlagen, der Sohn des Morgensterns ist besiegt worden."

„General Custer, ja. Er war ein böser Mensch, nicht?"

„Er war ein Krieger, der nicht hören und sehen wollte. Er hat uns gejagt, aber dann ist Crazy Horse ihm entgegengetreten. Die Sonne ging auf an jenem Morgen, die Frauen entfachten die Feuer, niemand erwartete einen Angriff. Es war das größte Lager, das jemals gesehen wurde. Wir Menschenwesen, die Sioux, die Hunkpapas, die Sans Arc, Brulé, Minneconjou, Santee und Oglala, wir alle waren versammelt. Die Zelte wollten nicht enden, erstreckten sich weiter, als man sehen konnte. Als die Sonne hochstand, wurden die weißen Krieger entdeckt, die sich näherten. Weiße Männer greifen nie in der Mitte des Tages an, das wissen alle, so saßen wir um die Lagerfeuer und warteten.

Dann wurde ein Knabe getötet und die Frauen sagten, die Blauröcke würden sich nähern. Das Land sah aus, als würde es brennen und sei von Rauch erfüllt, so viel Staub war zu sehen. Sie kamen heran und eine der Frauen wurde getötet, ebenso die Familie von Häuptling Gall, seine zwei Frauen und drei Kinder.

Der Häuptling der Oglala, Crazy Horse, bereitete sich für den Kampf vor, er kleidete sich sorgfältig und legte die Bemalung an, dann sang und betete er. Niemand geht schwach in den Kampf! Die Krieger nahmen ihre Waffen und stellten sich den Blauröcken entgegen. Die Blauröcke waren am Fluss, doch sie konnten ihn nicht überqueren. Sie kannten nicht die Stellen, wie unsere Krieger. Unsere Krieger durchquerten den Fluss. Sie waren schnell wie der Wind auf ihren Ponys und die

Weißen flohen wie die Büffel bei der Jagd. Sie flohen hinauf durch die Schlucht, viele wurden getötet. Unsere Krieger folgten ihnen. Crazy Horse erschoss sie so schnell, wie er sein Gewehr laden konnte.

Ich folgte ihnen nicht, die Schlucht ist steil, ich bin kein junger Krieger. Shave Elk sagte mir auch, er sei sehr müde gewesen, als er oben auf dem Hügel war, denn sein Pony war tot und er musste zu Fuß gehen. Es war ein heißer Tag und der Weg war beschwerlich.

Überall hörte man das HeyHeyHey der Cheyenne die mit Two Moon ritten und das Hokahey der Sioux, und Crazy Horse war unverwundbar. Er ritt zu den Blauröcken, narrte sie und zog das Feuer auf sich. Keine Kugel traf ihn.

Die Blauröcke wurden alle getötet, viele noch am Fluss, viele in der Schlucht, die anderen oben auf dem Hügel. Die weißen Krieger hatten schnell erkannt, dass sie nicht siegen würden und wären gerne davongerannt, aber sie konnten nichts anderes mehr tun, als zu sterben. Sie lagen da in der Sonne, keiner entkam.

Der Sohn des Morgensterns lag mitten unter ihnen, ich habe ihn gesehen, ich habe später ein Pony genommen und bin hinaufgeritten, der Sohn des Morgensterns hatte seine Haare abgeschnitten, daher hatte er wohl keine Kraft mehr für den Kampf!"

„Man hat ihm die Ohren durchbohrt", wusste Jacky schaudernd.

„Das haben die Frauen für ihn getan, er wollte nicht hören, er brach sein Versprechen, nie mehr gegen uns zu kämpfen, nun hört er besser zu, wenn seine Ohren offen sind! Und die Frauen haben ihn beschützt, denn er war ein Verwandter."

„Ein Verwandter? Custer? Wieso?"

„Er war mit Mo-na-seh-tah verheiratet."

„Du irrst dich, er hatte eine andere Frau, Libby."

„Er war ein Mann, ein Krieger, er nahm ein Menschenwesen zur Frau für einige Zeit. Ein Mann kann viele Frauen haben."

Jacky schwieg verblüfft.

Das passte so gar nicht in das Bild, das sie von General Custer hatte. Aber nun verstand sie, wieso sein Leichnam wohl verschont wurde, das war eines der großen Rätsel gewesen, warum waren alle Soldaten verstümmelt worden, während Custer selbst beinahe unversehrt geblieben war?

Die Zeitungen hatten prahlerisch berichtet, dass die Indianer ihn als großen Krieger anerkannt hätten, aber Jacky hatte das stets bezweifelt, denn Manyeyes hatte ihr viele grausame Geschichten darüber erzählt, wie die Cheyenne gerade mit den tapfersten und stärksten getöteten Kriegern umgingen.

Nach einer Pause fuhr sie fort:

„Aber dann sind die Soldaten wieder gekommen und haben euch doch vertrieben ..."

„Sie kamen in großer Zahl, wir wurden in alle Winde verstreut."

„Ich habe gehört, dass Crazy Horse sich ergeben hat."

„Das habe ich auch gehört. Aber willst du den Wind einfangen?"

„Das alles sind schreckliche Geschichten, warum können wir nicht in Frieden leben?"

„Der weiße Mann sucht das Gold, er zerstört die Mutter Erde und ihre Kinder, ihr könnt das Geld zählen, doch könnt ihr die Wassertropfen in den Flüssen und Seen zählen, die der Große Geist für uns geschaffen hat?"

„Nein, das können wir nicht. Aber es ist unsere Art zu leben, ich bin auch eine Weiße, ich muss das tun, was mir bestimmt ist. Wo wirst du hingehen, Manyeyes?"

„Wohin meine Füße mich tragen. Deine Füße haben dich ebenfalls weit getragen. Die Kette ist fort."

„Ich habe die Kette dort begraben, wo die Seelen meiner Familie wegflogen. Ich habe meine Familie gerächt, ich habe meine Aufgabe erfüllt, sie haben nun Frieden."

„Du bist keine Kriegerin mehr."

Jacky dachte nach. Seitdem war viel geschehen und sie hatte erneut zur Waffe greifen müssen und Menschen getötet, um ihr Leben zu retten.

„Wenn es sein muss, werde ich wieder zur Kriegerin, immer wieder!", antwortete sie.

„Und der Mann, mit dem dein Herz in Einklang schlägt?"

„Er ist an meiner Seite, immer. Und an der Seite unserer Kinder. Und er zieht mit mir, egal in welche Schlacht."

Manyeyes nickte.

„Es ist gut so."

„Ich werde wieder zurückgehen in das Land, in dem immer die Sonne scheint, es ist am Meer, am großen Wasser, ich werde wohl nicht mehr hierherkommen", kündete Jacky an.

„Auch das ist gut so."

Manyeyes schritt dreimal um sie herum. Dann sprach er eine Art Gebet:

„Dein Herz soll im Einklang mit dem Herzen der Mutter Erde schlagen. Sei ein Teil des Ganzen, das dich umgibt."

Und er machte sich ohne weiteres Wort auf den Weg.

Jacky sah ihm lange nach, die Begegnung mit ihm hatte ihr gutgetan, vieles war in ihre Erinnerung zurückgekehrt und von nun an würde sie die Vögel, den Wind und den Mond mit anderen Augen betrachten. Auch ihre kleine Rose war Teil des Ganzen geworden und Jacky würde ihr Kind überall wiederfinden und überall mit hinnehmen.

Derart getröstet trat sie schließlich den Heimweg an, sie war froh, als sie Ben am Fuß des Hügels aus der Stadt auf sie zukommen sah, und eilte ihm entgegen.

Er half ihr auf die Kutsche und lenkte das Pferd zurück.

„War er da?", fragte er neugierig.

„Ja, natürlich. Er hat mit mir über Rose gesprochen, er sagte, sie sei ein Vogel im Flug, der Mond in der Nacht und der sanfte Windhauch über dem Gras. Sie sei immer bei uns, in allem, was uns umgibt."

„Woher wusste er, dass sie dort ist?", fragte Ben verblüfft.

„Er heißt Manyeyes, weil er mit allen seinen Augen sieht. Und er bemerkt Dinge, die anderen verborgen sind. Er hat mich am Grab sitzen und weinen sehen, vielleicht hat er einfach das Richtige daraus geschlossen. Wen sonst würde man dort begraben, wenn nicht ein Kind?"

Ben legte seinen Arm um ihre Schulter.

„Es ist ein schöner Gedanke, unser Kind immer um uns zu wissen."

„Ja, es hat mich sehr getröstet, viel mehr als dieser schreckliche Satz, dass wir noch mehr Kinder haben können. Natürlich können wir das, aber kein weiteres Kind wird uns Rose zurückbringen."

Er drückte sie leicht, denn er verstand sie gut.

Sie fuhr fort.

„Und dann hat er über diese Schlacht berichtet, du weißt, die Schlacht am Little Bighorn, in der dieser General Custer starb. Er hat Custer selbst dort gesehen!"

„Erzähl mir alles, das interessiert mich sehr!"

Und Jacky gab wieder, was Manyeyes ihr anvertraut hatte.

Ben lauschte erstaunt. Eine Sache konnte er kaum glauben. „Verstehe ich das richtig? Custer war mit einer Indianerin verheiratet? Das soll stimmen?"

„Es erscheint seltsam, aber Manyeyes hat sogar den Namen genannt. Cheyenne heiraten nicht so wie wir, sie leben einfach zusammen und sind dann ein Paar. Manchmal zieht einer wieder aus. Manchmal zieht jemand dazu, das ist alles in Ordnung."

„Klingt eigentlich gut", meinte Ben.

Sie stieß ihn in die Seite.

„Unterstehe dich! Ich sehe das nicht so!"

„Die wesentlichen Dinge hast du also nicht von den Cheyenne übernommen, schade", neckte er sie. „Wenn sogar ein General Custer das konnte, ..."

„Ich zweifle daran, ob er wusste, dass er dadurch zu einem Verwandten der Cheyenne wurde. Ich denke nicht, dass er sich so sehr für die Bräuche interessierte."

„Seit wann machst du dir so viele Gedanken über Custer?", fragte Ben verblüfft.

„Seit mir klar war, dass Manyeyes dort in den Schwarzen Hügeln war und diesen Kampf miterlebte. Ich habe versucht mir vorzustellen, was einen General dazu treibt, die Indianer auslöschen zu wollen, voll und ganz. Wie jemand ein Indianerdorf überfallen kann, in dem fast nur Frauen und Kinder waren, wie es am Washita geschah, was muss das für ein Mensch sein. Ich habe darüber gelesen, auch wie man das als großartigen Sieg verkaufte. Aber zwischen den Zeilen stand doch, dass es ein Gemetzel an Frauen und Kindern war. Ich las auch Custers eigenes Buch, denn ich wollte wissen, wie so jemand denkt."

Ben dachte nach.

„Als wir damals in Cheyenne waren, hat der Colonel davon erzählt, also vom Washita. Ich erinnere mich noch an seinen Bericht, es war nicht schön, wie er es darstellte. Er sagte auch, dass fast nur Frauen und Kinder dort waren, die gerannt seien wie die Hasen und es hätte ihnen nichts genützt. Aber er verlor dort sein Bein."

„Und nun musste Custer selbst um sein Leben rennen, auch ihm hat es nichts genützt."

„Es wird alles irgendwie zurückgezahlt, nicht?"

Jacky sah Ben mit erhobenem Gesicht an.

„Manchmal muss man nachhelfen!"

Er wusste, was sie meinte, schließlich hatte er sie kennengelernt, als sie noch voller Rachepläne war, die sie dann auch ohne Zögern ausführte.

„Kehren wir in die Gegenwart zurück, Jack, Matt Wilson wird ganz von selbst bekommen, was ihm zusteht. Du hörst ja, wie die Leute reden."

„Wollen wir es hoffen!"

Schließlich erreichten sie den Laden und Anthony übernahm es, die Kutsche wegzufahren und das Pferd zu versorgen.

Es war inzwischen Abend geworden und Jesse war ziemlich verärgert, weil Jacky den ganzen Nachmittag gefehlt hatte.

„Lasst mich nur allein mit der Arbeit!", schimpfte er vor sich hin. Er hatte James auf dem Arm. „Zum Glück habe ich den kleinen Kerl hier, der hat tüchtig geholfen, nicht wahr, James?"

Jacky nahm ihm das Kind ab und setzte es auf die Theke.

„Das wird einmal ein richtig guter Geschäftmann", verkündete sie stolz und band sich ihre Schürze um. Dann machte sie sich mit Feuereifer an die Arbeit und versuchte, die verlorene Zeit einzuholen und die späten Kunden gut zu versorgen.

Am Abend saßen sie beisammen und besprachen die Tagesereignisse. Auch Jesse hörte gespannt zu, was Jacky von Manyeyes berichtete, und wie Ben konnte er die Geschichte mit der Cheyennefrau kaum glauben.

„Es wird über die Schlacht viel erzählt", meinte er achselzuckend. „Aber es war sehr interessant, einmal die andere Seite zu hören." Er schwieg kurz und fuhr dann fort: „Doch nun zu mir: Ich habe mir heute ein Zugticket für übermorgen besorgt. Ich fahre also am Mittwoch in aller Frühe zurück. Hier scheint es ruhiger zu sein, ich denke nicht, dass ihr mich noch so dringend braucht. Weder von Wilson noch von Bow gibt es Neuigkeiten und ich habe mich wirklich gut umgehört. Seid einfach wachsam, ihr habt genug Leute jetzt und Sam muss ja noch eine Weile im Hospital bleiben."

Jacky war traurig und erleichtert zugleich.

„Oh, Jesse, du wirst uns fehlen, aber ich bin froh, dass du zu Sue zurückkehrst."

„Ich habe kein gutes Gefühl, ich fürchte, sie hat unser Geschäft inzwischen zugrundegerichtet."

Ben runzelte die Stirn.

„Du solltest nicht so über deine Frau reden, sie hat mehr Verstand, als du ihr zutraust, und ich bin sicher, sie arbeitete ausgezeichnet."

„Schon gut, ich habe nur Spaß gemacht, sie schrieb mir außerdem und nannte die neusten Zahlen, ach ja, das sollte ich euch vielleicht geben, damit ihr auch Bescheid wisst. Sieht alles gut aus!"

Er zog einen zusammengefalteten Zettel aus seiner Hemdtasche und reichte ihn an Jacky weiter. Sie vertiefte sich interessiert darin und war mit dem Ergebnis zufrieden.

„Du hast ihr das gut beigebracht", lobte sie Ben. „Das ist alles sehr übersichtlich und ordentlich."

„War nicht weiter schwer, sie hatte deine alten Bücher als Vorlagen. Bessere Beispiele findet man wohl nirgends. Ich habe mich auch stets daran orientiert."

Ben wandte sich an Jesse. „Bitte, Jesse, gib ihr eine Chance. Sie würde alles tun für dich."

Jesse starrte in sein Glas.

Dann gab er sich einen Ruck.

„Wir haben ein oder zwei Briefe hin- und hergeschrieben, schriftlich geht so etwas immer leichter, finde ich. Ich denke, wir werden einen Weg finden. Vielleicht ..."

„Vielleicht ... was?", fragte Jacky, als er zögerte.

Er blickte sie an.

„Vielleicht hattest du recht, Jack. Vielleicht habe ich zu wenig verstanden, wie viele Sorgen sie sich machte, bevor wir heirateten. Ich hätte damals tatsächlich mit ihr reden müssen, aber ich dachte, alles sei klar zwischen uns." Er schluckte. „Dennoch, es bleibt die Tatsache bestehen, dass sie es darauf anlegte und mich anlog. Und damit muss ich fertigwerden."

Jacky griff über den Tisch nach seiner Hand.

„Ich verstehe dich, das würde mir auch zu schaffen machen. Aber schau, jetzt seid ihr verheiratet, ihr erwartet ein Kind, denkst du wirklich, in 20 Jahren ist es noch wichtig, wie diese Ehe zustandekam? Ihr habt ein aufregendes Jahr vor euch, ein Kind, das wird euch mehr als beschäftigen, ihr müsst ihm eine Zukunft schaffen, das ist jetzt vor allem wichtig. Alles andere, ... wenn du es schon nicht vergeben kannst, vielleicht kannst du es einfach hinnehmen? Als unabänderliche Tatsache, die man nicht ungeschehen machen kann?"

„Das sagt die Richtige!", grinste Jesse. „Ausgerechnet du, die immer alles geradebiegen muss, sich in alles einmischt, die nie vergeben und vergessen kann und einmal so auf Rache aus war, ..."

„Das war etwas anderes!"

„Schon gut, ich habe verstanden. Ich werde es zumindest versuchen, ich hatte ziemlich viel Zeit zum Nachdenken hier. Und sollte alles schiefgehen, werde ich eben ein Cheyenne, ich ziehe einfach zu einer anderen. Wenn die das können, ..."

„Oder Sue nimmt sich einen anderen", spottete Ben.

„Wäre auch eine Möglichkeit", lachte Jesse. „Ich kann ihr das ja mal vorschlagen."

„Um Himmelswillen, nicht!", rief Jacky entsetzt. Sie stellte sich Sue vor, wie sie auf so eine Ansage reagieren würde.

Die Männer grinsten und standen leicht seufzend auf, um weiter im Laden zu arbeiten. Der Umbau war noch lange nicht fertig.

General George Armstrong Custer (1839 – 1876)

Das neue Konzept

Es gab noch viel zu tun, aber man konnte nun schon erkennen, wo es hinführen würde. Sie hatten eine gemütliche Sitzecke geschaffen, in der sie kleine Speisen und Getränke reichen konnten, die in einem winzigen abgetrennten Raum zubereitet wurden.

Die normalen Waren für den täglichen Gebrauch befanden sich nun in den hinteren Räumen, den einstigen Lagerräumen, denn Jacky hatte bemerkt, dass die Kunden es nicht so liebten, bei den Haushaltsein-käufen beobachtet zu werden, daher gab es dort sogar eine eigene Kasse.

In einem neu geschaffenen größeren Raum, extra für Mode und Kleidung, konnten Schnitte ausgewählt werden und es hingen auch Modellkleider ordentlich auf Bügeln, die man anprobierte oder einfach nur begutachtete. Dieser Raum war abgeschlossen, so dass man sich in aller Ruhe und geschützt vor neugierigen Blicken umsehen konnte.

Momentan hielt sich Jacky hier noch am häufigsten auf, aber sie hatte schon eine kundige Frau gefunden, die immer mehr die Beratung übernahm und einen sicheren Geschmack bewies. Natürlich war es eine Einwanderin aus Frankreich, man nannte sie „Madame Bonnet". Darauf hatte Jacky Wert gelegt, in Modefragen vertrauten die Damen dem Pariser Diktat.

Verderbliche Lebensmittel befanden sich nach wie vor im vorderen Verkaufsraum, wer davon etwas brauchte, konnte hier auch gleich bezahlen.

Alles, was nicht sofort gebraucht wurde, war in ein Lagerhaus am Stadtrand geschafft worden und konnte jederzeit schnell herbeigeholt werden. Ben hatte sich schon nach einem weiteren Lager dort umgesehen, sie mussten unbedingt mehr Fläche anmieten, damit sie alles unterbrachten.

Das gesamte untere Stockwerk war nun Ladenbereich und Anthony und Claire hatten daher ausziehen müssen und sich für die verbleibende Zeit ein Zimmer in einer Pension gesucht, das natürlich Jacky und Ben bezahlten.

Irgendwann, so schwebte es Jacky vor, würde man auch das obere Stockwerk nutzen, schließlich lebte künftig nur mehr Sam dort. Er brauchte nicht viel, die Räume noch ein Stock höher, direkt unter dem Dach würden ihm auch genügen, wenn man sie ausbaute. Vielleicht konnte man sogar zusätzlich aufstocken, aber das war noch in weiter Ferne, zunächst mussten sie mit ihrem neuen Konzept Erfolge aufweisen.

An seinem letzten Tag in Denver arbeitete Jesse noch so viel er konnte, gerade die schweren Sachen waren seine Aufgabe gewesen, denn Ben wurde allzu leicht von bösen Hustenanfällen gequält, wenn er sich körperlich übernahm. Es war zwar viel besser geworden mit ihm, aber oft kam er einfach an seine Grenzen.

Dann war der letzte gemeinsame Abend da.

Jesse brachte freiwillig die Kinder zu Bett, er würde sie vermissen und sie ihn auch. Er blieb lange bei ihnen, bis sie eingeschlafen waren, und er musste es zugeben, er freute sich auf sein eigenes Kind, freute sich auch auf Sue, die ihn ja wirklich liebte und alles für ihn tat. Er war fest entschlossen, neu zu beginnen und ihr auch zu zeigen, dass sie sich auf ihn verlassen konnte.

Als er zurück in das Speisezimmer kam, hatten Ben und Jacky schon auf ihn gewartet und eine Flasche Champagner stand auf dem Tisch.

„Wir müssen das alles doch einmal feiern", meinte Ben. „Es war nicht leicht und wir werden wohl noch einige Hürden vor uns haben, aber für heute machen wir einen kleinen Schnitt und lassen es uns gut gehen! Auf uns!"

Er schenkte drei Gläser voll und sie stießen an.

„Auf uns!"

Jesse grinste Ben und Jacky an.

„Wir sind schon ein gutes Team, wenn ich daran denke, was wir in den paar Jahren alles erlebt haben."

„Das beste Team!", bestätigte Ben.

„Das allerbeste!", lachte Jacky.

Der Abend verging in leichtem Geplauder, sie waren alle drei in guter Stimmung und keiner von ihnen wollte an irgendwelche schlimmen Dinge denken.

Am nächsten Morgen begleitete Ben Jesse zum Bahnhof der Union Pacific Railway. Erst dort brachte Jesse das Thema noch einmal auf Sheriff Bow.

„Hör zu, Ben, dass es jetzt so ruhig blieb, ich weiß nicht, ob das ein gutes Zeichen ist. Wilson habt ihr so gut wie in der Tasche, der wird vorerst nichts unternehmen. Soweit ich weiß, war sogar der Sheriff bei ihm und hat ihn ins Gebet genommen. Aber dieser Bow, der hier noch herumspukt, kein Mensch weiß, was er vorhat. Lucy erzählte mir, er würde sich betrinken und dann nur von Jack sprechen, aber man nimmt ihn nicht so richtig ernst. Lucy meinte, sie würde sich schon manchmal Sorgen machen, dass mit dem was nicht stimmt. Passt auf euch auf, lass Jack nirgends allein hingehen, sie soll im Laden arbeiten, und in ein oder zwei Monaten ist der Spuk hier sowieso vorbei und ihr kommt zurück nach San Francisco."

„Ja, sehr viel länger wollen wir bestimmt nicht hierbleiben. Dann wird es Herbst und ich brauche keinen Schnee mehr in meinem Leben. Danke, Jesse, für alles, für deine Hilfe, und richte Sue einen schönen Gruß von uns aus und alles Gute für die Geburt."

„Wir kriegen das schon hin, keine Sorge!"

Jesse stieg ein und suchte sich einen bequemen Platz für die nächsten Stunden, während Ben langsam zum Laden zurückfuhr.

Es war seltsam leer ohne Jesse, er fehlte ungemein und James begriff lange nicht, dass sein Onkel nun weg war, er fragte immer wieder nach ihm. Jacky nahm ihn schließlich mit in den Laden, um ihn abzulenken, und wie stets half er fleißig mit und brachte die Kunden zum Lächeln, wenn er auf seinen strammen Beinchen flink Waren holte und unentwegt plapperte.

So vergingen die nächsten Tage. Wie überall wurde der Unabhängigkeitstag mit Paraden gefeiert, und Jacky hatte den Laden entsprechend dekoriert.

Die neuen Angestellten waren eingearbeitet und machten ihre Sache gut. Für die Buchhaltung und Leitung des Geschäfts hatten sie jedoch noch niemanden gefunden und Jacky sorgte sich sehr. Das war eine wichtige Aufgabe, die auch Sam sicher nicht erledigen konnte. Keiner der Kandidaten war ihr geeignet erschienen und solange der Posten nicht besetzt war, konnten Ben und Jacky nicht abreisen.

Jeden Tag besuchten sie mehrmals abwechselnd Sam im Hospital, brachten ihm zu essen mit und hielten ihn über den Laden am Laufenden. Er selbst zermarterte sich das Hirn, ob er jemanden kannte, der künftig das Geschäft leiten konnte, aber ihm fiel niemand ein.

Jacky saß wieder einmal mutlos an Sams Krankenbett und überlegte.

„Es müsste jemand sein wie Mr. Fisher, dem man vertrauen kann."

Und sie schlug die Hand vor den Mund.

Warum nicht Mr. Fisher selbst? Oder jemand, den er für geeignet hielt? Wieso nicht jemanden aus San Francisco kommen lassen, der bereit war, in Denver zu wohnen, wenigstens eine Zeitlang?

„Vater", rief sie aufgeregt, „ich glaube, ich habe eine Lösung. Entschuldige mich bitte, ich muss mit Ben reden und an Jesse telegrafieren, er müsste inzwischen zuhause sein. Ich komme heute Abend wieder und erzähle dir alles!"

Sie raffte ihre Sachen zusammen und eilte nach draußen zu ihrem Pferd, mit dem sie inzwischen in Denver herumritt. Zu Fuß ließ Ben sie nicht allein gehen, mit dem Pferd erschien es ihm sicherer, denn sie konnte in einem Notfall schnell wegreiten.

Es war noch Mittagspause, daher konnte sie mit Ben gleich sprechen, als sie zuhause ankam.

„Ben, was hältst du davon, wenn wir Mr. Fisher herkommen lassen? Ich könnte an Jesse telegrafieren, er weiß bestimmt gleich Bescheid, was ich meine, und könnte mit Mr. Fisher sprechen. Wenn Mr. Fisher selbst nicht kommen will, dann vielleicht jemand, den er als zuverlässig einstuft? Er hat ausgezeichnete Mitarbeiter, einer ist doch sicher bereit, eine Zeitlang in Denver zu wohnen für gutes Geld?"

Ben starrte Jacky einen Moment sprachlos an.

„Natürlich, das ist die Lösung. Ich habe mir immer Sorgen gemacht, was wenn Wilson hier jemanden einschleusen will, der uns dann ruiniert? Er hat genug Beziehungen, könnte jemanden bezahlen, der uns vertrauenswürdig vorkommt. Daher ist jemand aus San Francisco, den hier niemand kennt, der für uns schon gearbeitet hat, der Mann, den wir brauchen."

„Oder die Frau", korrigierte Jacky tadelnd.

„Ja natürlich, es könnte auch eine Frau sein."

„Wir müssen hier für eine Wohnung sorgen, wir müssen es so machen, dass derjenige gerne herkommt. Es darf an nichts fehlen. Vielleicht will er für immer bleiben, vielleicht nur vorübergehend, das ist egal, wir werden wieder jemanden finden."

„Jetzt brauchen wir erst einmal irgendjemanden, gibst du gleich ein Telegramm auf?"

„Ja, ich versuche es so zu formulieren, dass Jesse weiß, worum es geht."

Und Jacky lief wieder zu ihrem Pferd um zur Telegraphenstation zu reiten. Die ganze Strecke überlegte sie sich einen Text, Telegramme waren teuer, aber jetzt durfte sie nicht auf das Geld schauen.

Schließlich schickte sie an Jesse eine Nachricht, die hoffentlich eindeutig und verständlich war.

```
                    Post Office Denver
                        Telegramm


FRAGE MR. FISHER OB ER ODER EIN ZUVERLÄSSIGER ANGESTELLTER
GESCHÄFTSFÜHRUNG IN DENVER ÜBERNIMMT STOPP BIETEN WOHNUNG
UND GUTE BEZAHLUNG STOPP VORÜBERGEHEND ODER FÜR IMMER UND AB
SOFORT STOPP
```

Das musste genügen, Jesse würde schon wissen, was zu tun war. Jacky machte sich erleichtert auf den Rückweg, wenn sich jemand bereit erklärte nach Denver zu kommen, wurde ihr eine große Last von den Schultern genommen.

Lucys Warnung

Als Jacky durch die Larimer Street ritt, kam sie an dem Saloon vorbei, in dem sie die kleine Rose geboren hatte. Der Saloon war geöffnet, aber jetzt um diese heiße Mittagsstunde war wenig los, die Damen des Saloons saßen oben auf dem Balkon und betrachteten das Treiben auf der Straße.

Jacky grüßte hinauf und die Frauen winkten zurück. Sie zögerte kurz, sah sich um und stieg dann vom Pferd. Die Frauen beobachteten sie erstaunt und Lucy erkannte wohl, was Jacky vorhatte, stand auf und verschwand nach innen, um ihr entgegenzugehen.

Jacky betrat den Saloon und wurde sofort von dem hakennasigen Mann, Rod, wiedererkannt, der wie immer am Tresen stand.

„Was wollen Sie schon wieder hier?", fragte er mit eng zusammengekniffenen Augen.

„Ich wollte mich bedanken für Ihre Hilfe."

„Schon gut, Ihr Mann hat alles bezahlt! Verschwinden Sie lieber, Sie haben hier genug Ärger angerichtet!"

„Sei nicht so unhöflich, Rod", ertönte Lucys Stimme. Sie war die Treppe heruntergeeilt und fasste Jacky am Arm, um sie hinauszugeleiten.

„Mrs. Hart, das ist nun wirklich kein Ort für Sie!"

„Es ist mir einfach ein Anliegen, mich für alles zu bedanken, Sie haben so viel für mich getan!"

„Das war selbstverständlich, Mrs. Hart. Und wenn Sie schon einmal hier sind, hätte ich eine Frage: Warum kommt eigentlich Jesse, ich meine Mr. Jones, nicht mehr her? Ich vermisse ihn schon."

„Jesse? Er ist zurück in San Francisco. Bei seiner Frau!", betonte Jacky.

Lucy grinste.

„Ja, er hat mir erzählt, dass er verheiratet ist. Schade, und schade, dass er weg ist. Wenn Sie ihn wiedersehen, richten Sie ihm bitte schöne Grüße von mir aus. Und er hat Sie hoffentlich über alles informiert."

„Informiert? Worüber?"

„Mrs. Hart, ..."

Lucy sah sich um.

„Das sollten wir hier nicht besprechen", raunte sie plötzlich fast unhörbar. „Können wir uns später irgendwo treffen? Wo uns niemand sieht und hört?"

„Was hast du hier zu flüstern?", fragte Rod aus dem Hintergrund scharf. „Hast du nichts zu tun, Lucy?"

„Nein, ich habe nichts zu tun", gab sie schnippisch zurück. „Ich sagte Mrs. Hart gerade, dass sie besser sofort geht. Und das ist doch in deinem Sinn."

Rod war nähergetreten.

Jacky gefiel sein drohender Gesichtsausdruck gar nicht. Sie sah ein, dass sie nicht erwünscht war.

„Ich muss sowieso wieder nach Hause", sagte sie rasch. „Ich wollte mich nur bedanken für Ihre Hilfe. Auf Wiedersehen!"

„Auf ein Wiedersehen kann ich verzichten", knurrte Rod grimmig.

Lucy zog sie beinahe gewaltsam zur Tür.

„Um sieben Uhr am Denver General, am Eingang", zischte Jacky ihr zu und Lucy nickte unmerklich.

Das war der beste Treffpunkt, der ihr eingefallen war, denn so musste sie auch Ben vorerst nichts darüber sagen, da sie ja sowieso Sam besuchte. Sie war sich nicht sicher, ob er mit ihrem Besuch in dem Saloon glücklich war. Es war auch mehr eine spontane Entscheidung gewesen. Sie war jedenfalls sehr gespannt, was diese Lucy ihr mitteilen wollte.

So berichtete sie Ben nur, dass sie das Telegramm aufgegeben habe und am Saloon vorbeigekommen war und sich kurz bedankt habe. Er würde es sowieso erfahren, dass sie dort gewesen war, so etwas blieb in einer Stadt wie Denver nicht unbemerkt.

Ben fasste sich an den Kopf, zwischen Entsetzen und Amüsiertheit schwankend. Was Jacky nur immer einfiel!

„Bleib bitte dort weg in Zukunft", bat er sie. „Das ist kein Ort für dich, du kommst ins Gerede."

„Ach was", meinte Jacky ungerührt. „Die Männer gehen auch alle hin."

„Die Männer, Jack, nicht die Frauen! Und nun tu nicht so, als wüsstest du nicht, dass da ein Unterschied besteht."

„Früher sind wir auch immer gemeinsam in Saloons gegangen."

„Das war etwas anderes, du warst mit uns dort, da warst du auch teilweise noch als Mann unterwegs, du erinnerst dich? Wir brauchen das jetzt wirklich nicht zu diskutieren, ich will nicht, dass du dort noch einmal hingehst. Auf keinen Fall allein! Verstanden?"

„Verstanden, Ben! Ich habe mich bedankt, das war alles. Mehr wollte ich nicht."

Der Nachmittag verging schnell mit der Arbeit und sie konnten mit dem Betrieb zufrieden sein.

Abends machte sich Jacky wieder auf den Weg zu Sam, sie hatte sein Essen dabei und frische Wäsche.

Lucy hatte vor dem Hospital gewartet. Sie stand in einer versteckten Ecke und hatte sich sehr unauffällig gekleidet, sodass man sie nicht schon von Weitem erkannte. Jacky empfand das als überaus rücksichtsvoll.

„Mrs. Hart, ich habe nicht viel Zeit", begann Lucy hastig. „Julia deckt mich, Rod darf nie erfahren, dass ich hier bin."

„Keine Sorge, ich werde nichts verraten."

„Mrs. Hart, ich wäre nicht gekommen, wenn es nicht um Sie gehen würde. Sie sind eine echte Dame, Sie haben ein gutes Herz, niemand von den anderen Frauen hier wäre auf den Gedanken gekommen, sich bei uns zu bedanken. Man begegnet uns nur mit Verachtung." Lucy spuckte auf den Boden. „Sie würden sich wundern, was wir so alles zu hören kriegen. Manche Männer können einem unglaublich leidtun, mit ihren Frauen haben sie kein schönes Leben ..."

Jacky wurde unruhig. So genau wollte sie das nun auch nicht wissen.

„Sie wollten mir doch etwas Wichtiges erzählen", unterbrach sie daher Lucy sanft.

„Ja, ich dachte eigentlich, dass Jesse, ich meine Mr. Jones, Ihnen alles gesagt hätte."

„Er hat uns vor Sheriff Bow gewarnt."

„Genau, den Kerl meine ich. Sheriff ist er aber nicht mehr und das ist gut so. Mrs. Hart, glauben Sie mir, mit dem stimmt etwas nicht. Er war ein paar Mal bei uns und wenn er Geld hatte, wollte er auch etwas von uns Frauen, aber sehen Sie, er kann nicht. Egal was man versucht, seine Männlichkeit lässt zu wünschen übrig, Sie verstehen, was ich meine." Sie grinste.

Jacky nickte verlegen.

„Jedenfalls, dieser Bow, er gibt Ihnen die Schuld daran, Mrs. Hart."

„Wie bitte?"

„Ja, er faselt dann etwas von dieser Hexe, die ihn verhext hätte, entschuldigen Sie, das sind seine Worte, nicht meine, und er würde Ihnen noch zeigen, was Gerechtigkeit sei. Sie seien davongekommen, dabei hätten Sie hängen müssen und er werde das noch erledigen. So etwas in der Art. Ich glaube, dieser Mann ist irre und daher gefährlich."

Jacky war blass geworden.

„Jesse wusste davon?", fragte sie.

Lucy zögerte.

„Vielleicht nicht im Wortlaut, aber ja, ich habe ihn gewarnt, dass er auf Sie aufpassen soll, weil Bow hinter Ihnen her ist und verrückt ist."

„Ja, das hat Jesse auch so gesagt. Aber wir haben das eigentlich nicht so ernst genommen. Wir hatten auch ganz andere Probleme."

„Ich weiß, Mrs. Hart, Sie haben eine Menge hinter sich und auch schon viel geschafft hier. Das mit Mr. Warner war eine Schweinerei und jeder hier denkt, dass Wilson dahintersteckte. Und das hat diesem schleimigen Kerl auch schon geschadet, man munkelt, dass immer weniger bei ihm einkaufen. Ja, wir hören eine Menge, Sie würden sich wundern, wer alles zu uns kommt und uns Dinge erzählt, die sonst niemand zu Ohren bekommt. Aber ich muss jetzt gehen. Passen Sie auf sich auf, Mrs. Hart, und lassen Sie sich nicht mehr bei uns blicken, für Rod sind sie ein ganz rotes Tuch. Dabei sollte er Ihnen dankbar sein, viele Leute sind die Tage nach dem schlimmen Ereignis bei uns gewesen, um zu hören, was genau passiert ist, und Rod hat gutes Geschäft gemacht. Aber das will er nicht einsehen."

„Kommt Bow noch?"

Lucy sah Jacky erstaunt an und dachte nach.

„Jetzt, wo Sie es erwähnen, nein, er war schon mindestens eine Woche lang nicht mehr da. Ich habe auch nichts mehr von ihm gehört, er ist wohl gar nicht mehr in Denver." Sie strahlte.

„Würden Sie mir mitteilen, wenn er wieder in der Stadt ist? Sie könnten mir ja einen Boten schicken mit einer kleinen Nachricht."

„Ja, das kann ich selbstverständlich tun. Auf Wiedersehen, Mrs. Hart. Ich sehe, Sie haben sich gut erholt von allem, Sie sind eine starke Frau, sie werden alles schaffen, was Sie sich vorgenommen haben!"

„Danke, Miss Lucy, und vielen Dank, dass Sie gekommen sind und mit mir gesprochen haben, ich weiß das sehr zu schätzen."

„Ich habe das gern getan. Sie können ja gelegentlich Ihren netten Mann oder Jesse bei uns vorbeischicken, wenn er wieder nach Denver kommt."

Sie grinste Jacky verschwörerisch an und verschwand eilig.

Jacky sah ihr nach und raffte dann ihre Sachen zusammen, um zu Sam zu gehen, der sich wie immer über ihren Besuch freute und sich gleich auf die guten Dinge stürzte, die sie ihm mitgebracht hatte.

Es fiel Jacky schwer, sich auf das Gespräch mit Sam zu konzentrieren, das eben Gehörte spukte ihr im Kopf herum.

Bow gab ihr die Schuld an seinem Versagen bei Frauen, war so etwas denn möglich?

Hatte sie je irgendetwas gesagt oder getan, das ihn auf einen solchen Gedanken bringen könnte?

Sie dachte zurück an die Zeit im Gefängnis, er hatte sich ihr nie genähert, aber sie erinnerte sich an seine wilde Genugtuung in der Stimme, wenn er davon sprach, dass sie sowieso hängen würde.

Er hatte Ben nicht zu ihr gelassen, hatte ihm und auch Jesse jeden Besuch bei ihr verboten und sie damit quälen wollen, nur gegen die Damen des Komitees hatte er keine Chance gehabt. Sie hatten dafür gesorgt, dass es Jacky einigermaßen wohlerging, hatten jeden Widerspruch des Sheriffs im Keim erstickt und sich über alle Vorschriften hinweggesetzt. Bow hatte wütend nachgeben müssen.

War es das gewesen? Seine Ohnmacht gegenüber den Frauen?

Jacky sah sich selbst in der Zelle sitzen, sie war schmal und schwach gewesen, hatte sich von einer Schussverletzung erholen müssen und litt ständig an Übelkeit wegen ihrer Schwangerschaft mit James. Sie hatte zwar bestimmt jammervoll ausgesehen, aber nicht kleinbeigegeben und niemals ihre Schwäche und Angst gezeigt.

Vielleicht hatte es der Sheriff auch nie überwunden, dass sie nicht zerbrochen war?

Sam fiel es schließlich auf, dass Jacky sehr einsilbig war, und fragte nach dem Grund.

„Ach, Vater, es gibt so viele Probleme, aber eines haben wir heute vielleicht gelöst!"

Sie riss sich zusammen, erzählte von ihrer Idee, jemanden aus San Francisco kommen zu lassen.

Sam war begeistert.

„Ja, so könnte es gehen!", rief er. „Ach, wenn ich nur schon wieder aufstehen könnte und euch helfen, aber die Ärzte wollen mich noch nicht mein Bein benutzen lassen. Immerhin setzen sie mich schon in einen dieser Rollstühle und eine Schwester fährt mich herum. Ich komme mir vor wie ein uralter Mann!"

Jacky küsste ihn lachend auf die Wange.

„Keine Angst, alter Mann, bald rennst du wieder herum wie ein Jüngling und zeigst es allen. Ruh dich nur gut aus, wenn du wiederkommst, wirst du dein Haus nicht mehr erkennen und genug Arbeit für den Rest deines Lebens haben."

„Jacky, du bist ein Segen, es war ein gesegneter Tag, als wir dich ins Haus holten. Schade, dass Allie das nicht mehr erleben kann. Sie wäre stolz auf dich!"

Jacky war gerührt.

„Danke, Vater, aber das habe ich nicht allein geschafft, Ben, Jesse, Anthony und Claire, sie alle haben so kräftig mitgeholfen. Und nicht zu vergessen der kleine James", fügte sie mit Mutterstolz an. „Er hilft jeden Tag im Laden und ist so fleißig und klug."

Sam grinste, als er sich seinen Enkel im Laden vorstellte, aber gleichzeitig war er traurig. Es war schon schlimm, dass er immer noch im Hospital bleiben musste und all das nicht miterleben konnte.

Jacky verabschiedete sich schließlich und ritt sehr nachdenklich nach Hause.

Sie hatte ein längeres Gespräch mit Ben vor sich.

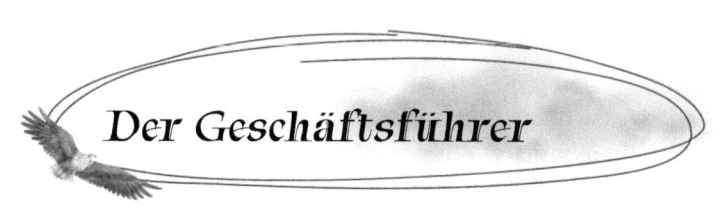

Der Geschäftsführer

Ben hatte ziemlich ärgerlich reagiert, als er von Jackys Verabredung mit Lucy erfuhr, aber Jacky sah keinen Grund, sich zu rechtfertigen, schließlich hatte das Treffen dort stattgefunden, wo Jacky sowieso hinmusste.

Nachdem der kleine Disput darüber beendet war, sprachen sie ausführlich über Lucys Mitteilung, waren sich aber einig, dass Bow im Moment nichts ausrichten konnte und daher vielleicht sogar schon aufgegeben hatte und abgereist war.

„Einfach ein Spinner", schloss Ben. „Wir bleiben natürlich wachsam und lassen alle Vorsichtsmaßnahmen so, wie sie sind, aber ich denke, Bow hört sich gerne reden und reimt sich da irgendetwas zusammen, um sich wichtig zu machen und sein Versagen zu erklären. Muss ja auch peinlich sein ..."

„Jesse glaubte wohl auch nicht daran, dass Bow wirklich gefährlich werden könnte, sonst wäre er nicht abgereist", stimmte Jacky zu. „Und er hat sehr viel erfahren, scheint mir."

„Davon kannst du ausgehen. Jesse meinte auch, dass niemand diesen Bow so richtig ernstnehmen würde, aber er mahnte schon zur Vorsicht. Also alles bleibt, wie es ist, du machst keine unüberlegten Alleingänge, ich möchte immer informiert sein, wohin du unterwegs bist. Das musst du mir fest versprechen, Jack!"

Sie nickte feierlich.

„Ich verspreche es. Ich betrete keinen Saloon mehr, ich gehe hier nicht zu Fuß, sondern nehme das Pferd, und ich sage dir immer, wo ich hinwill."

„Brav!", grinste Ben und küsste sie. „Glaube mir, ich mache mir einfach nur Sorgen um dich, ich weiß, dass ich dir vertrauen kann, aber ich möchte dich nie wieder irgendwo suchen müssen und Angst haben, dich nicht mehr lebend wiederzusehen."

„Ich weiß, Ben. Es reicht für ein Leben."

„Du sagst es!"

Die nächsten Tage vergingen in Anspannung und Arbeit, ungeduldig warteten Ben und Jacky auf Jesses Antwort wegen eines neuen Geschäftsführers. Endlich, am Freitag, traf ein Telegramm aus San Francisco ein.

```
              Post San Francisco
                  Telegramm


GESCHÄFTSFÜHRER IST UNTERWEGS STOPP NAME IST PHILEMON WAYNE
STOPP UNBEDINGT VERTRAUENSWÜRDIG LAUT MR. FISHER STOPP
GRUSS JESSE
```

Jacky hatte das Telegramm zuerst gelesen und atmete erleichtert auf. Sie reichte es an Ben weiter und auch er freute sich.

„Nun warten wir ab, wer da kommt und ob er bleiben will. Philemon, dieser Name klingt nach einem sehr ernsthaften Menschen. Aber wenn Mr. Fisher ihn empfielt, wird es seine Richtigkeit haben. Hast du dich schon nach einer Wohnung erkundigt?"

Sie grinste triumphierend.

„Natürlich! Bei Mrs. Butcher ist ein Pensionszimmer frei, sie war sofort bereit, es für uns zu reservieren."

„Ausgerechnet bei Mrs. Butcher!", stöhnte Ben. „Da braucht der gute Philemon starke Nerven."

„Papperlapapp! Wenn er sich dort nicht durchsetzt, ist er für uns sowieso ungeeignet. Mrs. Butcher wird ihn liebevoll und streng umsorgen wie einen Sohn, er wird sich um nichts kümmern müssen. Und wenn er Fuß gefasst hat, kann er eine eigene Wohnung suchen."

„Und ehe er sich versieht, hat sie ihn mit ihrer schrecklichen Tochter verkuppelt. Mrs. Butcher war so enttäuscht, als sie erfuhr, dass Jesse verheiratet ist, der wäre ihr gerade recht gekommen."

Jacky lachte. Ja, das hatte sie auch bemerkt.

Ben runzelte die Stirn und rechnete nach.

„Heute ist Freitag, wenn er schon unterwegs ist, dürfte er Sonntag oder Montag hier eintreffen."

„Er wird aus Cheyenne telegrafieren, dann wissen wir Bescheid. Und wenn er die kleine Miss Butcher heiratet, umso besser, dann bleibt er hier."

„Du überlässt nichts dem Zufall, nicht wahr?"

Jacky lächelte zufrieden.

„Soweit es geht, versuche ich, alles unter Kontrolle zu haben."

Mr. Philemon Wayne traf am Montagabend in Denver ein. Jacky und Ben waren zum Bahnhof gefahren und hatten auf ihn gewartet. Als sich die Türen des Zuges öffneten und der Dampf sich allmählich legte, sodass man etwas erkennen konnte, stiegen eine Menge Reisende aus, unter ihnen auch ein jüngerer dürrer Mann, der sich suchend umsah, mit Brille, Anzug und Hut, mit einem großen Koffer in der Hand und einem ernsten Ausdruck im Gesicht.

Ben stieß Jacky an und deutete auf den Mann.

„Wenn das mal nicht unser Philemon ist, er sieht aus, wie man sich einen Buchhalter vorstellt."

Er ging ein paar Schritte vorwärts und sprach den Mann einfach an.

„Mr. Wayne?", fragte er.

Der Mann blickte zuerst verwirrt auf, doch sogleich trat ein erleichtertes Lächeln in sein Gesicht.

„Ja, ich bin Mr. Wayne, dann sind Sie also Mr. Hart?"

„Ja, der bin ich und das ist meine Frau, Mrs. Hart. Willkommen in Denver! Es ist schön, dass Sie uns helfen wollen, und wir hoffen, wir können gut zusammenarbeiten."

„Ich werde mein Möglichstes tun, Mr. Hart. Mr. Jones war so freundlich, mich über die hiesigen Bedingungen zu informieren, und ich habe auch einen Brief von ihm an Sie dabei. Ebenso ein Empfehlungsschreiben von Mr. Fisher, für den ich zwei Jahre lang gearbeitet habe ..."

„Immer langsam, Mr. Wayne. Das besprechen wir zuhause. Wir werden Sie in Ihre Pension bringen, dort können Sie sich frischmachen, und danach kommen Sie zu uns zu einem Abendessen, wo wir alles Dringende klären werden."

„Sehr freundlich und umsichtig, Mr. Hart. Tatsächlich ist es mir ein dringendes Bedürfnis, mich zu säubern, und einem guten Abendessen bin ich bestimmt nicht abgeneigt. Es ist wahrhaft eine lange Reise!"

Mr. Wayne stolperte hinter Jacky und Ben her und hob seinen Koffer dann ungeschickt auf die Kutsche. Seine Unbeholfenheit hatte etwas Rührendes, und Ben sagte sich, dass er bei der resoluten Mrs. Butcher unbestreitbar gut aufgehoben sein würde. Das war ja noch ein richtiger Knabe, der bei den Frauen mütterliche Gefühle weckte, aber wenn Mr. Fisher ihn für geeignet hielt, dann mochte das stimmen.

Später beim Abendessen nahm Mr. Wayne nur eine Spatzenportion zu sich, kein Wunder, dass er so dürr war. Auch das würde Mrs. Butcher sehr bald ändern, davon waren Ben und Jacky in stillem Einvernehmen überzeugt.

Sie hatten inzwischen das Empfehlungsschreiben und Jesses Brief in Empfang genommen.

Mr. Fisher schrieb sehr deutlich, dass Mr. Wayne ein umsichtiger und absolut vertrauenswürdiger Buchhalter sei, der in den zwei Jahren, die er für ihn gearbeitet hatte, Geschäftssinn bewiesen und überaus nützliche Ideen eingebracht habe. Es täte Mr. Fisher leid, Mr. Wayne nun zu verlieren, er würde ihn jederzeit wieder zurücknehmen. Aber diese Aufgabe in Denver sei genau das Richtige für Mr. Wayne, der zu Höherem berufen war, als nur als Buchhalter zu arbeiten.

Jesses Brief hatten sie sich für später aufgehoben, da er sicher persönliche Details enthalten würde, die sie lieber in Ruhe lesen wollten.

Das Gespräch nach dem Abendessen wurde vor allem von Jacky geführt, die genau nachbohrte, wie sich Mr. Wayne seinen neuen Posten vorstellte und was er erwartete. Sie skizzierte auch die Pläne, die sie hatten, und deutete an, dass Mr. Wayne in ein oder zwei Monaten ziemlich freie Hand haben würde und selbst in gewissem Rahmen bestimmen konnte, wie er das Geschäft weiterführen wollte.

Sam Warner sei als Geschäftsführer nur in beratender Funktion tätig.

Große Entscheidungen mussten dagegen mit Ben, Jacky und Jesse besprochen werden und sie würden einen wöchentlichen Bericht erwarten.

Mr. Wayne nickte zu allem und ließ sich dann durch den Laden führen. Überrascht sah er auf die Einrichtung und lobte den Kaufhauscharakter. Das sei etwas völlig Neues und werde bestimmt von Erfolg gekrönt.

Nachdem er alles gesehen hatte, räusperte er sich.

„Man müsste in Zukunft das obere Stockwerk mit einbeziehen", meinte er. „Wie bei Ihrem Laden in San

Francisco in der Clay Street, der – verzeihen Sie meine Offenheit – ebenfalls des weiteren Ausbaus bedürfte."

Ben und Jacky wechselten einen überraschten Blick, doch Mr. Wayne fuhr bereits fort: „Aber das ist ein Thema, über das wir gerne ein andermal in Ruhe sprechen können. Hier in Denver würden wohl zunächst zwei Ebenen genügen. Zu rasches Vorgehen hat schon manchen zu Fall gebracht."

„Das haben wir uns auch schon überlegt", stimmte Jacky zu. „Nur jetzt wohnen wir noch dort und Mr. Warner braucht ebenfalls seine Bleibe."

„Man könnte das Haus aufstocken, das müsste machbar sein, aber erst, wenn hier alles gefestigt ist. Sie haben ein hohes Dach auf dem Haus, vielleicht könnte man die Räume dort nutzen? Aber das sind Dinge, die noch in der Zukunft liegen. Wenn es Ihnen recht ist, Mrs. und Mr. Hart, nehme ich mir heute noch die Bücher mit und studiere sie gründlich, damit ich morgen gleich beginnen kann."

„Wird Ihnen das nicht zu viel nach der anstrengenden Reise?", fragte Ben besorgt.

Mr. Wayne blickte ihn sehr ernst an.

„Ich möchte meine Arbeit richtig machen und das kann ich nur, wenn ich über alles Bescheid weiß. Auch wenn es manchmal großen Einsatz bedeutet. Sie können mir vertrauen, Mrs. und Mr. Hart, ich werde mich in das Geschäft einbringen, als wäre es mein eigenes. Sie haben hier Großartiges geschaffen, ich werde das Meinige dazu tun, dass Ihre Arbeit Früchte trägt!"

Ben und Jacky sahen sich erstaunt an.

Diesem dürren Kerlchen hätten sie so eine Zuversicht nicht unbedingt zugetraut.

Und er schien tatsächlich bleiben zu wollen und sah in dem Posten wohl eine ausgezeichnete Gelegenheit, sich eine gute Existenz aufzubauen.

Damit schien alles in bester Ordnung zu sein und der Abend endete mit einem Gläschen Champagner, um die künftige Zusammenarbeit zu feiern.

Als Mr. Wayne gegangen war, öffneten Ben und Jacky endlich Jesses Brief.

San Francisco, 12. Juli 1877
Liebe Jack, lieber Ben,
ich bin gut zuhause angekommen, hier ist alles bestens. Sue geht es hervorragend, sie ist richtiggehend aufgeblüht und bestellt schöne Grüße. Sie hat noch etwa einen Monat und ist schon sehr ungeduldig. Das Kinderzimmer ist bereits fertig eingerichtet und sie hat eine Menge Geld dafür ausgegeben. Aber das ist in Ordnung, Sue freut sich inzwischen sehr auf das Kind und sie hat sich unglaublich verändert, ist viel selbstbewusster geworden.
Ich glaube fast, es tat ihr gut, auf sich allein gestellt zu sein, aber nun ist sie froh, dass ich wieder hier bin und übernommen habe. Sie hat das Geschäft wahrlich zuverlässig geleitet, es gab allerdings auch keine größeren Probleme, alles lief so wie immer.
Ich denke, ich habe das Telegramm richtig verstanden und bin sofort zu Mr. Fisher, um ihn nach einem geeigneten Kandidaten zu fragen. Er nannte unverzüglich einen Mr. Wayne, der sehr ehrgeizig und zuverlässig sei, und sicher bereit sei, nach Denver zu gehen, auch für immer, wenn es seiner Karriere dienen würde.
Als ich das Bürschchen sah, konnte ich kaum glauben, dass das so ein gewiefter Geschäftsmann sein sollte, aber ich vertraue auf Mr. Fishers Urteil. Seht ihn Euch einfach mal an, wenn es nicht funktioniert, nimmt Mr. Fisher ihn wieder mit Kusshand zurück.
Ich hoffe, bei Euch läuft alles nach Plan und Jack macht weiterhin keine Alleingänge oder lässt sich entführen oder ins Gefängnis

sperren. Denk an Dein Versprechen, Jack! Ich komme bestimmt nicht und hole Dich irgendwo heraus!

Wie geht es Sam? Verheilen seine Verletzungen gut? Ist er immer noch im Hospital?

Bitte bestellt ihm die besten Wünsche von Sue und mir!

Wie Ihr sicher herausgelesen habt, habe ich mich mit Sue geeinigt, wir haben neu begonnen und werden uns Mühe geben. Fehler haben wir wohl beide gemacht und müssen damit fertig werden. Ich denke auch, dass das Kind uns noch mehr zusammenbringt.

Sue hofft so sehr, dass Ihr bis zur Geburt wieder in San Francisco sein könnt, sie vermisst Euch und die Kinder gewaltig, und ich muss zugeben, es wäre schon schön, wenn vor allem Jack wieder hier wäre und mich ab und zu mit ihrer Küche beglücken würde.

Wie schaffst Du das nur, Jack, dass deine Köchin so ganz anders kocht als unsere? Kannst Du unserer das nicht auch beibringen, wenn Du zurückkommst?

Nun wünsche ich Euch weiterhin gutes Gelingen, passt auf Euch auf, habt Ihr wieder etwas von Wilson oder Bow gehört?

Seid bitte vorsichtig!

Liebe Grüße

Jesse

Ben grinste Jacky an.

„Jesse wird sich nie ändern! Wenn du willst, dass seine Ehe funktioniert, sorge dafür, dass er etwas Gutes zu essen kriegt. Er hätte dich damals in den Bergen nie auf Dauer akzeptiert, wenn du nicht so hervorragend gekocht hättest, das gab den Ausschlag."

„Ich werde mein Möglichstes tun, wenn ich zurück bin. Es sind nur so Kleinigkeiten, die ein gutes Gericht ausmachen. Wenn ich daran denke, unter welchen

Umständen ich beim Goldsuchen kochen musste, es war schon schwierig."

„Aber du hast etwas daraus gemacht und ich glaube, wenn Jesse von Anfang an mit dabeigewesen wäre, hätte er trotz aller Sprüche versucht, dich zu bekommen."

„Ja, das sagte er mir vor Kurzem, aber er kam zu spät und das wusste er. Meine Wahl stand von Anfang an fest, Ben, von dem Moment an, als du mir dein Medaillon anvertraut hast."

Er drückte sie und studierte den Brief noch einmal.

„Es scheint aber auch mit Sue jetzt zu werden, so wie er über sie schreibt, klingt es, als würde er sie sehr mögen."

„Ja, ich bin froh darüber und er hat wohl recht, dass es ihr guttat, Verantwortung zu übernehmen und auf sich allein gestellt zu sein. Sie muss sich auch beweisen können."

„Und ihren eigenen Weg finden", ergänzte Ben. „Ich glaube, sie wird das schaffen, eigensinnig genug ist sie. Man traut es ihr nicht zu, aber was sie wirklich will, das kriegt sie, sieht man an Jesse. Sie wird auf ihre Weise gewinnen."

„Ich wünsche es ihr und auch Jesse. Wenn ich Sue nicht gehabt hätte, damals als wir entführt wurden ... Sie war so eine Stütze und dann meine einzige Hoffnung, ohne sie hätte ich das nicht geschafft, vielleicht sollte ich ihr das noch ein paar Mal so sagen."

„Das kannst du tun. Es wird sie stärken. Nun deine Meinung zu unserem Philemon: Was hältst du von ihm?"

Jacky zögerte leicht.

„Er scheint zu wissen, was er tut. So wie es aussieht, ist er sogar bereit, kleine Risiken einzugehen, auszubauen und nicht auf dem Vorhandenen zu beharren, also könnte er schon der Richtige sein. Aber ob er das schafft? So ein kleines, dürres Bürschchen? Wird er die Durchsetzungskraft haben? Wird er gegen einen Wilson bestehen können?"

„Er ist ehrgeizig, sehr ehrgeizig, und vielleicht ist es sein großes Plus, dass man ihn unterschätzt. So wie dich, Jack, du bist eine Frau und daher dachte Wilson, er hätte ein leichtes Spiel. Niemals hat er damit gerechnet, dass er gegen eine Frau verlieren könnte. Und nun setzen wir ihm einen Philemon Wayne vor die Nase."

Jacky kicherte.

„Wir werden sehen ob Matt sich an ihm die Zähne ausbeißen wird. Nun gut, eine Weile sind wir noch da, zumindest, bis Sam aus dem Hospital kommt, und das dürfte in etwa einer oder zwei Wochen sein. Aber dann möchte ich zurück nach San Francisco. Ich vermisse unser schönes Haus, ich vermisse das Meer, du auch?"

„Ja, natürlich! Bald ist es so weit, noch ein wenig Geduld!"

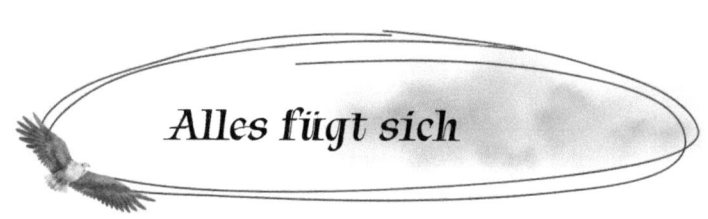

Alles fügt sich

Mr. Wayne entpuppte sich als echter Glücksgriff. Bereits am ersten Tag schien er schon über alles Bescheid zu wissen. Unauffällig übernahm er die Kontrolle, er besprach sich mit Jacky und Ben, brachte aber seine eigenen Vorstellungen mit ein und verfolgte hartnäckig seine Ziele.

In der Mittagspause ging er anfangs zurück zu seiner Pension, denn die mütterlich besorgte Mrs. Butcher bestand darauf, ihm reichlich zu essen zu geben, damit er etwas kräftiger würde. Doch bereits nach einer Woche hatte er durchgesetzt, dass Miss Lydia Butcher ihm jeden Tag ein liebevoll verpacktes Lunchpaket brachte, sodass er im Laden bleiben konnte und die Bücher schrieb und kontrollierte, während er sein Mahl verzehrte.

Allein diese Änderung nötigte Jacky Respekt ab, wobei sie auch den Verdacht hatte, dass Mrs. Butcher nur eingewilligt hatte, damit ihre Tochter etwas in den Vordergrund trat. Mr. Wayne war nichts anderes als ausgesprochen höflich zu Miss Lydia, doch fürchtete Jacky, dass ihm das nicht lange etwas nützen würde. Allerdings war gegen eine Ehe mit Lydia Butcher sicher nichts einzuwenden, sie war ein etwas unschönes, jedoch sehr tüchtiges und resolutes Mädchen, das einen in Alltagsdingen so unbeholfenen Mann wie Mr. Wayne bestimmt gut versorgen würde.

Und allein das zählte, wie Jacky wusste. Schönheit war vergänglich, ein hart arbeitender Geschäftsmann musste sich auf seine Frau in erster Linie verlassen können, und Mr. Wayne war auch nicht gerade ein Ausbund an Männlichkeit, dem die Frauen einen zweiten Blick schenkten.

So zog sich Jacky im Verlauf der nächsten Wochen allmählich aus dem Betrieb zurück, überwachte zwar noch alles, aber widmete sich ihren Kindern, die sich freuten, dass ihre Mutter wieder mehr Zeit für sie hatte. Sie ging mit ihnen spazieren, fuhr auch ab und zu aus der Stadt und stieg mit ihnen auf den Hügel, um Roses Grab zu besuchen.

Sie erzählte den Kindern von ihrer kleinen Schwester, die nun Teil des großen Ganzen geworden war und zu ihnen durch den Wind, die Bäume und die Vögel sprach. Sie zeigte den Kindern auch die Kraft des Kreises und belehrte sie über die Mutter Erde, so wie sie es einst von Manyeyes gelernt hatte.

Maddie war noch zu klein, um zu verstehen, aber sehr empfänglich für alles, was mit der Natur zu tun hatte. Sie freute sich an den Blumen, an den Vögeln, und liebte es, auf einem Baum zu sitzen und sacht im Wind geschaukelt zu werden.

James dagegen hörte aufmerksam zu, wenn die Mutter erzählte, und begann auch kleine Botschaften aus allen möglichen Dingen zu legen. Er machte sich einen Spaß daraus, sein Essen auf dem Teller in bestimmte Ordnungen zu bringen und seine Mutter raten zu lassen, was er damit sagen wollte.

Es war inzwischen August geworden und die Sommerhitze hatte Denver im Griff.

Sam war nach Hause zurückgekehrt.

Er hinkte, sein Bein machte ihm Probleme, und Jacky dachte voller Sorge daran, dass man es Sam unmöglich zumuten konnte, ein Stockwerk höher zu ziehen, falls seine Wohnung unter dem Dach ausgebaut werden würde. Er stöhnte schon jedes Mal herzerweichend, wenn er in den ersten Stock hinaufsteigen musste. Sie brauchten eine andere Lösung.

Es stellte sich heraus, dass Mr. Wayne sich ebenfalls Gedanken darüber gemacht hatte.

Nach einem arbeitsreichen Tag bat er Jacky und Ben um ein Gespräch.

„Mrs. und Mr. Hart, ich mache mir Sorgen um Mr. Warner, er wird nicht jünger, verzeihen Sie bitte, aber das ist eine Tatsache, und ich fürchte, wir müssen auf Dauer auf seine Konstitution sehen. Er wird auch in Zukunft nur schwer in der Lage sein, Treppenstufen zu bewältigen. Sollte das Dach wie geplant ausgebaut werden und der Laden zweistöckig sein, ist es auch für die Kunden nicht sehr angenehm, Stufen zu steigen.

Ich möchte mir erlauben, Ihnen einen etwas ungewöhnlichen Vorschlag zu machen: Die Otis Elevator Gesellschaft hat schon vor Jahren einen sicheren Fahrstuhl entwickelt, der von einer Kurbel betrieben wird. Es wäre keine große Herausforderung, diesen hier zu bauen, und alles, was man benötigt, ist ein Liftboy, der die Kurbel bedient. In New York habe ich so etwas dutzende Male gesehen und auch benutzt. Selbst in San Francisco beginnt man, Fahrstühle zu bauen. Schon allein deshalb könnte das Geschäft hier zukünftig ein Magnet für Kunden sein und Mr. Warner könnte auch im hohen Alter bequem seine Wohnung erreichen, egal, in welchem Stockwerk sie zukünftig liegen mag."

Ben und Jacky starrten Mr. Wayne eine Weile nur an.

Dann fand Ben seine Worte wieder.

„Sie sind überzeugt, dass so ein Fahrstuhl wirklich sicher ist und funktioniert?"

„Mr. Hart, in New York vertrauen Tausende von Menschen jeden Tag auf diese Technik, ich kann Ihnen Schriften von der Otis Elevator Gesellschaft besorgen, sodass Sie sich einlesen können. Glauben Sie mir, diese

Art der Personenbeförderung wird unser Leben in Zukunft sehr erleichtern. Haben Sie eine Vorstellung, wie hoch die Häuser sind, die inzwischen in New York gebaut werden? Sieben Stockwerke sind keine Seltenheit. Ich selbst war vor drei Jahren im Tribune Building und habe einen dieser dampfbetriebenen Fahrstühle benützt. Es ist ein technisches Wunder."

Jacky staunte. Sieben Stockwerke! Unvorstellbar. Wie hoch mussten diese Häuser sein!

Sie nickte Mr. Wayne strahlend zu.

„Ich finde, das ist eine glänzende Idee, Mr. Wayne. Besorgen Sie bitte alle Unterlagen, und wenn wir mit dem Ausbau beginnen, werden wir einen dieser Fahrstühle mit einplanen. Das nimmt uns noch einmal bisher unlösbare Probleme. Vielen Dank!"

Mr. Wayne verbeugte sich höflich und empfahl sich. Seine Wirtin würde schon auf ihn warten und er wollte nicht unpünktlich sein.

Ben schloss Jacky in seine Arme.

„Es kann nicht sein, dass sich nach all den Problemen plötzlich alles so gut fügt, es kann einfach nicht sein!"

„Doch, es ist so, Ben, wir schaffen alles, was wir wollen! Diesen Mr. Wayne hat uns der Himmel geschickt. Ich will gleich mit Vater sprechen, was er davon hält."

Sam war zunächst etwas skeptisch, aber er vertraute Ben und Jacky und wusste, sie würden kluge und sinnvolle Entscheidungen treffen, sie hatten bisher auch alles richtig gemacht.

Die Einladung

Der nächste Tag brachte eine neue Überraschung: Ein Bote übergab eine schriftliche Nachricht von Matthew Wilson an Mrs. und Mr. Hart persönlich.

Erstaunt öffnete Jacky das Schreiben und las:

Sehr geehrte Mrs. und Mr. Hart,
ich würde Euch gerne zu einem gemeinsamen Abendessen einladen,
um etwas Geschäftliches zu besprechen.
Ich habe für Samstag, den 25.8., um 7 Uhr einen Tisch im Capelli's
Place reservieren lassen und hoffe, in einer neutralen Umgebung
können wir vorangegangene Differenzen und Unstimmigkeiten
bereinigen und uns auf eine zukünftige Zusammenarbeit einigen.
Mit respektvollen Grüßen
Matthew Wilson

Jacky reichte das Schreiben an Ben.

Er runzelte die Stirn.

„Aha, der feine Herr macht ein Friedensangebot? Zusammenarbeit mit ihm? Das kann er vergessen. Differenzen und Unstimmigkeiten, schöne Begriffe für das, was passiert ist, gerade mit Sam. Gehen wir hin?"

„Natürlich, Ben. Ich will ihm ins Gesicht sehen, wenn ich ihn nach dem Überfall auf Sam frage!"

„Das ist ein italienisches Restaurant, ich denke nicht, dass man dich dort auf ihn losgehen lassen wird, ohne dass man dich hinauswirft."

„Keine Angst, Ben, ich werde mich zivilisiert benehmen. Die Augen kratze ich ihm hinterher aus, wenn wir das Gebäude verlassen!"

Er hob in gespielter Strenge den Zeigefinger.

„So ungefähr habe ich mir das vorgestellt. Daher lass deine Pistole zuhause, keine Schießerei mehr!"

Jacky lachte.

„Natürlich nicht! Aber einladen lassen wir uns nicht, ich möchte das nicht."

„Nein, das werden wir auch so beantworten, ich will von Wilson nichts geschenkt."

So setzte Ben am selben Tag ein Antwortschreiben auf, dass sie einem Treffen zu dem Termin gerne zustimmen, aber keine Einladung annehmen würden.

Das Schreiben wurde an Wilson geschickt und Ben und Jacky waren sehr gespannt, was das Essen bringen würde.

Als es so weit war, kleideten sie sich sorgfältig. Jacky war immer noch in Schwarz und Ben trug einen dunklen Anzug. Vornehm ließen sie sich von Anthony zum Restaurant kutschieren. Der italienische Ober geleitete sie mit vielen Worten zu einem Tisch in einer Ecke, an dem schon Matt Wilson mit seiner Frau saß.

Das Lokal war gut besucht und es ging laut und lebhaft zu.

Jacky kannte Matts Frau bereits von dem Abend, an dem sie mit Sam bei den Wilsons gewesen war. Sie hieß Hortense und brachte kaum den Mund auf. Man merkte gleich, sie war eingeschüchtert und offenbar gewohnt, Matts Anordnungen widerspruchslos zu befolgen. Zugegeben, sie sah sehr gut aus und Jacky vermutete, dass Matt sie wegen ihrer Schönheit auch ausgewählt hatte. Hortense arbeitete jedenfalls nicht im Geschäft, sondern versorgte den Haushalt, so hatten sie es an jenem Abend auch erzählt. Mit Kindern war die Ehe allerdings noch nicht gesegnet worden.

Matt stellte Ben und Hortense einander vor, sie begrüßten sich alle, setzten sich nieder und tranken Champagner, den Matt bereits bestellt hatte.

„Der geht aber auf meine Rechnung, darauf bestehe ich", verkündete Matt.

Ben und Jacky sahen sich an und nickten. Sie konnten sich noch anderweitig revanchieren.

„Nun gut", meinte Ben friedfertig, „dann wollen wir auf diesen Abend anstoßen. Ich muss zugeben, wir sind gespannt, was Sie von uns wollen, Mr. Wilson."

„Lassen wir das Geschäftliche doch erst einmal beiseite, das Essen hier ist wirklich hervorragend und wir sollten das zunächst genießen."

Jacky schickte sich an, eine grobe Erwiderung zu machen, in der Art, dass nichts in Matts Gegenwart zu einem Genuss führen konnte, doch Ben, der ahnte, was kommen würde, warf ihr einen strengen Blick zu und schüttelte leicht den Kopf.

Sie hatte vorher fest versprechen müssen, nichts Unüberlegtes zu sagen und erst einmal Ruhe einkehren zu lassen, und daran erinnerte er sie.

Also schwieg Jacky. Vorerst!

So plauderten sie sich ein wenig befangen über den ersten Gang des Menüs hinweg, sprachen über banale Dinge wie das Wetter und den geplanten Ausbau der Eisenbahn Richtung Westen durch die Berge. Genaugenommen redeten nur Ben und Matt.

Hortense schien nichts zu sagen zu haben und alles, was Jacky von sich gegeben hätte, war nicht geeignet, das Gespräch friedlich zu halten. Sie kochte innerlich, aber beherrschte sich, was Ben ihr hoch anrechnete, denn er kannte sie und ihr Temperament.

Im Stillen verglich er sie mit Hortense und konnte es nicht verhindern: Er musste daran denken, dass eigentlich Jacky Matts Frau hätte werden sollen.

Würde Jacky ebenfalls so schüchtern am Tisch sitzen und sich kaum an der Unterhaltung beteiligen? Nein, unmöglich, sie hätte sich nie so unterbuttern lassen, an ihr hätte Matt sich die Zähne ausgebissen und viel öfter nach ihrer Pfeife tanzen müssen, als ihm lieb gewesen wäre. Er schien Frauen nicht zu respektieren. Jacky hätte ihn bestimmt sehr schnell eines Besseren belehrt und sich durchgesetzt.

Ben war wieder einmal froh, dass Jacky an seiner Seite war und nicht jemand wie Hortense, die zwar wunderschön aussah in ihren kostbaren Kleidern und mit dem wertvollen Schmuck, aber eben eher ein netter Zierrat war und keine selbstbewusste Frau, mit der man ein erfolgreiches Geschäft führen konnte. Freilich war es mit ihr nicht immer ganz einfach, aber er liebte sie genau so, wie sie war.

Nach dem Hauptgang konnte Jacky nicht mehr länger schweigen. Es war ihr schwer genug gefallen, sich die ganze Zeit über zurückzuhalten.

„Nun, Matt, wäre es nicht an der Zeit, dass du uns sagst, was du zu sagen hast, damit wir diese Farce hier beenden können?"

Matt blickte sie beleidigt an.

„Als eine Farce empfindest du das? Nun ich muss sagen ... Ich wollte mit euch sprechen, in Ruhe und Frieden, schließlich muss ich zugeben, dass ihr mir ernsthafte Konkurrenten geworden seid. Ich hätte niemals erwartet, dass ihr in so kurzer Zeit so erfolgreich sein würdet. Ja, ich habe euch unterschätzt, anscheinend war bei euch eine Menge Geld im Spiel. Mir war leider nicht klar, dass ihr in San Francisco so wohlhabend geworden seid. Das respektiere ich und ziehe meinen Hut vor euch. Man berichtete mir, ihr hättet einige Neuerungen eingeführt, ja, das muss man euch lassen, ihr seid ideenreich und habt Mut bewiesen.

Und auf einmal habt ihr auch noch einen neuen Geschäftsführer."

„Erzählst du uns jetzt endlich etwas Neues, Matt? Deine falschen Schmeicheleien kannst du dir nämlich sparen", unterbrach ihn Jacky ungeduldig.

Matt wandte sich an Ben.

„Ich hatte anscheinend großes Glück, dass Sie mir Jacky abgenommen haben, Mr. Hart, so eine Ehefrau muss doch äußerst anstrengend sein."

„Das Glück ereilte uns wohl beide", meinte Ben leichthin. „Ich habe jedenfalls gerne eine schöne und kluge Frau an meiner Seite, die mir den geschäftlichen Erfolg garantiert."

Er machte eine kleine Verbeugung in Jackys Richtung. Dann erfasste er Hortenses Blick und sie tat ihm leid. Wie musste es sich für sie anfühlen, wenn in ihrer Gegenwart eine andere Frau so hofiert wurde und ihr eigener Mann keine Anstalten machte, es Ben gleichzutun?

Also wandte er sich mit einer leichten Verbeugung auch an Hortense.

„Aber wenn wir von Schönheit sprechen, Mr. Wilson, dann kann ich Ihnen zu Ihrer Frau nur gratulieren!"

Matt sah sehr geschmeichelt aus und Hortense lächelte leicht.

Jacky verdrehte die Augen, sie wollte diesen unleidigen Abend endlich hinter sich bringen. Geduld und Diplomatie waren nun einmal nicht ihre Stärken.

„Kommen wir zum Punkt", beharrte sie. „Was willst du, Matt?"

Er blickte sie leicht amüsiert an.

„Immer mit der Ruhe, Jacky! Vielleicht solltest du mich einfach ausreden lassen."

„Bitte!"

Er räusperte sich und fuhr fort.

„Nun gut, wie gesagt, ich habe euch unterschätzt und muss nun mit dieser Konkurrenz leben. Wie es im Geschäftsleben so läuft, würden wir uns alle leichter tun, wenn wir bestimmte Sachen vereinbaren würden, wir können uns zum Beispiel einigen, auf welche Produkte wir jeweils besonders Wert legen, sodass wir uns nicht gegenseitig unterbieten müssen."

„Wir haben es nicht nötig, dich zu unterbieten, unsere Qualität ...", fuhr Jacky auf.

Ben griff ein.

„Jack, bitte, lass ihn wenigstens ausreden! Wir sind doch hier, um zu hören, was er uns zu sagen hat."

„Ich glaube, ich will das gar nicht hören."

„Das wäre sehr schade, Jacky", meinte Matt ungerührt. „Unter Geschäftsleuten sollte man sich eigentlich verstehen meint ihr nicht?"

Ben gab ihr unter dem Tisch einen warnenden Tritt mit dem Fuß und wandte sich Matt zu: „Bitte, Mr. Wilson, fahren Sie fort, ich bin immer noch gespannt."

Matt nickte ihm zu.

„Nun gut, Mr. Hart, dann für Sie, du kannst ja einstweilen weghören, Jacky. Ich habe erfahren, dass Sie auf absehbare Zeit Denver wieder verlassen werden und das Geschäft in fremde Hände legen. Das bedeutet ein gewaltiges Risiko, noch dazu, wenn es unerfahrene Hände zu sein scheinen, Ihr neuer Geschäftsführer macht zumindest einen sehr unbedarften Eindruck. Daher dachte ich, wir sollten uns vorher einigen. Zum einen auf die besondere Auswahl der Waren, und zum anderen sollten wir einen Vertrag schließen, dass wir uns gegenseitig nicht weiter in die Quere kommen und uns Kunden abspenstig machen, sondern einfach davon ausgehen, dass Denver wachsen wird und groß genug ist für uns beide. Dann kann Ihr sogenannter Geschäftsführer gefahrlos schalten und walten und nichts kaputtmachen, und ich habe meine Ruhe vor euch. Und ihr vor mir. Wie klingt das?"

„Heißt das dann, dass auch Sam wieder gefahrlos auf die Straße kann, ohne von deinem bezahlten Lumpengesindel überfallen zu werden?"

Jackys Stimme triefte vor unterdrückter Wut.

Ben seufzte leicht. Nun war es so weit, sie konnte einfach nicht aus ihrer Haut.

Matts Gesicht wurde ebenfalls zornig.

„Meine liebe Jacky, ich habe von deinen haltlosen Anschuldigungen bereits gehört, sogar der Sheriff war bei mir, unglaublich! Du kannst von Glück reden, dass ich fand, ihr hättet schon genug Schlimmes erlebt, so habe ich euch nicht wegen übler Nachrede angezeigt. Ein für alle Mal, ich hatte damit nichts zu tun! Ich mag im Geschäftsleben harte Methoden anwenden, aber so etwas kannst du mir nicht unterstellen, ich kenne Sam mein Leben lang und schätze ihn sehr, ich ging in seinem Haus ein und aus, er wäre beinahe mein Schwiegervater geworden, wie du ja nur zu gut weißt. Unsere Eltern waren befreundet, glaubst du im Ernst, ich wollte ihm das antun?"

„Du hast uns bedroht kurz vorher."

„Das bezog sich bestimmt nicht auf einen Überfall, wie käme ich dazu ... Es gibt andere Leute in Denver, die euch Böses wollen, warum habt ihr da nicht nachgeforscht? Ich dachte, ihr hättet Erfahrung mit Verbrechern und wie man sie auftreibt? Aber für euch war die Sache von Anfang an klar, nicht? Es gab keinen Grund, die wahren Täter zur Verantwortung zu ziehen, wenn doch der böse Mr. Wilson den perfekten Sündenbock abgibt. Jetzt sage ich euch mal eines: Ein paar Tage nach dem Überfall kam ein Kerl zu mir, den ich nicht kannte, und er behauptete, er hätte das für mich getan, und er wollte Geld für seine Gefälligkeit.

Und falls ich bereit wäre zu zahlen, würden sie euch und euer Geschäft richtig fertigmachen. Ich warf ihn hinaus, noch bevor er ausreden konnte. Ich habe das auch dem Sheriff erzählt, als er kam und die Stirn hatte, mich zu beschuldigen. Ich wette, er hat euch nicht darüber informiert!"

Jacky wurde unsicher. Hatten sie Matt zu Unrecht beschuldigt? Und was war das für eine Geschichte mit diesem Mann, ob das tatsächlich stimmte?

Sie sah Hortense an, die ihren Blick erwiderte, leicht nickte und Matts Hand fasste.

Das gab den Ausschlag. Hortense, die von ihrem Mann offensichtlich unterdrückt wurde und Angst vor ihm hatte, hätte nicht seine Partei ergriffen, wenn sie nicht von seiner Unschuld überzeugt gewesen wäre. Sie hätte den Kopf gesenkt und Jackys Blick gemieden.

Ben straffte die Schultern, auch er war sehr nachdenklich geworden.

„Mr. Wilson, wir haben Sie nie öffentlich beschuldigt, das müssen Sie uns glauben."

„Sie hat es soeben getan!" Matt wies auf Jacky.

Sie kämpfte mit sich.

„Ich nehme das zurück, Matt. Und ich habe zu keinem anderen etwas gesagt, nur jetzt zu dir", erklärte sie schließlich kleinlaut. „Du warst es wirklich nicht? Gib uns dein Wort!"

„Jacky, Mr. Hart, ich schwöre hiermit, dass ich mit dem Überfall auf Sam nichts zu tun hatte. Das Ganze hat mir im Übrigen sehr geschadet", fuhr Matt fort. „Man feindete mich öffentlich an, nur die Tatsache, dass mein Gewissen in dieser Angelegenheit rein ist, hat mich davon abgehalten, rechtliche Schritte zu unternehmen. Ich sage nur, wer mich kennt, weiß, dass das nicht meine Methoden sind und alle anderen können mir den Buckel hinunterrutschen."

Ben dachte bei sich, dass viele Leute in Denver Wilson diese Sache durchaus zugetraut hatten, aber so, wie er es darstellte, gab es kaum Zweifel an seiner Unschuld.

Und nun glaubte Ben auch zu verstehen, warum Wilson Frieden und Einigung mit ihnen wollte. Jacky und Ben würden ihm helfen, seinen guten Ruf wiederherzustellen.

Nur, wer hatte dann den Überfall veranlasst?

Es musste also noch jemanden geben. Fred Warner war weg, aber war er das in Wahrheit? Sie hatten bloß sein Wort, dass er sich in den Osten begeben würde.

Je mehr Ben nachdachte, desto größer wurde sein Unbehagen. Fred hatte ebenfalls Grund gehabt, Sam vor der Änderung des Testaments beiseitezuräumen.

Ben beschloss, jemanden zu engagieren, der Fred suchen sollte, sie mussten sichergehen, dass er nicht länger in Denver weilte.

Oder war es doch Sheriff Bow gewesen? Aber warum? Welchen Grund hatte er gehabt, ausgerechnet Sam anzugreifen? Das ergab eigentlich nur einen Sinn, wenn der Sheriff Geld brauchte und gedacht hatte, er könne Wilson als Geldquelle anzapfen, falls er für ihn die Konkurrenz aus dem Weg schaffte.

Natürlich konnte das auch jeder andere als Sheriff Bow gewesen sein, Schurken gab es genug und man munkelte bereits, dass in Denver in einigen Saloons Schutzgeldzahlungen üblich waren.

Ja, je länger Ben überlegte, desto wahrscheinlicher erschien ihm diese Möglichkeit, gerade weil Sam überlebt hatte und das Ganze als Warnschuss zu verstehen war. Wilson und auch Fred hätte das alles nur etwas genützt, wäre Sam tot gewesen, und das konnte man mit einem Schuss einfacher erledigen als mit so einem brutalen Überfall.

Ben blickte auf.

Ein längeres Schweigen war eingetreten, auch Jacky hatte sich ihre Gedanken gemacht und sah Ben an.

„Ich fürchte, wir haben Matt tatsächlich Unrecht getan", gestand sie. „Aber es erschien so klar, der Zeitpunkt war so gut ausgewählt. Es tut mir wirklich leid, Matt, ich will zwar gegen dich konkurrieren, aber nicht so, nicht mit falschen Verdächtigungen. Wir hätten gleich miteinander reden sollen, nur das erschien undenkbar, nach deinen Auftritten bei uns im Laden. Und dieser Punkt bleibt. Du hast versucht, meinen Ruf zu ruinieren, du hast mich verdächtigt, mit Jesse ein Verhältnis und eine kriminelle Vergangenheit zu haben, und das vor Kunden, Matt, das kann ich dir leider nicht verzeihen."

„Ich habe nicht ..."

„Rede dich nicht heraus, Matt!", unterbrach sie ihn zornig. „Deine Andeutungen haben genügt, nur, dass kaum einer ihnen zum Glück Glauben schenkte."

„Also gut, ja, das war nicht fein, aber so läuft es im Geschäftsleben. Und dass du im Gefängnis warst, willst du wohl jetzt nicht abstreiten?"

„Ja, ich war im Gefängnis, aber ich habe nichts Unrechtes getan, sonst wäre ich nicht frei."

„Jemanden zu erschießen ist also kein Unrecht?"

„Es kommt darauf an, wen man warum erschießt, das weißt du genau! Ich hatte meine Gründe und der Richter sowie der Gouverneur von Wyoming empfanden meine Tat als einen Akt der Gerechtigkeit. Das kannst du meinetwegen schriftlich haben."

Matt grinste hämisch.

„Man kann sich seine eigene Gerechtigkeit schon formen, wie man bei dir deutlich sieht, liebste Jacky."

„Mr. Wilson, das geht nun alles zu weit, fürchte ich", griff Ben ruhig ein. „Ich denke, wir werden uns verabschieden, ein Weiterführen dieser Diskussion erscheint mir nicht sinnvoll."

„Haben Sie Angst vor der Wahrheit, Mr. Hart?", fragte Matt süffisant.

„Die Wahrheit ist, dass meine Frau ihre sehr guten Gründe für ihr Handeln hatte, und ich jeden einzelnen dieser Gründe nachvollziehen kann und daher meine Frau mit allen mir zur Verfügung stehenden Mitteln unterstützt habe und weiterhin unterstützen werde. Mehr habe ich dazu nicht zu sagen. Gehen wir, Jack?"

„Jetzt, wo es endlich interessant wird, Ben? Wenn wir doch bei den Wahrheiten sind, die ausgesprochen werden sollen ..."

„Nur zu Jacky, sprich dich aus", forderte Matt.

„Also gut! Lass mich, Ben!" Sie wandte sich aus Bens Griff, als er sie vom Stuhl hochziehen wollte.

Er gab nach, er wollte keinen Kampf mit seiner Frau vor den Augen Matt Wilsons ausführen.

Matt zog spöttisch die Augenbrauen hoch, aber sagte nichts. In seinen Augen stand Ben sowieso klar unter Jackys Fuchtel.

Sie holte tief Luft und es brach aus ihr heraus.

„Die Wahrheit, Matt, ist, dass du schon immer gierig und verlogen warst und nur auf deinen Vorteil aus. Ich hätte dich niemals geheiratet, denn ich kannte dich! Ich habe nur wegen meiner Mutter dieser Verlobung zugestimmt, sie ließ mir damals keine Wahl. Und ich für meinen Teil lehne jegliche Zusammenarbeit mit dir ab, ich hoffe, dass Ben und Jesse meiner Meinung sein werden. Dass ich dich wegen Sam verdächtigte, tut mir leid, aber alles andere bleibt bestehen. Und ich bin nun auch dafür, diesen Abend zu beenden!"

„Einen Moment noch, Jacky!"

Matts Gesicht zeigte keine Regung, es schien, als sei er vollkommen ungerührt.

„Ich habe es im Guten versucht, aber ihr geht nicht darauf ein, und ungestraft beleidigen lasse ich mich von dir gewiss nicht. Also bleiben wir im Kriegszustand und schaden uns gegenseitig, wo wir nur können, wenn es das ist, was ihr wollt. Sehr schade, es könnte anders laufen! Es sieht dir ähnlich, eine ausgestreckte Hand wegzuschlagen, Jacky. Aber Hochmut kommt vor dem Fall, merke dir das."

„Ja, hat man an dir gesehen", giftete Jacky. „Erst große Töne, nun kommst du klein angekrochen!"

„Es reicht, Jack!"

Bens Stimme war nur leicht erhoben, aber das genügte für sie zu erkennen, dass er es diesmal ernst meinte. Sie erhob sich daher folgsam und reichte Hortense die Hand.

„Vielen Dank für die angeregte Unterhaltung, es war ein netter Abend." Diese kleine Spitze konnte sie sich einfach nicht verkneifen, Hortense hatte den ganzen Abend kaum etwas gesagt.

Ben verbeugte sich leicht vor ihr und sagte um einiges höflicher: „Es war nett, Sie kennenzulernen, Mrs. Wilson. Ich wünsche Ihnen beiden noch einen schönen Abend! Auf Wiedersehen, Mr. Wilson."

Er nahm Jacky am Arm und geleitete sie zum Empfangstresen. Sie bezahlten ihr Essen und machten sich auf den Heimweg.

„Das ging ja wohl vollkommen daneben", meinte Ben. „Jack, du solltest lernen, etwas diplomatischer zu sein. Du hast ihn regelrecht provoziert."

„Ben, was soll das? Er hatte nie vor, mit uns zu verhandeln, hast du das nicht gemerkt?"

„Nein, woraus schließt du das? Ich vermutete nämlich, dass er mit uns zu einer Einigung kommen wollte, damit wir seinen Ruf wieder herstellen."

Sie schüttelte entrüstet den Kopf.

„Er konnte unmöglich glauben, dass ich darauf eingehen würde, so wie er sich mir gegenüber benommen hat. Frag Jesse! Er war einfach unverschämt bei seinen Besuchen im Laden. Nein, er wollte uns und vor allem dich besser kennenlernen, damit er weiß, wo er angreifen kann, und nebenbei wollte er natürlich klarstellen, dass er mit dem Überfall nichts zu tun hatte. Wir haben ihm das perfekte Bild gegeben, Ben, er denkt, du stehst unter meinem Pantoffel, er traut dir absolut nichts mehr zu."

Er drückte sie an sich.

„Ich hatte heute teilweise wirklich das Gefühl, unter deinem Pantoffel zu stehen …"

„Unsinn! Wenn du ernsthaft durchgegriffen hättest, hätte er schon gesehen, was für ein braves und folgsames Eheweib ich doch in Wahrheit bin!"

Ben verschluckte sich fast vor Lachen.

„Ja, da hast du natürlich recht, ich bin der Boss, aber du kennst ihn einfach besser, da dachte ich, ich lasse dich machen. Nun gut, Freundschaft haben wir nicht geschlossen, es läuft also weiter wie bisher."

Sie wechselte das Thema, denn es ging ihr nicht aus dem Kopf.

„Ben, wer hat denn nun Sam überfallen?"

Er zögerte mit der Antwort.

Dann teilte er Jacky doch seine Überlegungen mit.

Sie schwieg eine Weile und dachte nach.

„Fred war es nicht!", sagte sie schließlich fest.

„Wie kannst du dir so sicher sein?"

„Er hat es mir versprochen, es tat ihm leid, was mir passiert war, und er hat genug von mir bekommen, um eine Weile gut davon zu leben."

„Deinen Glauben an die Menschheit möchte ich haben! Ich werde dennoch nach ihm suchen lassen. Sicher ist sicher!"

„Dieses Geld kannst du sparen. Somit bleiben der undurchsichtige Sheriff Bow oder irgendwelche anderen Kerle, die Einblick haben, was in Denver läuft. Suche lieber nach Bow!"

„Ich werde nach beiden suchen lassen, Jack. Und nichts wird mich davon abhalten, auch du nicht!"

Bens Entschluss stand fest. Er wollte kein Risiko mehr eingehen.

Sie gab nach und gähnte.

„Tu, was du nicht lassen kannst. Wirf das Geld zum Fenster hinaus! ... Oh, bin ich müde, wir reden morgen weiter."

Da sie zuhause angekommen waren, betraten sie das Haus und begaben sich gleich zur Ruhe.

Es war ein anstrengender Abend gewesen.

Wer steckte dahinter?

Ben hielt Wort und engagierte zwei Männer, die sich auf die Suche nach Fred Warner und dem ehemaligen Sheriff Bow machen sollten, doch beide waren spurlos verschwunden, es gab keine Ergebnisse.

Und dann kam ein Telegramm aus San Francisco:

```
                Post San Francisco
                    Telegramm

BRANDON JONES AM 27.8. GESUND GEBOREN STOPP SUE WOHLAUF
STOPP SIND SEHR GLÜCKLICH STOPP
JESSE
```

Jacky und Ben freuten sich sehr und schickten umgehend ein Glückwunschtelegramm zurück.

„Sie haben einen gesunden Sohn", seufzte Jacky erleichtert. „Jesse wird so stolz sein! Wie kamen sie auf den Namen ‚Brandon'?"

„Jesses Vater heißt so", erklärte Ben.

Jacky hatte weder Bens noch Jesses Eltern jemals kennengelernt und oft vergaß sie, dass die beiden auch Familien hatten. Sie lebten allerdings sehr weit entfernt und waren einfache Leute, die nicht oft schrieben und sich wenig dafür interessierten, welches Leben ihre Söhne führten. Dennoch wusste Jacky, dass es Bens Wunsch war, seine Eltern irgendwann mit seiner Frau und den Kindern zu besuchen, nur hatte sich bis jetzt keine Gelegenheit dazu ergeben.

Sie betrachtete das Telegramm wehmütig.

Sue konnte nun ein kleines Kind in den Armen halten, während ihre geliebte Tochter in einem kalten Grab lag. Es schmerzte immer noch, das Gefühl der Leere in ihrem Körper, der doch eigentlich ein Leben in sich tragen müsste, wurde ihr erneut bewusst. Heimlich wischte sie die Tränen fort, bevor Ben sie bemerkte, und verschwand in den Hintergarten. Dort beschäftigte sie sich mit den Rosenbüschen, die inzwischen viel Pflege erhalten hatten und wunderbar gediehen. Stolz und prächtig wuchsen sie an ihrem Spalier empor und Jacky schien es, als würden die duftenden Blumen ihr leise zuflüstern, so wie die Bäume es machten. Es war ein zartes Wispern, nur für sie vernehmbar.

Tröstend und stärkend.

Sanft strich sie über die Blüten und vor allem über die Knospen, die ihre Schönheit noch verbargen, aber bald zeigen würden.

Und die kleine Rose war Teil davon.

Für Jacky lebte sie in den Rosen und hielt stumme Zwiesprache mit ihrer Mutter.

James riss sie für den Moment aus ihrer Trauer und bestand darauf, mit ihr Fangen zu spielen. Maddie beteiligte sich halb krabbelnd, halb stolpernd an der wilden Jagd und bald konnte Jacky wieder aus ganzem Herzen lachen. Es tat so gut, die Kinder um sich zu haben und sie glücklich zu sehen.

Ben setzte sich noch am selben Tag hin und schrieb einen langen Brief an Jesse, es war ihm einfach ein Bedürfnis, sich seinem besten Freund mitzuteilen und ihn auf dem Laufenden zu halten.

Denver, 28. August, 1977

Lieber Jesse,

wie müsst Ihr stolz und glücklich sein über den kleinen Brandon.

Wir freuen uns unglaublich für Euch und es tut uns so leid, dass wir

nicht bei Euch sein können. Richte bitte Sue unsere besten Grüße
aus, ich bin sicher, sie wird Eurem Sohn die fürsorglichste und
liebevollste Mutter sein, die man sich vorstellen kann.

Wie schön wäre es, wenn wir es miterleben könnten. Aber bald
werden unsere Kinder miteinander spielen und alles wird so sein, wie
es sein sollte.

Hier gibt es ein paar Neuigkeiten. Matt Wilson hat Jacky und mich
zu einem Essen eingeladen (das wir natürlich selbst bezahlten und
das nicht gerade in Frieden endete, du kennst Jack, sie nimmt sich
kein Blatt vor den Mund) und er versicherte sehr glaubhaft, mit
dem Anschlag auf Sam nichts zu tun zu haben.

Wer bleibt dann noch? Angeblich ist jemand an Wilson
herangetreten und wollte sich dafür bezahlen lassen, dass er uns
fertigmacht. Wilson behauptet, er hätte den Kerl hinausgeworfen.
Aber ob das stimmt?

Es ist nun leider so, dass ich in der Sache keinem mehr wirklich traue.
Wilson, Bow oder sogar Fred Warner?

Jack meint, man könne Wilson ausschließen, sie machte das an der
Reaktion von Wilsons Frau fest, die sich verraten hätte, hätte sie
etwas darüber gewusst. Die Frage stellt sich natürlich, was Wilsons
Frau überhaupt weiß, er vertraut ihr sicher nicht besonders viel an,
die ganze Sache bleibt also undurchsichtig.

Jack will auch nichts davon hören, dass Fred sich noch hier
herumtreibt. Ich habe nach ihm und Bow suchen lassen, von beiden
fehlt jede Spur.

Anthony hat eine Weile im Laden übernachtet, um eventuelle
Anschläge zu verhindern, aber es ist ruhig geworden jetzt, das
Geschäft läuft auch gut, die ersten Gewinne lassen sich sehen. Wir
haben Stammkunden, und dieser Mr. Wayne ist wahrlich ein

Gottesgeschenk. Wir machen daher bereits Pläne für unsere
Rückkehr nach San Francisco, nur müssen wir erst warten, bis Sam
sich völlig erholt hat und wieder bewegungsfähiger ist.

Die gute Claire hat sich allerdings bereiterklärt, länger zu bleiben und
auf Sam zu achten.

Mich beunruhigt es sehr, dass wir immer noch nicht wissen, wer für
den Angriff auf Sam verantwortlich war. Solange diese Frage nicht
geklärt ist, fahre ich ungern nach Hause, aber vielleicht werden wir
diesen Fall nie auflösen können.

Jedenfalls habe ich wenig Lust, hier den Herbst abzuwarten, Jack
genauso, es wird September. Ich möchte vor dem Winter auf jeden
Fall zurückkehren und ich bin so gespannt auf den kleinen Brandon.
Sieht er Dir wenigstens ähnlich?

Wir wünschen Euch beiden eine schöne gemeinsame Zeit, denkst Du
daran, die neusten Zahlen zu schicken? Jack ist schon wieder
beunruhigt, weil sie so lange nichts aus San Francisco gehört hat, Du
kennst sie ja, wenn sie nicht alles im Griff hat, ist sie nur ein halber
Mensch. Auch wenn sie sich scheinbar zurückzieht, weiß sie doch
immer über alles genau Bescheid.

Bis hoffentlich bald

Ben

Ben brachte den Brief noch am selben Tag zur
Poststelle und begab sich erneut zu den Männern, die er
mit der Suche nach Fred Warner und Quentin Bow
beauftragt hatte. Sie waren bereit, noch weiterzumachen,
hatten aber wenig Hoffnung, etwas zu erreichen.

„Niemand hat von den beiden gehört oder sie
gesehen, unserer Meinung nach sind sie aus der Stadt
verschwunden. Mr. Hart, wir haben sämtliche Kanäle
und Informanten bemüht. Aber wenn Sie es wünschen,

werden wir noch einmal alle Hebel in Bewegung setzen!"

„Tun Sie das, es ist wichtig, wir müssen wissen, woran wir sind!"

Ben kehrte sehr nachdenklich nach Hause zurück und fand einen vollen Laden vor, in dem alle Beschäftigten gut zu tun hatten.

Er freute sich sehr und half sofort mit, die Kunden zu bedienen. Selbst Jacky war geholt worden, denn man war mit dem Andrang nicht fertig geworden. Der Ausbau des Geschäfts war nun eine Notwendigkeit und Jacky hatte bereits Pläne zeichnen lassen und auch die Fahrstuhlgesellschaft angeschrieben, sie warteten alle gespannt auf die Antwort.

Die nächsten Tage vergingen in Arbeit und reger Geschäftigkeit.

Es war am 2. September, als gegen Mittag aus heiterem Himmel ein Botenjunge einen Brief brachte, der an Jacky persönlich adressiert war und dem ein schwerer Parfümduft anhaftete.

Verehrte Mrs. Hart,
Sie baten mich, Ihnen Bescheid zu sagen, wenn Mr. Bow wieder hier ist. Gestern war er kurz bei uns im Saloon. Aber er hat nicht von Ihnen gesprochen.
Seien Sie trotzdem auf der Hut!
Ergebenst
Lucy Hunter

Jacky hatte den Brief sofort gelesen und Ben gezeigt.

Er nickte besorgt mit dem Kopf.

„Ja, das habe ich heute morgen von meinen Männern auch schon erfahren, hab keine Sorge Jack, man beobachtet ihn, er wird nichts anstellen können."

„Du glaubst also, er steckte hinter allem?"

„Es ist möglich, nicht?"

Jacky seufzte.

„So ein richtig geruhsames Leben kriegen wir beide einfach nicht hin."

Ben legte fest den Arm um ihre Schultern.

„Niemand wird uns etwas antun können, wir haben alles Menschenmögliche dafür getan."

Und doch war es nicht genug gewesen!

Die Falle

Die nächsten Tage waren sie äußerst wachsam, doch nichts geschah und so ließ die Anspannung wieder ein wenig nach.

Mr. Wayne hatte mit ihnen besprochen, dass neue Lagerräume angemietet werden sollten, und Ben wollte sich darum kümmern. Er bekam sehr bald ein günstiges Angebot für ein leerstehendes Gebäude in der Nähe des Bahnhofs der Union Pacific Railway und er beschloss, sich schon am selben Tag alles anzusehen.

Jacky hatte einstweilen begonnen, ihre Rückreise nach San Francisco vorzubereiten, hatte sich bereits nach Zügen erkundigt, und ein großer Koffer war schon auf der Reise. Sie freute sich darauf, Denver endlich wieder zu verlassen. Natürlich war sie neugierig auf Jesse, Sue und den kleinen Brandon und konnte es gar nicht mehr erwarten, die drei zu sehen.

Es wurde Zeit, sich um die Lagerhalle zu kümmern, daher machte Ben sich am frühen Nachmittag auf zum Bahnhof, um den Vermieter zu treffen, während Jacky im Laden half. Sie hatte eigentlich mitgehen wollen, wurde aber dringend gebraucht, da viele Kunden anwesend waren.

Zuerst vermisste sie Ben nicht, als er jedoch nach zwei Stunden noch nicht zurück war, wurde sie unruhig. So lange dauerte eine Besichtigung doch nicht.

Mittendrin kam ein Bote mit einer Nachricht zu ihr.

Mrs. Hart,
Ihr Mann bittet Sie, gleich zu dem neuen Lagerhaus zu kommen,
Sie sollen es sich ansehen.
Frank Brewer

Sie war erstaunt und machte sich sofort fertig, doch dann stutzte sie, etwas an der Nachricht war seltsam. Erneut las sie den Zettel.

Frank Brewer war der Vermieter des Lagerhauses, das wusste sie, aber warum hatte Ben nicht selbst geschrieben? Und wieso sollte sie es sich ansehen?

Das konnte Ben doch allein entscheiden.

Sie sah sich vergeblich nach Anthony um, er war weggefahren und niemand sonst war abkömmlich.

Also musste sie wohl oder übel allein hingehen. Immerhin sagte sie noch Claire und Mr. Wayne Bescheid, warf sich ihr Schultertuch über und ritt mit ihrem Pferd zum Bahnhof der Union Pacific Railway. Schon in wenigen Tagen würden sie dort in den Zug nach Cheyenne steigen, wenn es nur schon so weit wäre!

Am Bahnhof angekommen suchte sie das Lagerhaus, von dem Ben gesprochen hatte, und fand es in einer kleinen, unbelebten Seitenstraße.

Kein Mensch war zu sehen, von der Hauptstraße dagegen drang der übliche Lärm. Unbehaglich blickte sie die Gasse hinauf und hinunter.

Sie verspürte ein warnendes Kribbeln am Rücken. Irgendetwas war hier ganz und gar nicht in Ordnung. Zögernd stieg sie vom Pferd und holte ihre Waffe aus der Satteltasche. Mehrmals drehte sie sich um, vergewisserte sich, dass niemand sie beobachtete, und verbarg die Pistole unter ihrem Schultertuch.

Dann spähte sie durch eins der schmutzigen Fenster des Lagerhauses, konnte aber nichts außer leeren Räumen erkennen.

„Ben? Bist du da?", rief sie und erschrak über ihre eigene Stimme.

Leise öffnete sie die Tür und betrat die riesige Lagerhalle, in der sich noch vereinzelte Holzstöße befanden, anscheinend hatte man hier Holz gehandelt. Alles war dreckig und verstaubt und überall fanden sich Spinnweben.

Sie wagte es nicht, noch einmal nach Ben zu rufen, sie machte sich inzwischen große Sorgen. War er verletzt? Hatte man ihn vielleicht ins Hospital gebracht?

Alles in ihr schrie, sie solle verschwinden, doch sie hörte nicht darauf und spähte um einen großen Holzstoß.

Das Herz blieb ihr beinahe stehen vor Schreck.

Im Dämmerlicht erkannte sie Ben.

Ben, der gefesselt am Boden lag und verzweifelt versuchte, ihr trotz seines Knebels etwas mitzuteilen. Er warf sich hin und her, hatte aber keine Chance, sich zu befreien.

Jacky vergaß alle Vorsicht und rannte zu ihm. Völlig außer Atem beugte sie sich hinunter.

„Was ist passiert?", fragte sie und entfernte rasch den Knebel.

Doch die Antwort hörte sie nicht mehr, ein Schatten huschte über sie hinweg und ein heftiger Schlag auf den Kopf ließ sie ins Dunkle sinken.

Mühsam erwachte sie. Sie rang nach Atem, denn ihr Mund war mit einem Knebel verschlossen. Ihr Kopf schmerzte und sie wurde sich allmählich bewusst, dass ihre Hände auf den Rücken gefesselt waren und sie auf einem Stuhl saß. Widerwillig öffnete sie die Augen und bemühte sich, klar zu sehen.

Was sie erblickte, ließ sie kurz erstarren.

Ihr gegenüber lag Ben am Boden, Ben, der immer noch versuchte, ihr etwas zu sagen, trotz des Tuches um seinen Mund.

Sie war doch gerade bei ihm gewesen? Wieso saß sie auf einem Stuhl? Wie kam sie hierher?

Sie wollte aufstehen, zu Ben gehen, aber er schüttelte heftig den Kopf und stieß gequälte Töne hervor.

Also blieb sie sitzen und sammelte sich. Ihr Kopf schmerzte stark und drohte zu zerspringen.

Was war nur passiert? War sie niedergeschlagen worden?

Allmählich konnte sie Ruhe in ihre rasenden Gedanken bringen und erinnerte sich an die letzten Minuten, als sie das Lagerhaus betreten hatte.

Sie schalt sich selbst, dass sie so leicht in die Falle gegangen war, aber es war helllichter Tag gewesen und sie hatte nicht wirklich damit gerechnet, dass es tatsächlich jemand wagen würde, sie anzugreifen. Auch wenn alles in ihrem Körper sie gewarnt hatte.

Warum nur hatte sie nicht auf ihren Instinkt vertraut und war sofort geflohen? Doch was wäre dann mit Ben geschehen?

Immer wacher werdend blickte sie an sich herab, ihre Hände waren nach hinten an die Lehne eines Stuhls gefesselt, ihre Füße an die Stuhlbeine gebunden.

Sie hätte gar nicht aufstehen können. Was sollte sie nur tun? Den Stuhl umwerfen?

Ben warf ihr verzweifelte Blicke zu, auch er hatte keine Chance, etwas zu tun.

Nach einer Weile hörten sie schwere Schritte aus dem Nebenraum. Jemand war auf dem Weg zu ihnen.

Jacky stockte der Atem. Wer würde nun eintreten? Wer hatte sie in diese Lage gebracht? Oder war jemand gekommen, um sie zu retten?

Eine schwache Hoffnung regte sich, doch als sich die Tür öffnete, wusste Jacky, dass sie verloren hatte. Der Erdboden wankte, sie war einer Ohnmacht nahe. Die Angst griff nach ihr und sie begann, unkontrolliert zu zittern. Sie blickte in Augen, die sie nur zu gut kannte und die den Schlund zur Hölle für sie öffneten.

Der ehemalige Sheriff Quentin Bow trat ein.

Sheriff Bow aus Cheyenne. Nie hatte sie ihn vergessen, sein verhasstes Gesicht, seine raue, kratzige Stimme, mit der er ihr mehrmals den Tod prophezeit hatte.

Er sah unglaublich verwahrlost aus, seine Kleidung war abgetragen und schmutzig, die fettigen Haare lang und ungepflegt, aber dieses diabolische Grinsen, das er trug, kannte sie zur Genüge.

Triumphierend stand er vor ihr.

„Guten Tag Mrs. Hart, endlich sehen wir uns wieder!" Er beugte sich zu ihr und befreite sie von dem Knebel.

Sie riss sich zusammen. Das Zittern musste aufhören, sofort. Nicht kleinbeigeben!

Wie oft hatte sie sich das selbst befehlen müssen. Es konnte doch nicht wahr sein, dass sie schon wieder um ihr Leben kämpfen musste.

Obwohl sie am liebsten vor Verzweiflung geschrien und geweint hätte, spuckte sie vor ihm aus.

„Mr. Bow, welche Überraschung! Sheriff sind Sie ja nicht mehr, wie man hört, das ist allerdings für uns keine Überraschung gewesen."

Woher nahm sie nur diese feste Stimme?

Die Angst beherrschte ihr ganzes Sein, der Schweiß brach ihr aus allen Poren, doch wie immer in solchen Situationen bewahrte sie mit aller Macht die Ruhe.

Er lachte heiser.

„Unverschämt wie eh und je, Mrs. Hart, Sie glauben nicht, wie ich mich darauf freue, Ihnen endlich das zu geben, was Sie verdienen."

„Das haben schon mehr versucht", zischte sie.

„Ich weiß, doch mir wird es gelingen."

Er trat hinter sie. Beinahe sanft strich er ihr über das Haar.

Sie versuchte, seiner Berührung auszuweichen, doch sie war zu fest gebunden.

Ben musste es stumm und ohnmächtig mit ansehen. Er lag gefesselt am Boden und konnte nichts tun, es war ein Albtraum.

Wieder strengte er sich an, sich zu befreien.

Er musste doch seiner Frau helfen! Jacky, er musste sie beschützen.

Aber er konnte nicht verhindern, dass der Kerl Jacky mit seinen dreckigen Händen berührte.

„Ich hätte Sie in der Zelle tausendmal nehmen können. Sie waren mir ausgeliefert", flüsterte er ihr ins Ohr und lachte schrill. „Niemand hätte etwas bemerkt und bevor man Sie gehängt hätte, hätte ich es auch getan."

Er ließ seine Hände über ihren Körper gleiten.

Sie spürte, wie er zitterte, wie erregt er war.

Obwohl Jacky vor Ekel schauderte, zeigte sie sich weiterhin stark. Sie dachte plötzlich daran, was Lucy ihr erzählt hatte.

„Das wäre wohl schwer gegangen, wie man von gewissen Damen hört. Dazu müssten Sie erst einmal ein richtiger Mann sein!", brachte sie mit heiserem Lachen hervor.

Er ließ sie sofort los und behielt nur mühsam seine Fassung.

„Du bist daran schuld, du Hexe!", schrie er sie wütend an. „Und ich werde dich heute hängen, so wie es richtig gewesen wäre, aber schön langsam, damit du auch etwas davon hast, und dein geliebter Mann wird dabei zusehen, bevor ich ihn ebenfalls erledige. Du hättest damals sterben sollen, oh, ich hatte den Strick bereit und ich habe ihn aufgehoben für dich, sieh nur!"

Und Jacky bemerkte zu ihrem Entsetzen, was ihr bisher entgangen war.

Bow zog leicht an einem Seil, das sich um ihren Hals befand und das weiter oben über einen Deckenbalken geworfen worden war. Das andere Ende war um einen Holzbalken geschlungen.

Deswegen hatte Ben nicht gewollt, dass sie sich erhob, wäre sie mit ihren gefesselten Beinen mitsamt dem Stuhl umgefallen, hätte sie sich hilflos erhängt.

Wieder berührte Bow sie, diesmal schon fester und bestimmter, es war klar, was er wollte, er fasste um ihren Hals und ließ seine Hände tiefer gleiten, öffnete die Knöpfe ihres Kleides und zog es über die Schultern ein Stück herunter.

Ben wehrte sich erneut mit aller Macht gegen seine Fesseln. Er konnte es nicht zulassen, dass dieser offensichtlich wahnsinnige Mensch seine Frau anfasste, und doch blieb ihm nichts anderes übrig.

Er war so wütend auf sich selbst.

Arglos hatte er die Halle betreten und war beinahe sofort von hinten niedergeschlagen worden. Als er erwachte, war er gebunden und Bow hatte ihm gegenübergesessen und ihm höhnisch mitgeteilt, dass Jacky jeden Moment kommen würde und er ihr das geben würde, was sie schon lange verdient hätte.

Ben hatte noch versucht, mit ihm zu reden, aber gleich darauf hatte Bow ihn geknebelt und er musste wenig später hilflos mit ansehen, wie der Sheriff Jacky mit einem Brett außer Gefecht setzte, sie fesselte, auf den Stuhl band und ihr den Strick um den Hals legte.

Seitdem hatte er alles versucht, sich zu befreien, aber es war sinnlos.

Jacky überlegte indessen fieberhaft, wie sie mit Bow umgehen sollte, während er ihren Körper befingerte.

Sie musste Zeit gewinnen.

Irgendwann würden Claire oder Mr. Wayne sich auf die Suche nach ihnen machen.

Sollte sie Bow weiter reizen und sich kämpferisch geben, oder sollte sie die Taktik ändern, ihm scheinbar zu Willen sein und sich ängstlich zeigen?

Wie würde er reagieren, wenn sie anfing zu betteln und zu flehen?

Sie fürchtete, er würde ihr nicht glauben, denn in der ganzen Zeit in der Zelle in Cheyenne hatte er sie nie schwach gesehen. Die heimlichen Tränen, die sie nachts in ihr Kissen geweint hatte, waren von allen unbemerkt geblieben.

Und es war auch nicht ihre Art, sich unterwürfig zu geben. Sie dachte daran, wie sie vor ein paar Jahren mit Ken und seinen Männern umgesprungen war.

Nur war Bow ein ganz anderer Fall, denn sie sah deutlich, dass er vom Wahnsinn umgeben war. Damit hatte sie keinerlei Erfahrung, was sollte sie nur tun?

Sie konnte einfach nicht mehr an sich halten und versuchte, ihn mit heftigen Bewegungen abzuwehren und ihrer Stimme Festigkeit zu verleihen.

„Muss schon schlimm sein, wenn man eine Frau erst fesseln muss, damit man an sie herankommt. Anders funktioniert es bei Ihnen wohl nicht, Mr. Bow?"

Ben stöhnte innerlich. Er hoffte, Jacky würde nicht zu weit gehen. Bow schien ihm unberechenbar und zu allem fähig zu sein.

Tatsächlich hielt der ehemalige Sheriff kurz inne und dachte mit gerunzelter Stirn nach.

Dann umfasste er Jacky fest.

„Ich kann jede Frau haben, die ich will!"

„Sie wollen vielleicht, aber wie ich gehört habe, können Sie nicht", spottete Jacky erneut. „Man hat mir einiges über Sie erzählt und macht sich überall über Ihr Unvermögen lustig. Keine der Damen konnte von ihnen beglückt werden und sie waren bestimmt nicht traurig deswegen."

Bow heulte auf. Sie hatte ihn ins Mark getroffen.

„Man wird sich nicht mehr lustig machen, wenn man euch beide findet."

Er zog ein Messer hervor und schnitt Jackys Kleid weiter auf. Dabei ließ er ein irres Lachen ertönen.

„Du wirst ein schöner Anblick sein, wenn man dich findet, Mrs. Hart, nackt hier baumelnd. Jeder wird dich sehen können."

„Wenn ich tot bin, kann mir das egal sein", meinte Jacky ungerührt. „Ich würde mir an Ihrer Stelle viel eher Sorgen machen, was man mit Ihnen tun wird. Glauben Sie denn im Ernst, wir hätten nicht gewusst, dass Sie hinter dem Ganzen stecken, Bow? Auf Sie sind bereits ein paar Leute angesetzt und Sie können beten, dass das Gesetz Sie eher erwischt, als die Männer, die wir beauftragt haben. Hängen geht schneller als das, was man mit Ihnen anstellen wird. Und wenn Jesse Sie in seine Hände bekommt, dann möchte ich beileibe nicht in Ihrer Haut stecken, er hat mehr als eine Rechnung mit Ihnen offen."

Bow sah sie irritiert an, als würde er nicht begreifen, was sie sagte.

Aber schnell bekam er seine Sicherheit zurück.

„Sie bluffen, Mrs. Hart. Niemand ist hinter mir her! Niemand weiß von mir! Die Sache mit Sam Warner schob man dem selbstgefälligen Wilson in die Schuhe. Keiner kam darauf, dass ich dahintersteckte."

Jacky starrte ihn aufgebracht an.

„Sie hatten die Stirn, einen alten Mann anzugreifen! Der Ihnen nichts getan hat!"

Bow stieß erneut ein krächzendes Lachen heraus.

„Ich hörte Fred Warner im Saloon klagen, dass du ihm sein ganzes Erbe nehmen würdest. Das sieht dir ähnlich, Mrs. Hart. Da beschloss ich, ihm zu helfen. Ich konnte ein paar alte Freunde überzeugen, dass man den alten Warner aus dem Weg räumen sollte. Aber Fred verschwand von der Bildfläche. Also beschloss ich, von Wilson das Geld dafür zu holen."

„Sie haben andere die Drecksarbeit machen lassen und sich verdrückt", stieß Jacky verächtlich hervor. „Ich hörte, Sie seien nicht in der Stadt gewesen zu der Zeit."

„Richtig. Und der eitle Wilson bekam auch seine Lektion, er trägt die Nase nicht mehr so hoch. Hat mich aus seinem Laden geschmissen und wollte mir nichts geben, daher musste ich ebenfalls abhauen, denn ich konnte meine Freunde nicht bezahlen."

Jacky dachte an das gemeinsame Abendessen zurück und höhnte: „Was hatten Sie erwartet! Matt Wilson lässt sich bestimmt nicht von so kleinen Gaunern wie Ihnen ins Handwerk pfuschen. Wir haben mit ihm gesprochen kürzlich und er wusste schon, wer dahintersteckte, nur hat er uns verschwiegen, dass Sie das waren", log sie. „Da haben Sie sich also noch einen Feind geschaffen. Sie sind jetzt schon tot, Bow. Egal, was sie vorhaben."

Jacky brachte ein überlegenes Grinsen zustande. Solange sie mit ihm reden konnte, war noch nichts verloren. Sie feuerte sich im Stillen an, wie oft hatte sie nun schon solch aussichtslose Situationen erlebt, sie musste weiter die Nerven behalten, musste Bow zum Sprechen kriegen, sonst würde sie ihre Kinder nie wiedersehen. Ihr Herz zog sich zusammen beim Gedanken an Maddie und James, schon um ihretwillen musste sie am Leben bleiben.

Und Ben durfte auch nichts geschehen!

Bow wurde unsicher. „Wilson weiß von nichts. Alle glauben, er war es, er ist erledigt", beharrte er.

Jacky fuhr tapfer fort. Jede Sekunde zählte.

„Sie hätten nicht so viel in den Saloons reden sollen, Mr. Bow. Man hat uns von vielen Seiten zugetragen, dass Sie hinter mir her sind. Auch Matt Wilson weiß das und zog daher seine richtigen Schlüsse. Man erzählt auch, dass Sie Ihre Männlichkeit meinetwegen verloren haben. Was haben wir gelacht über Sie ..."

War sie zu weit gegangen?

Bow stieß einen wütenden Schrei aus, entfernte Jackys Beinfesseln mit einem Schnitt vom Stuhl und griff nach dem anderen Ende des Stricks, der um ihren Hals lag. Er löste ihn und hängte sich mit seinem ganzen Gewicht daran.

Jacky wurde hochgerissen, sie würgte, rang nach Luft, ihr Kopf schien sich vom Hals zu trennen, es waren unerträgliche Schmerzen. Auf Zehenspitzen suchte sie vergeblich Halt, panisch schwankte sie am Seil, o Gott, es war das Ende, das Ende, sie sah rote Kreise vor den Augen, wenn es nur vorbei wäre.

Ben bäumte sich verzweifelt auf, doch dann ließ Bow den Strick wieder los und Jacky fiel hilflos zu Boden. Zusammengekrümmt lag sie da, ihr Hals schmerzte, war viel zu eng, sie holte dennoch so tief Luft wie möglich und kämpfte gegen eine Ohnmacht.

Bow kniete sich neben sie.

„So leicht kommst du mir nicht davon, Mrs. Hart", zischte er. „Wenn ich dich aufhänge, dann schön langsam, das war nur ein Vorgeschmack, wie hat es dir gefallen?"

Sie konnte nicht antworten, ihre Kehle war immer noch wie zugeschnürt.

Bow lockerte den Strick um ihren Hals etwas und das Atmen wurde leichter.

„Sag, wie hat es dir gefallen? Rede mit mir!"

„Es war gar nicht so schlecht", keuchte sie. „Denn egal, was Sie sagen, Mr. Bow, es wird schnell gehen, man kriegt nicht mehr viel mit, aber das wissen Sie ja. Sie haben mehr als einen gehängt."

„Ja, das habe ich, und je nachdem, wie er sich aufführte, war der Strick lang oder kurz. Bei lang bricht das Genick, bei kurz dauert es eine Weile, bis der Gehängte erstickt. Dein Strick wäre sehr kurz gewesen, Mrs. Hart."

Jacky zwang sich dazu, ruhiger zu atmen und die Schmerzen in der Kehle zu ignorieren. Sie musste sich schnell etwas einfallen lassen.

„Mr. Bow, warum haben Sie eigentlich so einen Hass auf mich?", keuchte sie unvermittelt. „Was habe ich Ihnen getan?"

„Du hast die McMurphys ermordet."

„Ja, und? Sie hatten es verdient!"

„Wäre McMurphy Gouverneur geworden, wären in Cheyenne goldene Zeiten angebrochen. Nach seinem Tod ging alles den Bach hinunter!"

Jacky überlegte.

„Ich verstehe, Taylor hat Ihnen also jede Menge Vorteile versprochen, wenn er Gouverneur werden würde. Er hat Sie bezahlt, nicht? Das war uns immer klar. Dann war er tot und Sie waren auf sich allein gestellt. Die Geldquelle war versiegt und am Ende hat man Sie sogar fortgejagt."

„Nenn ihn nicht Taylor, er hieß McMurphy und wäre er Gouverneur geworden, hätte ich einen guten Posten bekommen, aber nein, du musstest alles zerstören, was wir aufgebaut hatten. Und dann hat man dich auch noch freigesprochen ..."

„Oh ja, da brach wohl eine Welt zusammen und Ihre Machenschaften wurden danach bekannt und niemand hielt mehr seine schützende Hand über Sie. McMurphy ..." Jacky spuckte vor Verachtung den Namen beinahe aus. „Wir wissen alle, dass er in Wahrheit Taylor hieß und ein gewöhnlicher Verbrecher war. Genau wie seine zwei Brüder. Es ist ihnen sicher bekannt, dass wir den dritten Bruder auch erledigten? Jeff Taylor? Er wollte mich töten, doch am Ende war er so mausetot wie seine Brüder. Alle Taylors gehen auf unser Konto, Mr. Bow, und ich habe alle drei sehr gerne auf meiner Liste. Tun Sie mit mir, was Sie wollen, aber Sie werden die Taylors dadurch nicht wieder lebendig machen, Sie werden nie wieder eine Frau beglücken können und Sie werden Ihre Quittung genauso bekommen wie die Taylors."

„Ich werde mit dir tun, was ich will, und dein Mann kann dabei zusehen und es wird ihm nicht gefallen!"

Bow trat zu Ben und trat ihn in den Magen.

Ben krümmte sich zusammen.

„Du sagst ja gar nichts, achso, du kannst nicht", höhnte Bow. Er beugte sich zu Ben hinunter.

„Deine Frau gehört mir, ich hätte damals alles mit ihr tun können, das werde ich nun nachholen. Und wenn ich mit ihr fertig bin, lasse ich dich vielleicht am Leben, damit du irgendwann mit den Bildern im Kopf sterben kannst. Wie wird es wohl für dich sein, wenn du zusiehst, wie ein anderer deine Frau nimmt?"

Ben riss an seinen Fesseln, wand sich, aber weiterhin nützte es ihm nichts, im Gegenteil, er bekam einen Hustenanfall. Es schüttelte ihn, er hustete und würgte.

Jacky schrie entsetzt auf.

„Bow, tun Sie etwas, er erstickt!"

Bow lachte überlegen.

„Na und? Dann machen wir es eben umgekehrt, du siehst ihm beim Sterben zu."

„Nein, so geht das nicht, Sie sagten, er solle mir zusehen, Mr. Bow, Sie wollten doch, dass er damit gequält wird, entfernen Sie den Knebel, bitte, Mr. Bow, ich flehe Sie an!" Sie schluchzte laut auf.

„Sieh an, Mrs. Hart zeigt also doch Nerven."

„Bitte, helfen Sie meinem Mann, um Himmelswillen, sehen Sie doch, er stirbt!"

Jacky war außer sich vor Angst.

Tatsächlich war Ben rot im Gesicht angelaufen und begann am ganzen Körper zu zucken.

„Mr. Bow, Ihr schöner Plan, denken Sie daran, lassen Sie Ben nicht sterben!", beschwor sie ihn.

Bow war wieder leicht irritiert, sah von ihr zu Ben und riss schließlich den Knebel herunter.

„Drehen Sie ihn zur Seite!", rief Jacky mit schriller Stimme.

Der ehemalige Sheriff half Ben auf die Seite und schlug ihm auf den Rücken.

Ben hustete und spuckte und atmete schließlich wieder pfeifend ein und aus.

„Danke, Mr. Bow", brachte Jacky hervor.

Sie hatte Mühe, die Tränen zurückzuhalten. Es war so knapp gewesen.

„Bow!", stieß Ben keuchend hervor. „Töten Sie mich, aber lassen Sie meine Frau!"

„Ben, bitte sei still", flehte Jacky. Sie hatte das Gefühl, dass nur sie etwas bei dem Sheriff erreichen konnte, es ging ihm nicht um Ben.

Ben ließ sich nicht beirren.

„Wollen Sie Geld, Bow? Sie können Geld haben, aber lassen Sie meine Frau in Ruhe!"

„Geld brauche ich nicht, Mr. Hart. Das war mir einmal wichtig, jetzt sind mir andere Dinge wichtiger. Wie zum Beispiel Mrs. Hart tot zu sehen! Oder sterben zu sehen, ja, qualvoll sterben zu sehen!"

Sein Gesicht leuchtete regelrecht auf.

Er nahm den Strick und Jacky wurde wieder langsam am Hals hochgezogen. Sie stützte sich ab, so gut es ging, dennoch blieb ihr die Luft weg.

Ben brüllte aus Leibeskräften und Bow ließ schließlich den Strick wieder los, sodass Jacky erneut zu Boden stürzte. Schwer atmend lag sie da.

Bow beugte sich zu Ben.

„Hör auf, so zu schreien, wenn du das tust, wird sie sterben, sofort. Ich lasse sie noch eine Weile am Leben, wenn du still bist."

Ben fügte sich und sah besorgt auf Jacky, die kaum mehr bei Sinnen war.

Sie war nahe am Ersticken gewesen, ihr Kopf war umnebelt von Angst und Panik, von Schwindelanfällen durch den Sauerstoffmangel, sie lag kraftlos da und wünschte nur noch, dass alles schnell zu Ende gehen würde.

Bow kniete sich neben sie, setzte sie auf und ohrfeigte sie leicht.

„Bleiben Sie bei mir, verehrte Mrs. Hart, so einfach mache ich es Ihnen nicht! Ich lasse Sie jetzt auch kurz allein, ich muss etwas erledigen, aber keine Sorge, ich bin bald wieder zurück."

Er erhob sich und eilte aus dem Raum. Sie hörten ihn hinter der Tür laut mit sich selbst sprechen, konnten aber nicht verstehen, was er sagte.

Ben wälzte sich zu Jacky. Er hustete und mühte sich ab und schließlich hatte er es geschafft.

Sie hatte ihre Fassung verloren und weinte.

„Ben", schluchzte sie, „was sollen wir nur tun?"

„Bleib ruhig, Jack, behalte jetzt die Nerven, weiß jemand, dass wir hier sind?"

„Mr. Wayne und Claire, ich habe ihnen gesagt, wo ich hingehe und ich habe auch den Zettel liegen lassen, der mir geschickt wurde."

„Es ist mitten in der Geschäftszeit, sie werden uns kaum vermissen, erst in zwei oder drei Stunden. Bis dahin ist es zu spät. Wir müssen selbst etwas tun. Kannst du den Strick durchbeißen?"

Ben drehte sich so, dass seine gefesselten Hände vor Jackys Mund zu liegen kamen.

Sie machte sich sofort daran, biss Faser für Faser durch, doch bevor sie etwas erreichen konnte, hörten sie Bow zurückkehren.

Ben wälzte sich schnell von ihr weg. Er riss mit aller Macht seine Hände auseinander, es war ihm egal, wie schmerzhaft die Stricke in sein Fleisch schnitten, er musste sich befreien und tatsächlich hatte er das Gefühl, dass sich die Fessel gelockert hatte. Er konzentrierte sich darauf, nichts anderes war nun mehr wichtig.

Es lag an ihm, und bevor Bow wieder zu ihnen kam, flüsterte er Jacky zu: „Gewinne Zeit, wir brauchen Zeit!"

Sie nickte unmerklich und wappnete sich für Bow.

Er schritt gerade in den Raum und setzte sich höhnisch grinsend vor ihr auf den Boden.

Verzweifelt überlegte sie, wie sie ihn aufhalten konnte. „Mr. Bow, ich habe Durst, hätten Sie ein wenig Wasser für mich?", fragte sie.

„Wasser? Aber gern!"

Er erhob sich und holte einen Eimer Wasser, den er Jacky über den Kopf schüttete.

„Wieder munter? Dann können wir ja weitermachen, wo wir aufhörten. Und du, ...", wandte er sich an Ben, „du bist einfach still, ein Laut und ich töte sie."

Ben nickte ergeben, er lag auf der Seite und suchte mit den Händen den unebenen Steinboden ab, so weit es seine Fesseln zuließen. Endlich fand er eine Stelle, an der er den Strick reiben konnte, und er tat sein Möglichstes. Seine Handgelenke bluteten inzwischen bestimmt schon, er gab nicht auf.

Jacky lenkte Bow weiter ab. Sie musste Zeit gewinnen, Zeit, die Ben brauchte, um sich vielleicht zu befreien, sie hatte den Hoffnungsschimmer in seinen Augen bemerkt.

„Danke Mr. Bow! Wollen Sie sich nicht auch einmal waschen? Sie sehen ganz so aus, als hätten Sie es nötig,"

Er fasste drohend an ihre Kehle.

„Halt einfach deinen Mund, Mrs. Hart! Für dich gilt dasselbe, du redest - dein Mann stirbt hier vor deinen Augen! Es liegt nur an dir, ob er lebt oder stirbt!"

Jacky blieb nun ebenfalls nichts übrig, als zu schweigen, sie fühlte, er meinte es ernst.

Bow hatte wieder ein Messer in der Hand. Er setzte sich neben Jacky auf den Boden und ließ es an ihrem Körper entlanggleiten, bis zu den gefesselten Füßen. Ohne Mühe schnitt er die Stricke an ihren Beinen durch, das Messer musste sehr scharf sein.

„Bleib ruhig liegen", befahl er ihr. „Denk dran, er stirbt sofort, wenn du einen Mucks machst!"

Er schob mit den Händen ihr Kleid nach oben. Sie wagte es nicht, sich zu bewegen.

Wäre Ben nicht in Gefahr gewesen, sie hätte sich schon gewehrt, doch so musste sie alles ohnmächtig über sich ergehen lassen. Sie konnte nur hoffen, dass es Ben gelingen würde, sich zu befreien.

Mit einem Ruck zog Bow ihre Wäsche herunter und betrachtete sie. Jacky schloss die Augen, sie konnte sein Gesicht, seinen gierigen Blick, nicht mehr ertragen.

„Sieh mich an!", brüllte er sie an.

Widerwillig folgte sie seiner Aufforderung und richtete ihre Augen auf seine.

Ben war gezwungen, zuzusehen, wie Bow sich über Jacky legte und ihre Beine spreizte. Er musste es geschehen lassen, er war so kurz davor, dass die Fesseln rissen, er wollte nicht, dass Bow das bemerkte.

Jacky lag regungslos da und fühlte Bows tastende Hände, fühlte, wie er sich abmühte, seinen Mann zu stehen, doch es gelang ihm nicht, in sie einzudringen. Auch in dieser Situation, die er sich so lange Zeit herbeigesehnt und ausgemalt hatte, versagte erneut seine Männlichkeit und er musste schließlich aufgeben.

Wütend schlug er Jacky mit der Faust auf den Bauch, stand auf und lief ein paar Mal im Kreis herum, wobei er unentwegt unverständliche, wirre Worte von sich gab. Dann nahm er wieder das Messer.

„Es gibt andere Wege!", kreischte er und stach mehrmals wild auf Jacky ein.

Sie schrie auf, fühlte, wie das Messer in ihr Fleisch eindrang und sie zerriss. Es war barbarisch, sie empfand grausame Schmerzen, versuchte vergeblich, sich zu schützen, wegzukriechen, doch sie konnte ihm nicht entkommen.

Und auch Ben brüllte vor Entsetzen. Er sah das Blut, das zwischen ihren Beinen hervorströmte. Das durfte nicht sein, das konnte ihnen nicht passiert sein!

„Jack!", schrie er.

Bow wandte sich zu ihm um.

„Ich mache sie fertig!", triumphierte er.

Jacky lag da in einem Nebel aus Schmerzen, sie merkte, wie das Leben allmählich aus ihr glitt, alles wurde leicht, unwirklich ...

„Ben", stöhnte sie.

Aus den Augenwinkeln nahm Ben auf einmal eine Bewegung wahr. Etwas Grünes war hinter einen Holzstoß gehuscht. Er hob den Kopf.

Bow hatte nichts bemerkt, er hatte nur Augen für Jacky, die allmählich zu verbluten drohte, und er machte Anstalten, sie wieder am Strick hochzuziehen.

Sie stützte sich nicht einmal mehr ab, war zu kraftlos, um sich zu wehren. So sollte es also zu Ende gehen.

Doch plötzlich ertönte ein lauter Knall, Bow schrie auf und sank auf die Knie, er ließ den Strick los und Jacky stürzte erneut zu Boden.

Bows rechte Seite färbte sich rot.

Eine grün gekleidete Gestalt rannte vom Holzstoß herbei, sie hatte ein Brett in der Hand, das sie Bow auf den Kopf schlug, sodass er ohnmächtig zu Boden fiel. Dann lief die Gestalt zu Jacky, nahm die herumliegende Wäsche und drückte sie auf die Wunden, um das Blut aufzuhalten.

Es war Lucy Hunter, das Mädchen aus dem Saloon, das nun zum zweiten Mal um Jackys Leben kämpfte.

Endlich riss der Strick. Ben befreite seine Hände und robbte zu Jacky und Lucy hinüber. Er sah das blutbefleckte Messer am Boden liegen, schnitt damit alle Fesseln durch, auch Jackys, und nahm vorsichtig den Strick von ihrem Hals.

„Sie muss ins Hospital, Mr. Hart, sie hat schwere Verletzungen," rief Lucy hastig.

„Bitte Lucy, holen Sie Hilfe, ich bleibe bei ihr, ..." Bens Stimme brach, er fühlte sich zu schwach, um Jacky zu tragen.

Lucy erkannte das auch, erhob sich ohne weiteres Wort und rannte aus dem Lagerhaus.

Ben wiegte Jacky in seinen Armen.

„Alles wird gut", flüsterte er ihr zu. „Man wird dir helfen, du wirst wieder gesund! Bleib stark, Jack!"

Sie reagierte nicht, sie war bewusstlos.

Bow dagegen regte sich stöhnend. Ben hielt das Messer bereit, sollte er nur zu sich kommen.

Die Tür des Lagerhauses öffnete sich und Lucy kehrte mit ein paar Männern zurück, die ohne Umschweife Jacky vorsichtig hochhoben und sie im Laufschritt in das nicht allzu weit entfernte Hospital trugen, wo noch vor kurzem Sam so lange Patient gewesen war.

Der schwerverletzte Bow wurde von zwei weiteren Männern ebenfalls hingebracht, nachdem Lucy ein paar Anweisungen und Erklärungen gegeben hatte.

Sie beugte sich zu Ben.

„Kommen Sie, Mr. Hart, ich begleite Sie zu Ihrer Frau. Sie sind unverletzt?"

Sie half ihm hoch, als er nickte, und er stützte sich schwer auf sie, konnte kaum gehen.

„Wieso sind Sie gekommen, Miss Lucy? Woher wussten Sie ..."

„Ich habe Ihre Frau gesehen, Mr. Hart, sie ist mit ihrem Pferd zum Bahnhof geritten, ganz allein, ich fand das leichtsinnig. Als sie so lange nicht zurückkehrte, bin ich auf die Suche gegangen. Sehen Sie, das Pferd ist hier angebunden!"

Sie hatten inzwischen die Straße erreicht und Lucy deutete auf Jackys Pferd, das vor dem Haus wartete.

„Dann sah ich plötzlich Quentin Bow durchs Fenster, er ging hin und her, redete mit sich selbst, er kam mir sehr seltsam vor und so wartete ich, bis er durch die hintere Tür ging, und schlich mich ins Gebäude. Ich wusste nicht, was ich tun sollte, aber als er Mrs. Hart Gewalt antat, musste ich handeln. Und da lag eine Pistole am Boden, ich nahm sie und habe geschossen."

Ben blickte auf die Waffe in ihrer Hand und erkannte sie sofort.

„Sie gehört meiner Frau, sie muss sie verloren haben, als Bow sie niederschlug. Miss Lucy, ich weiß nicht, wie ich Ihnen danken soll. Sie haben uns gerettet ..."

„Ich hoffe, es war noch rechtzeitig, Mr. Hart. Mrs. Hart hat viel Blut verloren, viel zu viel Blut."

Ben wurde von großer Angst erfasst.

Bis jetzt hatte er geglaubt, Jacky würde bestimmt wieder gesund werden, wie schwer war sie verletzt?

Er nahm all seine Kraft zusammen, band Jackys Pferd los und saß mühsam auf. Lucy zog er hinter sich auf den Sattel und trieb das Tier an.

Nach kurzer Zeit erreichten sie das Hospital und traten bange ein.

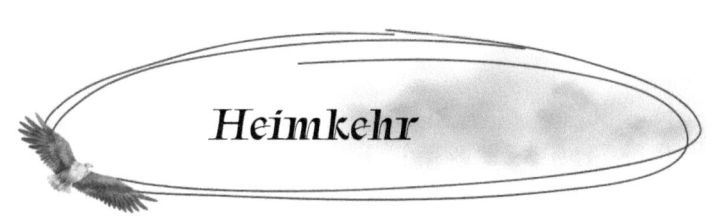

Heimkehr

Ben, der kaum ein vernünftiges Wort herausbrachte, wurde zunächst in den Wartesaal geschickt mit der Information, dass man Jacky gerade operieren würde und noch nichts sagen könne. Kurz danach wurde er von einer Schwester versorgt, die seine blutenden Handgelenke verband.

Lucy hatte sich inzwischen verabschiedet. Sie würde sowieso Schwierigkeiten mit Rod bekommen, weil sie so lange weggeblieben war, doch Ben versprach ihr, sie reichlich zu entschädigen, sie solle jede Summe verlangen, die ihr nur einfiele, und er nahm sich im Stillen vor, diese zu verdoppeln.

Die Operation dauerte sehr lange.

Einmal kam eine Schwester zu Ben, der unablässig im Kreis herumlief, und berichtete, dass alles gut verlaufen und Jacky bestimmt überleben würde. Es würde nur noch eine kleine Weile dauern.

Ben sank daraufhin erleichtert auf einen Stuhl. Sie würde es schaffen! Das war die Hauptsache.

Plötzlich war Sam bei ihm, brachte ihm zu essen und zu trinken und nötigte ihn, etwas zu sich zu nehmen.

„Was ist passiert?", fragte er. „Rede, Ben, was ist mit meiner Tochter? Zwei Männer waren bei mir und erzählten, dass man sie niedergestochen habe."

Stockend berichtete Ben, ließ aber Details weg, er selbst wollte nicht darüber nachdenken, was alles geschehen war.

Endlich, nach Stunden kam ein Doktor zu Ben und Sam und brachte halbwegs gute Nachrichten.

„Ihre Frau hat die Operation überstanden, sie war schwer verletzt im Bauchraum, wir konnten die Blutung stillen. Aber Mr. Hart, ich habe sehr schlechte

Neuigkeiten für Sie, wir mussten sehr viel entfernen, Ihre Frau wird keine Kinder mehr bekommen können!"

Ben starrte den Arzt an, ohne wirklich zu begreifen.

„Aber wir wollten doch noch ...“

„Es tut mir sehr leid, Mr. Hart. Sie haben doch schon Kinder?"

„Ja, zwei, aber ...“

„Sie müssen dankbar sein, Mr. Hart, ihre Frau schwebte lange zwischen Tod und Leben, wir konnten ihr Leben retten, aber die Operation war unumgänglich. Ihre Frau wird wieder gesund werden, das ist das Wichtigste und daran sollten Sie jetzt denken."

Sam griff ein.

„Vielen Dank Herr Doktor, ja, das Wichtigste ist, dass meine Tochter leben wird. Alles andere wird sich finden."

„Kann ich meine Frau sehen, Herr Doktor?"

„Das wird wenig Sinn haben, sie ist noch unter der Wirkung des Äthers, es wird eine Weile dauern, bis sie aufwacht."

„Ich möchte zu ihr!"

Der Arzt gab nach, er sah, dass Ben nicht mit sich reden lassen würde.

„Ja, gut, dann kommen Sie mit!"

Sam umarmte Ben kurz.

„Ich gehe wieder nach Hause. Grüße sie von mir!"

„Natürlich, Sam."

Ben folgte dem Arzt.

Er war wie in einem Albtraum gefangen, es gab kein Erwachen.

Heute Morgen war die Welt doch noch in Ordnung gewesen, sie hatten sich auf ihr Leben in San Francisco gefreut, und nun lag Jacky schwerverletzt im Hospital, war gerade noch dem Tod entronnen und sie würden keine weiteren Kinder mehr haben.

Sie lag in einem Bett, blass und schmal, viel zu klein und zart für all das, was sie hinter sich hatte.

Ben nahm ihre Hand, sie stöhnte leicht, offensichtlich hatte sie trotz der Äther-Narkose Schmerzen, und Ben wünschte sich, er könne sie einfach wegzaubern.

Lange saß er still neben ihr.

Es war gegen Morgen, als sie endlich die Augen öffnete.

„Ben", flüsterte sie.

Er beugte sich über sie.

„Ich bin so froh, dass du lebst."

„Was ist passiert? Wieso bin ich nicht tot?"

„Lucy Hunter hat uns gerettet, sie ist dir gefolgt, sie fand deine Pistole und schoss auf Bow. Du bist im Hospital und man hat dich operiert!"

„Operiert? Es tut so weh, mein Bauch, alles ..."

„Ich weiß, Jack, bald wird alles wieder gut sein."

Sie schien sich plötzlich zu erinnern und fuhr auf.

„Ben, er hat nicht, ... du weißt das, Bow konnte nicht, es ist nichts passiert, er hat mich nicht ..."

„Psst, ganz ruhig, ich weiß, dass nichts passiert ist. Und selbst wenn, du wärst immer noch meine Frau, meine Jack, nichts und niemand würde das ändern. Du musst jetzt einfach nur gesund werden, dann fahren wir nach Hause."

Sie lächelte wehmütig.

„Nach Hause, ja, ich will nach Hause, ich will mit Maddie und James nach Hause, zu Sue und Jesse und zu dem kleinen Brandon. Bitte, ich will nach Hause." Dann schrak sie zusammen. „Wo ist Bow?"

„Er ist auch hier, Lucy hat ihn angeschossen, er wird wohl ins Gefängnis kommen, ich werde nachfragen, wenn du willst."

„Ja, bitte frag, ich muss wissen, wo er ist, vielleicht kommt er noch einmal."

„Nein, er wird nicht mehr kommen. Das verspreche ich dir. Ich werde sofort fragen, wo er ist, ob er überhaupt noch lebt."

Ben erhob sich und suchte die Nachtschwester auf. Dort bekam er die Auskunft, dass Mr. Bow ebenfalls operiert worden sei und nun unter Bewachung stünde.

Beruhigt kehrte Ben zu Jacky zurück und fand sie schlafend vor. Ja, das war vielleicht das Beste, sie sollte schlafen, alles vergessen im Schlaf und wenn sie wieder aufwachte, war es immer noch Zeit, ihr zu sagen, was man ihr angetan hatte.

Ben sank auf einen Sessel, legte den Kopf auf Jackys Bett und schlief ebenfalls ein.

Jacky nahm die schlechte Nachricht einigermaßen gefasst auf. Sie war froh, dass sie und Ben noch lebten, dass sie ihre Kinder wiedersehen und bald heimfahren würden. Sie würde Ben keine Kinder mehr schenken können, die Tragweite dieser Tatsache war ihr noch nicht richtig bewusst. Sie wollte nicht darüber nachdenken, nicht jetzt. Später vielleicht.

Der ehemalige Sheriff Quentin Bow wurde nach kurzer Genesungszeit ins Gefängnis gebracht, aus ihm war kein vernünftiges Wort mehr herauszubekommen. Er lief den ganzen Tag im Kreis umher und führte Selbstgespräche, die keinen Sinn ergaben.

Nach zwei Tagen fand man ihn erhängt in der Zelle vor, er hatte eine Decke zerrissen und sich an den Gitterstäben des Fensters selbst gerichtet.

Jacky und Ben nahmen diese Nachricht erleichtert entgegen. So war es sicher am besten, niemand würde nun erfahren, was wirklich passiert war, es würde keine Gerichtsverhandlung geben, nichts von alledem würde an die Öffentlichkeit gelangen. Es würde nur heißen, dass Bow Jacky und Ben überfallen und schwer verletzt hatte. Die Details gingen niemanden etwas an.

Jacky musste zwei Wochen im Hospital bleiben, erholte sich allmählich, und als sie endlich entlassen wurde, sah sie zwar im Geschäft nach dem Rechten, wies aber Claire an, die Koffer sofort zu packen. Sie wollte weg, weg von Denver, weg von allem. San Francisco kam ihr wie das Paradies vor. Es war inzwischen Ende September geworden, viel zu lange war sie schon hier.

Sam war traurig, dass der Abschied nun so schnell erfolgen würde, aber er verstand Jacky nur zu gut. Sie war sehr verändert, in sich gekehrt, schweigsam und schreckhaft, hier in Denver würde sie nie wieder zu alter Stärke zurückfinden.

Der zuverlässige Mr. Wayne versprach, alles in Jackys Sinn weiterzuführen. Das Angebot für den Fahrstuhl war inzwischen auch gekommen und Mr. Wayne hatte freie Hand für den Umbau erhalten.

Matt Wilson hatte erfahren, dass Bow hinter dem Überfall auf Sam gesteckt hatte, denn Ben war bei ihm gewesen, um ihn offiziell von allen bösen Gerüchten zu befreien. Die zwei Männer waren nicht in Freundschaft aber zumindest in Frieden auseinandergegangen.

Dieser Schritt wurde Ben hoch angerechnet, doch auch Matt Wilson konnte nun wieder mit mehr Zuspruch und Vertrauen rechnen. Bald liefen seine Geschäfte erneut, aber er spürte die Konkurrenz durch die Familie Hart gewaltig und gab nach einigen Jahren auf, um in Texas neu zu beginnen. Dort machte er tatsächlich sein finanzielles Glück, als auf seinem Land Öl gefunden wurde, und er konnte seiner Familie, die inzwischen mit drei Kindern gesegnet war, ein Leben in Wohlstand bieten.

Endlich war es so weit, Ben, Jacky, die Kinder und Anna, das Kindermädchen, bestiegen den Zug nach Cheyenne und sie würden wieder nach Hause fahren.

Als sie dann nach ein paar Tagen auf der Fähre standen und nach San Francisco übersetzten, brach Jacky in Tränen aus.

Ben nahm sie in den Arm.

„Musst du denn jedes Mal weinen, wenn wir wieder heimkommen?"

„Ich bin so glücklich", flüsterte sie.

„Genauso sieht das aus. Wie Tränen des Glücks", zweifelte Ben.

„Es ist die Wahrheit. Ich habe mich nirgends so zuhause gefühlt, wie hier. Und ich bin so froh, dass nun alles vorbei ist. Sieh nur, das Meer, die Luft, der Wind ... Oh, und dort, da ist ja ein Delfin!"

Jacky rief die Kinder und begeistert beobachteten sie den Delfin, der neben der Fähre herschwamm und tolle Sprünge aus dem Wasser vollführte.

„Das bedeutet Glück", meinte Ben.

„Wir können es brauchen."

„Jack, wir haben uns und die Kinder, wir leben, das ist Glück genug."

Sie schmiegte sich an ihn, ja, er hatte recht. Was brauchte es mehr?

Schließlich legte die Fähre an und als sie vom Schiff stiegen, sahen sie schon Sue und Jesse, die auf sie gewartet hatten, sie hatten ihr Baby dabei und strahlten um die Wette.

Jacky umarmte die beiden und wandte dann ihre volle Aufmerksamkeit dem kleinen Brandon zu.

„Er ist schon richtig groß!", staunte sie.

„Er ist ja auch fast zwei Monate alt und Sue umsorgt ihn, dass man neidisch werden könnte", erwiderte Jesse stolz. „Aber willkommen zurück! Kommt, wir helfen euch mit allem, ihr wollt sicher sofort in euer Haus? Sue hat dafür gesorgt, dass alles für euch bereit ist. Hallo kleiner Mann, wie geht's?" Das galt James, der sich mit einem Freudenschrei auf Jesse gestürzt hatte.

Maddie dagegen verbarg sich hinter Annas Röcken, für sie war alles unbekannt und neu, sie war zu lange von weggewesen, Denver war ihr Zuhause. Aber das würde sich bestimmt schnell wieder ändern.

Sie begaben sich zur Kabelbahn-Station und fuhren die Hügel hinauf bis zur Jones Street.

Wie tat es gut, wieder hier zu sein!

James rannte glückselig laut schreiend durch das ganze Haus und Maddie folgte ihm stolpernd, so gut sie konnte. Jacky genoss alles, die Sonne, den Lärm, die Geschäftigkeit, sie fühlte, hier würde sie wieder gesund werden und vielleicht das Ganze vergessen können.

Sue hatte tatsächlich für alles gesorgt, es fehlte an nichts. Warmes Wasser stand bereit, Kleidung zum Umziehen und auch ein reichhaltiges Abendessen war zubereitet worden.

So saßen schließlich alle um den großen Tisch und ließen es sich schmecken.

Nach dem Essen, als die Kinder ins Bett gebracht worden waren, begaben sie sich in den Salon und Jacky schmiegte sich in die schützende Geborgenheit ihres Lieblingssessels, atmete den vertrauten Geruch ein und umklammerte das Glas mit Sherry in ihrer Hand.

Brandon lag schlafend in der Wiege, die einst für Jackys Kinder gedient hatte und nun leerstehen würde.

Sie beschloss, die Wiege sofort am nächsten Tag wegzuräumen. Es tat zu weh, ein anderes Kind darin zu sehen als ihr eigenes.

„Und jetzt erzähle", forderte Jesse Ben auf. „Du hast in deinem Brief ja schon einiges berichtet, aber was ist genau passiert?"

Jacky fasste hilfesuchend nach Bens Hand. Nach wie vor konnte sie über die Geschehnisse nicht sprechen, weigerte sich, sich daran zu erinnern. Zu schrecklich war alles gewesen und über die Folgen wollte sie sowieso noch nicht nachdenken.

Ben räusperte sich.

„Ich fürchte, wir sind noch nicht ganz so weit, dass wir das alles so recht begreifen. Bow hat uns beide erwischt, er war wahnsinnig, er wollte Jack töten, sie aufhängen, und wäre Lucy Hunter nicht gewesen, wäre es ihm gelungen."

Sue griff sich erschrocken an die Kehle.

„Wieso konnte er euch so leicht kriegen, hast du Bow nicht beobachten lassen? Warum hat keiner etwas bemerkt?", fragte Jesse, in seiner Stimme lagen Zorn und Vorwurf.

„Bow ist meinem Mann entwischt", gestand Ben bedrückt. „Soweit man mir berichtete, stieg Bow in einen Zug, aber er fuhr nicht weg, verließ den Zug wohl heimlich wieder und versteckte sich in dem Lagerhaus. Er wusste, dass wir eines anmieten wollten, und stellte uns diese Falle."

„Woher wusste er das? Woher hatte er das Geld? Wieso hast du nicht nachgeprüft, wem das Lagerhaus gehörte?"

„Es schien alles in Ordnung, Jesse. Das Haus gehörte angeblich einen gewissen Frank Brewer. Hinterher stellte sich heraus, dass dieser Name frei erfunden war. Das Haus stand schon lange leer, wem es tatsächlich gehört, weiß ich immer noch nicht. Ich habe nicht mehr nachgeforscht."

„Das hättest du vielleicht noch tun sollen, Ben."

„Wieso?"

„Nun überlege doch einmal, wer hatte Grund euch auf die Seite zu räumen? Wer hat Geld in Denver?"

„Du meinst ... Wilson?"

„Wer sonst? Ich werde das noch herausfinden, ihr zwei seid einfach zu gutgläubig, ich hätte euch niemals alleinlassen dürfen, es war klar, dass wieder etwas passiert."

„Du wirst das nicht beweisen können, Jesse, lass es gut sein. Bow ist tot, wie gesagt, er war irre. Und Wilsons Geschäfte laufen sowieso nicht mehr so gut."

Jacky hatte den Kopf gesenkt und dachte nach.

„Ich kann nicht glauben, dass Matt uns das antun wollte", sagte sie schließlich mit leiser Stimme. „Niemals hätte er uns töten wollen. Bitte Jesse, mach nichts mehr in dieser Angelegenheit, ich möchte das nicht, ich möchte alles vergessen können."

Jesse setzte zu einem heftigen Widerspruch an, doch dann betrachtete er Jacky genauer, und bemerkte erst jetzt, wie sehr sie sich verändert hatte.

Sie schien irgendwie kleiner geworden zu sein, sie trug immer noch schwarze Kleidung und in ihrem Gesicht fanden sich nur Trauer und Hoffnungslosigkeit. Nichts war von ihrem alten Eigensinn und ihrer Stärke geblieben. Nein, Jacky schien nicht sie selbst zu sein.

Er war beunruhigt, da war noch mehr passiert, als die beiden im Moment sagen wollten. Ben war in seinem Brief sehr vage geblieben, hatte davon geschrieben, dass Jacky lange im Hospital bleiben musste, warum eigentlich? Was hatte Bow ihnen konkret angetan?

Jesse schluckte seine Worte hinunter und schwieg betroffen.

Sue fühlte die Anspannung ebenfalls und griff ein.

„Jesse, wir sollten die beiden für heute allein lassen. Wir haben noch alle Zeit der Welt, sie müssen erst zuhause ankommen. Ich würde sagen, wir gehen jetzt und morgen komme ich zu dir, Jacky, und helfe dir beim Auspacken und bei allem. Ich bin so froh, dass ihr wieder hier seid, ich habe euch sehr vermisst!"

Jesse erhob sich zögernd und als weder Ben noch Jacky widersprachen, nahm er Brandon aus der Wiege und sie verabschiedeten sich.

Nein, hier war etwas ganz und gar nicht in Ordnung, aber er würde es noch herausfinden.

Er wandte sich an Ben.

„Ich komme morgen auch zu dir, ich bringe euch die neusten Zahlen und dann solltet ihr so allmählich wieder das Geschäft hier mit übernehmen."

„Ja, so machen wir das."

Sue und Jesse verließen ziemlich ratlos das Haus und wanderten langsam heim.

„Was ist da tatsächlich passiert, was denkst du?", fragte Jesse.

Sue hob die Schultern.

„Es muss etwas Schreckliches sein, so kenne ich Jack nicht, sie ist geradezu ein Schatten ihrer selbst."

„Was hat Bow ihr nur angetan und wieso lag sie so lange im Hospital?"

Sue biss sich auf die Lippen und dachte an die Entführung vor mehr als drei Jahren. Inzwischen wusste sie, was die Männer mit ihr selbst vorgehabt hätten, hätte Jacky sie nicht davor bewahrt.

Konnte es sein, dass dieser Bow ...

Es schien ihr naheliegend zu sein, was sonst könnte Jacky so aus der Ruhe gebracht haben? Sie fasste nach Jesses Hand, es tat gut, mit ihm in Sicherheit zu leben, solange er auf sie achtgab, würde ihr nichts geschehen.

Er war stark, klug und mutig. Wieso hatte Ben Jacky nicht besser beschützen können?

„Sie werden es uns noch erzählen", sagte sie fest. „Und bis dahin müssen wir einfach abwarten. Ich denke, dass vielleicht etwas passiert ist, über das man nicht spricht."

„Du meinst, Bow hat Jack Gewalt angetan?"

Jesse überlegte und kam zu dem Schluss, dass es etwas in dieser Art sein musste.

Er drückte Sues Hand.

„Was immer es ist, sie werden es schon schaffen und wir können ihnen dabei helfen. Sei für Jack da, versprichst du mir das?"

„Das ist doch selbstverständlich."

Als sie gemeinsam im Bett lagen, zog Jesse seine Frau an sich.

„Sue, ich habe dir etwas noch nicht verraten. Es wird Zeit, dass du die ganze Geschichte hörst, Jack wollte nicht, dass du sie erfuhrst, solange du schwanger warst, sie wollte dein Kind nicht gefährden."

Und er erzählte ihr von der kleinen Rose und der Fehlgeburt, die ausgerechnet in einem berüchtigten Saloon stattgefunden hatte.

Sue lauschte entsetzt und voller Mitgefühl.

„Ich kann es kaum glauben", flüsterte sie am Ende, den Tränen nahe. „Arme Jacky, armer Ben, sie wünschen sich doch Kinder so sehr."

„Ich hoffe für die beiden, dass Jack bald wieder schwanger wird, dann kommen sie auf andere Gedanken und vieles ergibt sich von selbst."

„Ja, wünschen wir es ihnen, Jesse. Wie glücklich können wir mit Brandon sein, dass er gesund ist und so kräftig!"

Siehst du nicht,
dass dein Kind bei dir ist?
Es ist ein Vogel im Flug,
es ist der Mond in der Nacht,
es ist der sanfte Windhauch
über dem Gras.

Wege zur Heilung

Sue und Jesse hielten Wort und besuchten die Harts gleich am nächsten Tag. Sie sahen erleichtert, dass Jacky schon etwas lebhafter war und ihre Aufgaben im Haushalt allmählich in die Hand nahm. Die schwarze Kleidung hatte sie abgelegt und trug wieder Farbe, wenn auch noch gedeckt.

Sue unterstützte sie nach Kräften, vermied aber vorsichtig jedes persönliche Gespräch,

Jacky würde schon von selbst auf sie zukommen, wenn sie so weit war.

Jesse war weniger feinfühlig. Er zog sich mit Ben in den Salon zurück und sie besprachen zunächst alles Geschäftliche.

Dann jedoch fragte er frei heraus: „Was ist nun wirklich passiert? Willst du es mir nicht erzählen?"

Keinem anderen Menschen, außer natürlich Jacky, schenkte Ben mehr Vertrauen. Jesse war sein ältester und bester Freund, sie hatten viel miteinander erlebt, und kannten sich ihr Leben lang.

Und so berichtete Ben ihm in allen Einzelheiten, was er sonst niemandem hätte sagen können. Und er merkte, dass es ihm auch guttat, sich aussprechen zu können und diese schrecklichen Stunden mit seinem Freund zu teilen.

Jesse ballte beim Zuhören die Fäuste.

Wäre er in Denver geblieben, er hätte es vielleicht verhindern können, aber wer wusste das schon.

Er war mehr als betroffen und schwieg lange.

„Ich weiß gar nicht, was ich dazu sagen soll", brachte er schließlich hervor. „Es tut mir so leid für euch, dieser Mistkerl, warum habe ich ihn damals nicht erledigt ..."

„Damit man dich gehängt hätte, Jesse. Glaube mir, mehr Vorwürfe als ich mir selbst mache, schaffst du gar nicht. Jedes Mal, wenn ich Jack ansehe, denke ich daran, wie Bow sie berührte. Ich konnte nichts dagegen tun, ich habe Albträume nach wie vor. Und dann, als er dieses Messer nahm, ... Ich weiß nicht, ob ich es jemals wieder schaffe, für Jack ein Mann zu sein und ob sie das überhaupt noch will. Im Moment leidet sie sowieso noch an den Folgen der Operation, es wird eine Weile dauern, meinte der Arzt in Denver. Und wir werden keine Kinder mehr haben. Ja gut, wir haben zwei Kinder und wir sind glücklich mit ihnen, nur hatten wir uns unser Leben anders vorgestellt."

„Du und Jack, ihr gehörtet von Anfang an zusammen, ich dachte immer, wie viel Glück du hattest, so eine Frau zu finden, die genau zu dir passt, ich habe euch ziemlich beneidet."

„Und nun scheint es, als sei unser glückliches Leben zu Ende, willst du das sagen?"

Jesse wehrte erschrocken ab.

„Nein, natürlich nicht, so ein Unsinn. Euer Leben wird nur eben anders verlaufen als geplant, ihr müsst wieder zueinanderfinden, ihr müsst Bow vergessen!"

„Ich werde ihn nie vergessen können, Jesse."

„Du musst, du musst für Jack da sein, sieh sie dir an, sie ist immer noch deine Frau, du liebst sie und sie dich. Was passiert ist, ist passiert, ihr müsst darüber hinwegkommen."

„Als ob das so einfach wäre. Stell dir nur einmal vor, du müsstest zusehen, wie jemand Sue Gewalt antut."

„Ich will mir das nicht vorstellen. Und du musst das ebenfalls aus deinem Kopf kriegen. Jack hat es nicht verdient, dass du sie jetzt im Stich lässt, nur weil du schlimme Bilder vor dir siehst. Sie braucht deine Hilfe!"

Ben barg den Kopf in den Händen.

„Es ist so schwer, Jesse."

„Nun warte doch einfach eine Weile ab, die Geschehnisse sind noch zu frisch. Ihr habt euer ganzes Leben noch Zeit, das alles zu überwinden. Hast du mit ihr schon geredet?"

„Nein, natürlich nicht, ich sage ihr nur ständig, wie froh wir sein können, dass wir uns haben, dass wir überlebten."

„Und sie glaubt dir das?", fragte Jesse zweifelnd.

„Ich weiß nicht, was sie glaubt und was sie denkt. Sie spricht kaum mehr und über Bow sowieso nicht."

Jesse atmete auf.

„Also gut, ich gebe ihr jetzt ein paar Tage, sie soll wieder richtig ankommen, und dann werde ich mit ihr reden. Ich glaube, ich kann da mehr ausrichten als du im Moment. Und ich werde Sue einweihen, ich muss das tun, nicht dass sie irgendetwas von Kindern plappert, die ihr noch bekommen könntet. Versprich mir inzwischen, dass du Jack nach Kräften unterstützt und sie nicht merken lässt, was du in Wahrheit fühlst. Und dann wirst du in dich gehen und zu ihr zurückfinden. Sie ist deine Frau, Ben, du hast eine Verantwortung! Schließlich warst du nicht ganz unschuldig an der Situation, in die sie gekommen ist, bestrafe sie also nicht dafür."

Ben hob endlich wieder den Kopf. Aus seinen Augen blickte neue Zuversicht.

„Danke, Jesse! Danke, dass du mich verstehst und danke, dass du mir den Kopf gewaschen hast. Du hast recht, ich muss lernen, damit zu leben, auch mit meiner Schuld, und ich darf es nicht an Jack auslassen."

Jesse schlug ihm leicht auf die Schulter.

„Das klingt schon besser, alter Freund!"

Jesse wartete eine Woche ab, dann betrat er an einem Vormittag das Haus der Harts, denn er wusste, dass Ben im Geschäft war.

Jacky sah erstaunt auf, als sie Jesse erblickte.

„Ich würde dich gerne zu einem Spaziergang abholen", lud er sie leichthin ein.

„Ein Spaziergang? Jetzt?"

„Ja, jetzt, es ist so schönes Wetter, ich habe Zeit und ich möchte mit dir allein sprechen."

„Geht es um Sue?"

„Komm einfach mit mir mit, so wie in Denver, als ich dir von Sue erzählte, weißt du noch?"

Jacky erstarrte, als sie den Namen ‚Denver' hörte. Sie wollte nie wieder dorthin, nie mehr daran denken.

„Ich habe zu tun, Jesse", wehrte sie ab.

„Unsinn! Schau, ich habe mir extra freigenommen für dich, gehen wir zum Meer, zieh deinen Schal über, es ist windig heute."

Er ließ gar keine Diskussion mehr aufkommen und schließlich folgte sie ihm und sie fuhren hinunter zum Hafen. Dort reichte er ihr höflich den Arm und sie schlenderten langsam die belebten Piers entlang, bis sie an den Rand der Stadt zu den Sandstränden kamen. Überall lagen Seelöwen und sie machten einen ziemlichen Lärm mit ihrem Geschrei, doch schließlich erreichten die beiden ein ruhigeres Gebiet und Jesse suchte eine Weile nach geeigneten Worten.

Aber wie es seine Art war, begann er dann einfach ohne Umschweife.

„Ben hat mir alles erzählt, Jack. Alles!"

Sie entzog ihm den Arm und blieb stehen.

„Ich will nicht darüber sprechen", flüsterte sie.

„Dir wird heute nichts anderes übrigbleiben. Wie stellst du dir denn dein künftiges Leben vor? Willst du mit dem Schweigen leben? Erinnere dich daran, wie es war, als du uns deine Kindheitserlebnisse erzähltest, hast du dich hinterher nicht besser gefühlt? Du trägst immer alles mit dir herum und vergisst dabei, dass um dich Menschen sind, die dir vielleicht helfen können, deine Last zu tragen."

„Niemand kann mir das abnehmen!"

„Versuche es einfach. Wie wäre es, wenn du mir einmal alles schilderst, ich weiß ja sowieso schon Bescheid, ich kann es also tragen, ich hätte nur gerne auch deine Sicht gehört. Ben leidet, das weißt du, er macht sich Vorwürfe, glaubt sich schuldig an dem Ganzen. Möchtest du nicht, dass er sich besser fühlt und wieder ganz dir gehört? Und nicht ein Sheriff Bow zwischen euch steht? Willst du Ben weiter bestrafen?"

Jacky brach in Tränen aus.

„Nanana, nicht weinen, Jack, hier hast du ein Taschentuch, hilft es dir, wenn ich dir sage, dass sich für mich nichts geändert hat? Dass du für mich immer noch dieselbe bist, egal, was Bow dir antat?"

„Ich bin nicht dieselbe. Er hat mich zerstört, ich bin keine Frau mehr, Jesse, ich bin ..."

„Was bist du?", fragte er, als sie stockte.

„Ich bin ein Monster. Die Narben, ich kann mich nie mehr jemandem zeigen, Ben hat das noch gar nicht gesehen, ich habe es ihm nicht gezeigt, er wird mich nie wieder lieben können."

„Wegen ein paar Narben? Jack, ich hätte dich für vernünftiger gehalten!"

„Es sind nicht nur die hässlichen Narben. Ich bin keine Frau mehr, man hat alles herausgeschnitten aus mir, ich bin zu nichts mehr nütze."

„Ach ja? Zu nichts mehr nütze? Interessant! Wer zieht dann eure Kinder groß? Wer überwacht das Geschäft? Wer macht bei euch den Haushalt? Und zu guter Letzt, was sollte Ben ohne dich anfangen?"

„Ben wäre besser dran ohne mich. Er könnte sich eine richtige Frau suchen."

„Du glaubst doch nicht im Ernst, dass Ben jemals wieder jemanden so lieben würde wie dich? Ihr zwei, erinnere dich, ihr gehörtet zusammen, vom ersten Moment an. Ich höre dich noch, du hast immer von dem Medaillon geredet. Und dann der Kreis des Lebens, die Kraft der Mutter Erde, ist das nun alles plötzlich doch Hokuspokus und null und nichtig? Gibst du mir also tatsächlich endlich in dieser Sache recht?"

Ein kleines Lächeln huschte über Jackys Lippen. Jesse hatte nie an die Dinge geglaubt, die für sie so selbstverständlich waren.

Er sah es und fuhr fort. „Warst du dir nicht immer sicher, den Mann deines Lebens gefunden zu haben? Euch sollte doch nichts trennen! Und nun gibst du alles auf, deine ganze Überzeugung, weil ein verrückter Schweinekerl namens Bow seine Hand an dich legte."

„Er hat nicht nur die Hand an mich gelegt."

„Ja, ich weiß, auch ein Messer. Und das ist schlimm genug, das leugne ich nicht, aber was hat das mit Ben zu tun und der Liebe, die du für ihn empfindest? Was hat das mit deinen Kindern zu tun? Du hast zwei Kinder, vergiss das nicht!"

„Ben musste es mit ansehen. Er wird mich nie wieder anfassen wollen."

„Für Ben gilt dasselbe wie für dich. Und das weiß er auch, glaube mir. Du liebst ihn, er liebt dich, wo also genau ist euer Problem? Findet wieder zueinander, zeig ihm deine Narben, er hat selbst welche, wieso sollte er also vor deinen zurückschrecken? Und richtet euer Leben neu aus, es gibt Schöneres auf der Welt als immer noch mehr Kinder."

Sie reagierte sofort empört. „Das kannst du auch nur sagen, weil ihr noch welche bekommen könnt. Würde euch diese Möglichkeit genommen, wie wäre das, stell dir das nur einmal vor."

„Dann müssten wir damit leben. Gerade du weißt, dass das Kinderkriegen auch gefährlich sein kann, es könnte Sue eines Tages auch das Leben kosten, denke an die Frau deines Bruders Mike, sie starb bei der Geburt ihres Kindes."

Jacky schwieg eine Weile.

„Es tut mir leid, Jesse, ich fürchte, meine Gedanken drehen sich in letzter Zeit sehr im Kreis und nur um mich. Du hast natürlich recht, ich hätte ja auch wegen Rose sterben können, ich habe euch das nie gesagt, aber der Arzt in Denver war sehr besorgt, als ich ihn wegen einer möglichen Totgeburt fragte. Wäre das Kind nicht dank Freds Hilfe gekommen, hätte ich es vielleicht auch herausschneiden lassen müssen und das Ergebnis wäre dasselbe gewesen. Vielleicht hätte ich sowieso nie mehr ein gesundes Kind bekommen."

„Was redest du dir alles ein. Es ist wirklich an der Zeit, dass du wieder auf normale Gedanken kommst! Und deshalb möchte ich jetzt von dir wissen, was an dem Tag passiert ist, als euch Bow erwischte. Damit du abschließen kannst damit. Du musst mir auch nicht in die Augen sehen, wenn du es erzählst, schau auf das Meer, denk einfach daran, dass ich sowieso schon alles gehört habe, du musst dich für nichts schämen, denn nichts, was ich erfahren habe, könnte meine Meinung über dich ändern. Was ich jedoch noch nicht weiß, ist, wie es dir damit ging. Fang einfach von vorne an. Was ist an diesem Nachmittag geschehen? Du hast diese falsche Nachricht bekommen, hast du denn absolut keinen Verdacht geschöpft?"

Jacky schloss die Augen, dann befolgte sie Jesses Rat und blickte auf die tosenden Wellen, die sich am Ufer brachen, mit nicht endender Beständigkeit und Kraft,

Eigenschaften, die Jacky immer ausgezeichnet hatten. Sie war eine Kriegerin gewesen einst, so hatte Manyeyes es gesagt. Nun war sie jedoch besiegt worden.

„Ich habe Verdacht geschöpft, Jesse, es kam mir seltsam vor, ich holte ja auch meine Pistole, wollte Anthony mitnehmen, aber er war nicht da. Ich dachte, es würde genügen, wenn alle Bescheid wüssten, wo wir sind, was sollte schon passieren. Ich war leichtsinnig, ich weiß, aber ich dachte, wenn ich bewaffnet bin, und Ben ja auch dort war ... Ja, und dann sah ich Ben liegen, gefesselt, ich verstehe immer noch nicht, warum ich nicht sofort weglief und Hilfe holte, warum ich zu Ben rannte, um ihn zu befreien. Es war doch klar, dass Bow nur darauf gewartet hatte. Oh Jesse, ich war so dumm, ich hätte uns das alles ersparen können, wenn ich richtig reagiert hätte."

„Glaube mir, Jack, niemand wäre an deiner Stelle davongerannt, ich auch nicht. Ich wäre genauso zu Ben, um ihm zu helfen, wie du. Überlege, Bow hat gewartet, nicht? Wärst du weggelaufen, was hätte er wohl gemacht um dich aufzuhalten?"

„Ich weiß nicht ..."

„Er hätte Bens Leben bedroht, hätte dich gerufen und hätte dich auf diese Weise gezwungen, zu bleiben. Deine Waffe hätte dir nichts genützt, wenn Bow ein Messer an Bens Kehle gehalten hätte. Du hättest keine Wahl gehabt."

Jacky starrte Jesse wortlos an. Natürlich, ...

Bow hätte sie niemals gehen lassen. Und selbst wenn Anthony dabei gewesen wäre, Bow hätte sie beide überwältigt.

Ben war Bows Geisel und Trumpf gewesen.

„Okay", meinte Jesse, „das hätten wir wohl geklärt. Mit diesem Stock wirst du dich nicht mehr prügeln können. Weiter, was ist dann passiert?"

„Woher weißt du, dass ich mir die Schuld an allem gebe?"

Jesse konnte sich das Grinsen nun nicht mehr verbeißen.

„Ich kenne dich jetzt ein paar Jahre, Jack, und du bist immer irgendjemandem irgendetwas schuldig, du suchst immer die Schuld bei dir, nie bei anderen. Vielleicht interessiert es dich, dass ich dich viel weniger verantwortlich für den ganzen Schlamassel sehe als Ben. Er tut das übrigens genauso, meiner Meinung nach vollkommen zu Recht, er weiß, dass es allein seine falsche Einschätzung der Situation war!"

Jacky starrte ihn verständnislos an.

„Ben? Aber er konnte doch nichts dafür, es war doch alles meinetwegen."

„Ben sollte auf dich aufpassen. Da versagte er. Er hat nicht nachgeprüft, er hat Warnungen ignoriert, ging unvorsichtig in ein leerstehendes Lagerhaus, obwohl das mit Sam passiert war. Ben wusste von der Sache mit Bow, Ben wusste, dass Wilson hinter euch her war. Glaube mir, wäre ich in Denver gewesen, hätte Bow keine Chance gehabt."

Jacky wurde richtig wütend und Jesse sah es mit heimlicher Erleichterung, alles war besser, als sie so kraftlos zu erleben.

„Wie kannst du es wagen, Ben so zu beschuldigen! Und du bist ganz schön eingebildet!"

„Nein, ich bin misstrauischer. Ich wäre nicht allein in dieses Lagerhaus gegangen, ich hätte auch zuerst nachgeprüft, wer dieser Frank Brewer ist. Und das war wohl nicht weiter schwer."

„Wir hatten keine Zeit dafür, stell dir vor! Wir hatten unglaublich viel Arbeit und waren mitten in den Vorbereitungen für die Rückkehr nach San Francisco, wir wollten so schnell wie möglich aufbrechen."

Er nickte, froh darüber, dass sie wieder zu alter Stärke fand.

„Und das hat sich gerächt. Nun gut, lassen wir das, erzähle weiter, er schlug bewusstlos, und dann?"

Stockend berichtete Jacky alles, an was sie sich erinnerte. Unbewusst fasste sie sich dabei an die Kehle und lockerte ihren Kragen, als würde sie immer noch nach Luft ringen.

Und ihre Last wurde mit jedem Wort tatsächlich leichter, in der hellen Sonne Kaliforniens verloren die Geschehnisse ihren Schrecken und ihre Tiefe.

Sie war noch nicht geheilt, noch lange nicht, aber sie war auf einem guten Weg, das wusste sie. Verwundert fragte sie sich, warum sie mit Jesse über diese Dinge reden konnte, doch mit Ben nicht.

Ben, der dabei gewesen war, der alles gesehen hatte, und vielleicht war genau das der Grund.

Irgendwann jedoch würde sie sich dazu überwinden müssen, aber nicht jetzt, erst musste ein wenig Zeit vergehen. Und dann würden sie auch über das Thema Schuld sprechen müssen.

Jacky gab Ben keine größere Schuld als sich selbst an dem Ganzen, wenn überhaupt, dann hatten sie beide zu gleichen Teilen die Verantwortung, so wie sie auch zu gleichen Teilen die Folgen zu tragen hatten.

Ben würde das einsehen müssen!

Dankbar drückte sie Jesses Arm. Dann zog sie ihre Schuhe und Socken aus und lief barfuß ins Wasser. Die kalten Wellen zerrten an ihr, warfen sie fast um, doch es störte sie auch nicht, dass ihr Kleid durchnässt wurde, die Sonne würde es schnell wieder trocknen.

Jesse ließ ihr alle Zeit, die sie brauchte.

Geduldig saß er am Ufer, wartend, bis sie endlich zu ihm zurückkehrte, und erfreut sah er ein kleines Lächeln auf ihrem Gesicht.

„So gefällst du mir schon wieder besser", meinte er. „Lass dich nicht unterkriegen, enttäusche mich nicht."

Sie antwortete nicht darauf, sondern schlug vor:

„Wir sollten allmählich zurückkehren, alle werden sich schon wundern, wo wir sind."

„Keine Sorge, Sue hat alles im Griff, sie weiß, dass wir hier sind, und sie ist mit Brandon zu euch gegangen und sorgt für eure Kinder."

„Du und Sue, ihr habt es auch geschafft, nicht?"

„Was blieb uns übrig? Und ja, ich denke, wir führen inzwischen eine gute Ehe. Sue ist fleißig, folgsam, eine fürsorgliche Mutter, und für mich würde sie sowieso alles tun. So wie ich es immer wollte, meine Wünsche sind ihr Befehl! Aber im Gegensatz zu früher kann ich jetzt auch mit ihr auf Augenhöhe reden. Da habe ich sie ziemlich rangenommen, sie versucht nicht mehr krampfhaft, ja nichts falsch zu machen, sondern ist selbstständiger geworden. Manchmal geigt sie mir auch ganz schön die Meinung und sie lässt mich nicht mehr nächtelang weggehen", seufzte Jesse, aber er sah nicht unzufrieden aus.

„Da hat sie vollkommen recht! Du bist Familienvater mit Verantwortung!"

„Wenn du das so sagst ... Ach übrigens, Jack, wie wäre es eigentlich, wenn du mal bei uns in die Küche gingst und unserer Köchin beibringst, so richtig gute Mahlzeiten zuzubereiten?", wechselte er geschickt das Thema. „Bei euch schmeckt alles irgendwie anders und besser."

Jacky musste lachen.

„Das ist alles, was dir wirklich wichtig ist, nicht?"

„Sagen wir so, es würde mein Leben perfekt machen!"

Du musst die Dinge mit dem Auge
in deinem Herzen ansehen,
nicht mit dem Auge
in deinem Kopf.
(John Fire Lame Deer)

Rosen im Garten
San Francisco, 15. September 1878

Fast ein Jahr war vergangen. Ben und Jacky hatten wieder zueinandergefunden, es war ein mühsamer, steiniger Weg gewesen, aber dank Jesses Eingreifen und mit seiner und auch Sues Unterstützung schafften sie es allmählich, alles, was zwischen ihnen gestanden hatte, aus dem Weg zu räumen.

Für Ben war es ungleich schwerer gewesen, bei ihm kam das große Gefühl der Schuld und des Versagens hinzu, das er empfand. Nichts konnte wiedergutmachen, was mit seiner Frau geschehen war, und was er nicht hatte verhindern können.

Doch Jackys Beharrlichkeit, ihr Eigensinn und ihr nach wie vor unerschütterliches Vertrauen in ihn halfen ihm im Lauf der Zeit darüber hinweg. Sie kamen überein, dass sie beide große Fehler gemacht hatten, leichtsinnig gewesen waren und einfach nur froh sein konnten, dass sie noch lebten.

Nach wie vor vermied es Jacky, an die albtraumhaften Ereignisse zurückzudenken, sie hätte sie am liebsten ungeschehen gemacht, aber sie mussten damit leben, sowie mit den Narben als sichtbare Zeugnisse.

Schwerer war die Tatsache zu akzeptieren, dass sie keine Kinder mehr bekommen würden. Gerade Ben hatte sich eine große Familie gewünscht und Jacky war nicht mehr in der Lage, ihm diesen Lebenstraum zu erfüllen.

Sue erwartete ihr zweites Kind und auch wenn Jacky sich mit ihr freute, schwang doch eine große Portion Neid und Trauer mit, sie selbst würde es nun nie mehr erleben, wie ein Kind in ihr heranwuchs.

Oft dachte sie auch an die kleine Rose, die in ihrem Grab auf dem Hügel lag, wo sie geborgen war von der

Natur. Ach, hätte sie nur leben dürfen, aber das Schicksal hatte es anders vorgesehen, und es blieb Jacky nichts anderes übrig, als sich abzufinden.

Sie hatte in ihrem Garten jede Menge Rosen gepflanzt, die gut gediehen und die sie stets an ihre Tochter erinnern sollten. Oft stand sie nur bei ihnen und lauschte ihrem Flüstern, atmete den betörenden Duft ein und fühlte sich eins mit ihrem kleinen Mädchen.

Doch es gab diese Tage, an denen sie von Trauer überwältigt wurde, dann stürzte sie sich in die Arbeit, denn sie hatte festgestellt, dass die Beschäftigung mit nüchternen Zahlen ihr über vieles hinweghalf und ihr Halt gab.

Die wöchentlichen Berichte des fleißigen Mr. Wayne aus Denver waren sehr positiv, er leistete hervorragende Arbeit, und der inzwischen eingebaute Fahrstuhl erwies sich als beliebte Attraktion und Kundenmagnet.

Sam Warner hatte sich einigermaßen erholt, war wieder beinahe der Alte, und Claire war mit Anthony daraufhin ebenfalls nach San Francisco zurückgekehrt.

Jesse hatte noch einige Versuche angestellt, herauszufinden, ob nicht doch Wilson hinter all den üblen Geschehnissen gesteckt hatte, hatte aber keinen Erfolg damit und gab es schließlich auf, sehr zu Jackys Erleichterung.

Und so saß Jacky an einem strahlenden Septembertag wie so oft auf ihrer von Rosen gesäumten Veranda und beobachtete, wie sich die Sonne allmählich dem Pazifik näherte.

Die Kinder spielten im Garten, auch der kleine Brandon war mit von der Partie und würde bald von Sue abgeholt werden, die im Laden gearbeitet hatte. Das fröhliche Lachen drang wohl bis zur Straße hinaus, nur unterbrochen von Annas liebevollen Ermahnungen.

Wie meist in solchen Momenten dachte Jacky über ihr Leben nach, über ihre eigentliche Familie, die ihr vor Jahren auf so schreckliche Weise genommen worden war, über Allie und Sam Warner, die sie aufgenommen und ihr alles ermöglicht hatten, über Manyeyes, den Cheyenne, der ihre Augen und Ohren für eine andere Welt geöffnet hatte, und natürlich über Ben, der eines Tages bei ihr in Denver im Laden gestanden hatte.

Bei ihm hatte sie von Anfang an gefühlt, dass sie füreinander bestimmt waren.

Und dann waren da Jesse, der gute Freund, der beste Freund und Vertraute und Sue, die Freundin, die wie eine kleine Schwester für sie war.

Es gab so viele Dinge in ihrem Leben, die sie nicht gewollt hatte, aber die sich als gut herausgestellt hatten, so wie Manyeyes es ihr einst erklärt hatte.

Egal, welche Gefahren sie hatte überwinden müssen, immer hatte sie Hilfe bekommen.

Sie und Ben lebten noch und James und Maddie wuchsen glücklich bei ihren Eltern auf.

Jacky kam es in den Sinn, wie gut sie es eigentlich hatten, wie reich ihr Leben war und wenn sie schon keine eigenen Kinder mehr haben konnten, so würden Sue und Jesse dafür sorgen, dass weiterhin Kinderlachen das Haus erfüllen würde.

Dieser Gedanke hatte etwas Tröstliches.

Sie hatte begonnen, ihren Frieden zu machen, mit sich selbst, mit dem Schicksal und mit ihren unzähligen Narben. Sie begann sie zu akzeptieren als Teil ihrer Person und als sichtbare Zeichen ihrer Stärke und ihres zähen Willens zu überleben.

Nun freute sie sich darauf, dass Ben jeden Moment heimkommen würde, um mit seiner Familie wie immer den Abend zu verbringen, denn sie liebte ihn nach wie vor, und nichts und niemand würde sie von ihm trennen.

Die Sonne hatte inzwischen den Pazifik berührt, bald würde sie ganz darin versinken, und die Gewissheit, dass unbeirrbar ein neuer Tag anbrechen würde, spiegelte Jackys unerschütterliche Beharrlichkeit wider, mit der sie alle Probleme in der Vergangenheit bewältigt hatte und ihr Leben in Zukunft meistern würde.

Langsam erhob sie sich und strich noch einmal zärtlich über eine der Rosenknospen.

Getröstet und begleitet vom sanften Flüstern der Rosen betrat sie ihr Haus.

Epilog

„Wer ist diese Frau?", rief Jacky wütend.

Sie saßen gemeinsam am Tisch und Maddie hatte gerade eine Bombe platzen lassen.

James zeigte sich öffentlich mit einem billigen Ladenmädchen, das konnte doch nicht wahr sein.

James, ihr inzwischen 17-jähriger Sohn, wohlbehütet und ausgezeichnet vorbereitet darauf, später gemeinsam mit Jesses Sohn Brandon die Geschäfte zu übernehmen, mit den Aussichten auf Heirat in die beste Gesellschaft in San Francisco, hatte sich offensichtlich ködern lassen.

Maddie lächelte triumphierend.

Sie hatte Gerüchte gehört und nachgefragt. James traf sich jeden Sonntag mit einer jungen Frau, die in der Parfumabteilung des Kaufhauses arbeitete.

Wenn das keine Neuigkeit war!

James rutschte unruhig auf seinem Stuhl hin und her. Er hatte von seiner großen Liebe berichten wollen, aber in einer ruhigen Stunde, erst seinem Vater und dann seiner Mutter.

Wie hatte Maddie das nur herausgefunden? Er warf ihr einen bösen Blick zu, das war wieder typisch.

Er wusste, dass Maddie ihn beneidete, weil er so erfolgreich war. Zwar hätte sie ebenfalls alle Möglichkeiten gehabt, selbst eine geschäftliche Karriere anzustreben, die Eltern hätten das immer gefördert, doch war sie bequem und ziemlich eitel. Sie hatte wenig Lust gehabt, zur Schule zu gehen, und hatte nie einen Abschluss geschafft. Lieber war sie mit ihren Freundinnen unterwegs und besuchte jeden Ball, jede Veranstaltung, auf der sie die Königin spielen konnte.

Sie war hübsch und reich, es würde für sie kein Problem sein, eine passende Partie zu finden, und inzwischen hatte die Mutter eingesehen, dass das Maddies Weg werden würde.

Auf James dagegen beruhten Jackys gesamte Hoffnungen. Er hatte glänzende Abschlüsse gemacht und arbeitete mit Feuereifer im Geschäft und auch in den zahlreichen Filialen, die sie inzwischen eröffnet hatten. Oft war er schon allein unterwegs gewesen, wenn es Probleme gegeben hatte, und man hatte sich immer auf ihn verlassen können.

Die Nachricht, dass er jeden Sonntag ein rothaariges einfaches Ladenmädchen ausführte, passte nun so überhaupt nicht in Jackys Planungen.

Ben griff ein.

„Was soll das heißen, Maddie?", fragte er.

„Man hat euch gestern gesehen, James, draußen am Cliff House. Ich sage nicht, wer mir das verraten hat, aber es war wohl eine eindeutige Sache, ihr habt euch geküsst!"

In Maddies Stimme lag unverhohlene Schadenfreude.

„Du küsst eines unserer Ladenmädchen in aller Öffentlichkeit? James? Bist du verrückt geworden?", fragte Jacky mit erwachendem Zorn. „Du wirst das unterlassen und dich nicht mehr mit ihr treffen."

Wieder versuchte Ben, die Situation zu beruhigen.

„Es wird schon nichts Ernstes sein. James würde doch niemals diese Grenze überschreiten. Die Mädchen im Laden sind tabu, das weiß er. Er würde sie nur in große Schwierigkeiten bringen."

Jacky heftete ihre dunklen Augen auf James.

„Ist es so? Weißt du das?"

James schluckte.

Er dachte an die aufregenden und heißen Ausflüge jeden Sonntag beim Cliff House.

Dort in der freien Natur, oder bei schlechtem Wetter in einer kleinen Pension, fand er seine Erfüllung.

Dort war er ein Mann und nicht der Sohn reicher Kaufleute, dessen Lebensweg vorgezeichnet war.

Würde er sie in Schwierigkeiten bringen?

Nein, sie war keine Frau, die das zuließ, sie war auch kein einfaches Ladenmädchen. James wusste eine Menge über seine heimliche Affäre, aber das konnte er seinen Eltern nicht sagen.

Er sprang auf.

„Du kannst mir das nicht verbieten."

„Ich kann und ich werde. Du bleibst zukünftig am Sonntag hier und um das Mädchen werde ich mich kümmern", bestimmte Jacky.

„Setz dich, James!", befahl Ben. „Deine Mutter hat recht. Diese Mädchen sind nur auf dein Geld aus und du bringst sie und dich in Schwierigkeiten."

„Sie ist bestimmt nicht auf mein Geld aus!"

„Setz dich und tu, was deine Mutter sagt. Kein Wort mehr!"

James gehorchte nicht, er wandte sich um und stampfte wütend aus dem Raum.

Später am Tag konnte Jacky mit Jesse reden.

Sie war keiner Argumentation zugänglich, dieses Mädchen musste entfernt werden.

Jesse stimmte schließlich zu, er war auch der Meinung, dass es wohl am besten so war. Er kannte diese Ladenmädchen, die nur allzu gern bereit waren, mit den jungen reichen Herren anzubandeln und sie für ihre Zwecke zu benutzen.

Am nächsten Tag wurde das Mädchen von Jesse entlassen und man sprach nicht mehr über sie.

Bis ein halbes Jahr später James eine rothaarige Frau zum Abendessen mitbrachte und verkündete, dass er mit ihr eine lange Reise unternehmen würde.

Sie wollten nach Südamerika, Abenteuer erleben, unabhängig sein.

Für Jacky war es, als bräche eine Welt zusammen.

Doch die rothaarige Frau umgab eine ungewohnte Atmosphäre.

Sie war voller Leben, zeigte sich selbstbewusst und liebte James offensichtlich aus ganzem Herzen. Eine Aura von Autorität und aufregender Westernromantik erfüllte das Haus und selbst Jacky war beeindruckt, auch weil das junge Mädchen keinerlei Angst zu haben schien. Nicht einmal vor ihr.

War sie selbst nicht auch einst so gewesen? Furcht- und kompromisslos?

Sie musste akzeptieren, dass James eigene Wege gehen würde. Immerhin hatte er versprochen, zurückzukehren und alle Aufgaben zu erfüllen, für die man ihn vorbereitet hatte. Er wollte nur eine Zeitlang in Freiheit leben und erwachsen werden.

Und in Abby hatte er eine Frau gefunden, die ihn von nun an begleiten würde.

Aber das ist eine ganz andere Geschichte.

Nachwort

Dieser dritte Teil des „amerikanischen Kindes" war eigentlich nicht geplant gewesen.

Ich hatte den zweiten Teil damals gleich im Anschluss an den ersten geschrieben und war mir sicher, dass Jacky nun genug Abenteuer erlebt hatte.

Doch bald formten sich neue Ideen und Gedanken, diesmal würden zunächst keine Verbrecher, sondern das Leben selbst Jacky herausfordern, sie würde erkennen müssen, dass es Grenzen gibt, dass der Wille allein nicht immer Berge versetzen kann, dass tiefe Wunden Narben erzeugen, mit denen man leben muss.

Und endlich gelang es mir, die Schlacht am Little Bighorn einzubringen.

Vor vielen, vielen Jahren im Anglistik-Studium besuchte ich ein Proseminar in dem auch Thomas Bergers Buch „Little Big Man" besprochen wurde. Die Thematik ließ mich nicht mehr los, ich habe mich schon damals weit über das Proseminar hinaus informiert.

Den Film „Son of the Morning Star" lege ich allen ans Herz, die mehr darüber wissen wollen. Er beschreibt die letzten Schlachten der Indigenen um ihre Unabhängigkeit aus der Sicht der beiden Frauen von George Custer und Crazy Horse.

Der Cheyenne Manyeyes erzählt in Jackys Buch die indigene Sicht des Kampfes, ich habe sie aus mehreren verschiedenen Augenzeugenberichten übernommen und zusammengesetzt. In den Weiten des Internets findet man unzählige Quellen dazu, die aber im Großen und Ganzen bis auf wenige Details übereinstimmen.

Ob Jackys Schlussfolgerungen in Bezug auf Custer stimmen, warum man ihn nicht verstümmelte, kann ich leider nicht sagen. Es gibt mehrere Theorien dazu.

Übrigens war George Custer gar kein General, er war Oberstleutnant, hatte aber von Juni 1862 bis März 1863 einen temporären Rang als Hauptmann des regulären Heeres inne und als Brevet-Generalmajor das Recht, als General betitelt zu werden.

Seinen Ruhm begründete er zum einen mit einem Buch, das besonders die Damen begeisterte. Das Buch ist angeblich sehr beschönigend und dient wohl kaum der Wahrheitsfindung (Quelle: Wikipedia).

Ich habe es nicht gelesen und werde es auch nicht tun.

Zum anderen schrieb seine Frau Elizabeth ‚Libby‘ mehrere Bücher und trug mit ihren Veröffentlichungen dazu bei, dass er zu einem Mythos wurde.

Viel interessanter jedoch als Custer ist natürlich die Geschichte der Indigenen, insbesondere die des Oglala Häuptlings Crazy Horse (um 1840 - 1877).

In der Schlacht am Little Bighorn zeigte er sich unverwundbar, die Berichte, wie er auf seinem Pferd überall zugleich aufzutauchen schien und gegen alle Kugeln immun war, überschlagen sich geradezu.

Leider fand er ein tragisches Ende: Er wurde von ihm feindlich gesinnten Lakota-Kriegern verraten.

Als er sich freiwillig in das Fort Robinson begab, widersetzte Crazy Horse sich einer Festnahme, der falsche Informationen zu Grunde lagen, und wurde bei dem folgenden Handgemenge getötet.

Noch ein paar Erläuterungen zu dem herabwürdigenden Begriff „Missgeburt".

Jacky verlor ihr Kind zu einer Zeit, in der man dieses Wort und noch viel schlimmere ohne Bedenken verwendete, daher taucht es im Buch auf, denn die damalige Realität soll nicht beschönigt werden. Man ging sogar davon aus, dass behinderte oder tote Kinder entstanden, wenn die Schwangere etwas Grausames gesehen hatte, und gab ihr so indirekt dafür die Schuld. Frauen in Umständen wurden geschont und von allem ferngehalten, was sie belasten könnte.

Als ich die Geschichte der kleinen Rose schrieb, hatte ich gerade in einem Internetforum die Beiträge einer Userin mitgelesen, deren ungeborenes Kind an Trisomie 18 litt. Die Schwangerschaft wurde damals beendet.

Ihr Schicksal nahm mich sehr mit, die Trauer um das kleine Kind, die schwere Entscheidung, die die Eltern treffen mussten, es war hart zu lesen. Ich hatte bis dahin nur von dieser Chromosomenstörung gehört und mich dann doch eingehend damit beschäftigt.

Die Gedanken in meinem Kopf ließen sich nicht mehr abschalten, daher habe ich dem Kind der unbekannten Frau ein kleines Denkmal gesetzt.

Und ich hoffe, die Liebe, die Ben und Jacky für ihre Tochter empfanden, gleicht all die Reaktionen aus, die damals leider als normal galten.

Jackys Buch war jedenfalls für mich wieder eine intensive Reise in eine faszinierende Vergangenheit und ich gewann meine Protagonisten sehr lieb, konnte nur schwer Abschied nehmen.

Als ich Jahre später meine Abby-Serie schrieb, kam mir daher die Idee, Jacky wieder aufleben zu lassen.

Der Epilog ist also tatsächlich neu entstanden, er befand sich nicht in der ursprünglichen Ausgabe, da war Abby gedanklich noch gar nicht geboren. Aber nun konnte ich den Ausblick auf die vergnüglichen Abenteuer einer taffen Frau geben, die das Verbrechen mit anderen Augen sieht.

Und solltet ihr Jacky noch in einem weiteren Roman kurz begegnen wollen, dann empfehle ich ‚Wohin das Schicksal führt', die Geschichte von Melanie.

Melanie ist Augenzeugin des Überfalls, der Jackys Familie auslöschte. Und dieser Überfall bestimmt auch ihr Schicksal.

Doch Wege kreuzen sich immer wieder.

Auch dann, wenn man es gar nicht erwartet.

DANKE SCHÖN!!!

Zum Schluss bedanke ich mich wie immer bei allen, die bei der Entstehung dieses dritten Teils mithalfen.

Bei der ersten Version:
Danke an Monika Blanke, Beate Freitag, Uwe Gäb und Helga Großer.
Danke an meine Tante Thekla, die leider inzwischen verstorben ist und zu meinen größten Fans zählte.

Bei dieser zweiten Version gilt mein großer Dank
- meinem Sohn Kilian für das Lektorat
- meiner lieben Freundin Sam Teshera für das Testlesen
- der Public Library of Denver, bei der ich die Bilder herunterladen durfte
- der Bar „My Brother's Bar" in Denver, die zu Jackys Zeit Capelli's Place hieß
Thanks for the picture, I'm happy to send a copy of my book and thanks for the dinner and beers invitation if I'm ever in Denver.
- meiner lieben Freundin und Nachbarin Isabell Bayer für das wunderschöne Cover
- meinem geliebten Mann Thomas für seine Freundschaft und Geduld. Du bist mein Fels in der Brandung. Immer.

Und euch, ihr lieben Leserinnen und Lesern, danke ich dafür, dass ihr Jacky, Ben, Sue und Jesse begleitet habt.

Ich hoffe, ihr hattet eine spannende Zeit beim Lesen und die Geschichte zog euch in ihren Bann.
Über eine Rezension würde ich mich unglaublich freuen.

BILDNACHWEISE

S. 6 Denver Public Library Special Collections, CG4314.D4 1859.B6

S. 26 Denver Public Library special Collections, Artistry of Railroads 097

S. 164 lakotatimes.com/articles/crazy-horse-portrait/

S 176 Wikipedia, Public Domain

S. 218 Capelli's Place. Photo courtesy of My Brother's Bar, Denver

S. 278 Zeichnung von Amos Bad Heart Bull (1869–1913) Wikipedia, Public Domain

Alle anderen Bilder und Schriften habe ich über Canva.com, einige Sprüche entnahm ich den Seiten bernardzitzer.com/de/liste-zitate-indianer-weisheiten/ coachinglovers.com/weisheiten/indianische-weisheiten/

LISTE SENSIBLER THEMEN

- körperliche Gewalt
- sexuelle Gewalt
- Erhängen
- missgebildetes Kind
- Fehlgeburt
- Tod einer Angehörigen

Weitere Bücher der Autorin:

Ihr habt noch nicht genug von mir? Ich kann euch etwas mehr Lesestoff bieten!

Das amerikanische Kind Jacky Hart hatte einen ersten und zweiten Teil, ‚Die Kette des Apachen' und ‚Der Trost der Bäume'. Hier erfahrt ihr, wie sich Jacky, Ben und Jesse kennenlernten, die Mörder von Jackys Familie jagten und mit den Schatten der Vergangenheit kämpften.

Und dann ist da die Abby-Serie:

Die Geschichte einer taffen Frau an der Seite des Banditen Butch Cassidy.

Abby 1: Mit Butch Cassidy auf dem Outlaw Trail
Abby 2: Totgesagte leben länger
Abby 3: Auf der Seite des Gesetzes
Abby 4: Die wahre Heimat

Zwei weitere Bücher aus dem historischen Bereich sind:

Rache und Gerechtigkeit
Die Geschichte einer jungen Frau, die von zwei üblen Verbrechern entführt wird.

Wohin das Schicksal führt
Ein Roman über das Leben einer starken Frau im ausgehenden 19. Jahrhundert, erschienen im Lycrow Verlag.

Doch das ist noch nicht alles: Ich habe auch zwei Thriller geschrieben, die ebenfalls im Lycrow Verlag erschienen.

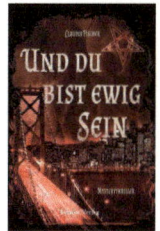

Und du bist ewig Sein
Die junge Marlee Baker wird zur gefährlichen Serienmörderin.

Das Böse im Schatten
Eine mordende 15-Jährige versetzt ihre Umgebung in Angst und Schrecken.